湖南省哲学社会科学基金一般项目"清代湖湘诗史典型事件文献考辑与研究"（20YBA108）
湖南科技大学人文学院中国古代文学与社会文化研究基地成果

清代湖湘诗史典型事件的文献考辑与文学研究

何　湘◎著

沈阳出版发行集团
沈阳出版社

图书在版编目（CIP）数据

清代湖湘诗史典型事件的文献考辑与文学研究 / 何
湘著. -- 沈阳 : 沈阳出版社, 2022.10
ISBN 978-7-5716-2775-1

Ⅰ.①清… Ⅱ.①何… Ⅲ.①古典诗歌 – 诗歌研究 –
中国 – 清代 Ⅳ.①I207.22

中国版本图书馆CIP数据核字(2022)第190244号

出版发行： 沈阳出版发行集团 ｜ 沈阳出版社
（地址：沈阳市沈河区南翰林路 10 号　邮编：110011）
网　　址： http://www.sycbs.com
印　　刷： 三河市华晨印务有限公司
幅面尺寸： 170mm × 240mm
印　　张： 13.25
字　　数： 240 千字
出版时间： 2022 年 10 月第 1 版
印刷时间： 2023 年 3 月第 1 次印刷
责任编辑： 周　阳
封面设计： 优盛文化
版式设计： 优盛文化
责任校对： 李　赫
责任监印： 杨　旭

书　　号： ISBN 978-7-5716-2775-1
定　　价： 78.00 元

联系电话： 024-24112447
E - m a i l： sy24112447@163.com

本书若有印装质量问题，影响阅读，请与出版社联系调换。

目　录

绪　论

　　清代湖湘诗史典型事件指的是在清代湖湘诗歌发展史上具有特殊性、代表性、群体性、影响性的事件。这些事件起于各种因缘，衍生出不同的文学现场，反映了作家群与时代风云、地域空间、阶层群体、家族之间的关系，富有一定的文学与社会能量，形成张力和动力，对地域文学风格的塑造和地方文学史的进程产生了一定的影响。根据湖湘诗史典型事件的起因，其"文学社会学"视阈研究下的事件主要分为：社会事件、疫灾事件、文化事件和仕宦事件四类。

　　历史是不应该被遗忘的，许多历史事件的余韵在经年流转之后仍会再次浮现于世间。事件往往会对文人的创作造成影响，文学家也需要凭借历史事件获得介入历史、推动历史的力量。同时，历史是不朽的知识之源，历史事件的记录能够促进人们对现在与未来发生之事的理解。

一、清代湖湘诗史典型事件研究文献综述

湖湘诗史典型事件主要涉及湖湘诗史、诗派活动、文人唱和、图画题咏等研究主题，故相关研究动态总结如下：

1. 湖湘诗史及诗派的研究，既有全面系统的文学史梳理，又有典型个案的重点探讨。地域针对性强，理论归纳与文献考辑并行推进。

全面系统论述的有萧晓阳的《湖湘诗派研究》（2008）第一次对湖湘诗派进行了深入细致的论述，并考察了这一诗派在湖南近代诗坛上的意义以及与近代文坛上诸诗派的关系。《湖湘诗派研究》对湖南近代诗歌研究具有开拓意义。《近代湖湘文学研究》（2005）、孙海洋的《湖南近代家族文学研究》（2011）等著作对湖湘文学的构成部分、时代背景、地域特征等作出了独到的阐论，对相关史料进行了细致的考证、梳理。以陈书良的《湖南文学史》（1998）为代表的多部文学史探讨与总结了以陈三立为代表的"同光体"和以王闿运为代表的汉魏六朝诗派的特征与诗史意义。黄格非的《新中国以来研究者视野中的湖湘诗派》一文梳理与总结了中华人民共和国成立以后湖湘诗派的研究成果。王友胜关于"清代湖湘文学总集研究"课题的研究，基于总集文献的考辑、整理，从而推进笔者对清代湖湘文学史的总体认知与宏观把握。典型个案的重点探讨，则提供了地域针对性较强的研究范例，如吴怀东、马玉的《湖湘政治群体之崛起与湖湘区域文化之自觉——论王闿运对汉魏六朝诗派之建构》（2017）。从咸丰九年（1859），通过王闿运旅居京师与汉魏六朝诗派共同抄选《八代诗选》这一活动展开研究，具体还原以及探究晚清湖湘文人积极传承地方诗学文脉与自觉建构区域文化传统的现场、背景与意义。袁志成的《晚清湘社考论》（2011），对湘社成员以及诗词的创作进行了比较详细的考论，清晰地考索并概括了湘社的重要社集活动、诗词创作，并揭示了其独特的湖湘词坛地位。

以诗学理论角度展开湖湘诗史研究的，有孙银霞《晚清诗论中的"百家争鸣"及时代成因》（2017）、《光宣诗论及其新诗走向》（2017）。其文章立足全局，比较与分析了湖湘诗派与其他诗派理论间既统一又对立的关系，并探讨了晚清诗派在特定时期中的特征以及完成的历史任务——传统诗

学的回归与新变。杨艳的《湖湘派诗论——以湖湘诗派诗话为切入点之研究》（2014）、李亚峰的《论晚清王闿运"曲隐"诗歌美学观》（2018），都是采取了新角度或新的切入点来研究湖湘诗派的诗学观。在诗歌文献方面，《清代诗文集汇编》（2010）、《近代诗文集汇编》（2010）、《湖湘文库》（2012）等诸多总集以及作家别集的出版，都以考证与校点为主，对清代多个湖湘作家及其作品进行了准确的考证，同时澄清了以往研究的一些盲点，为其他研究者扫清了不少文献障碍。

2. 关于文人雅集酬唱、图画题咏的研究源流久远。现代学者围绕其展开的研究逐渐从偏重某个时期的典型扩大到更全面的范围，描述、归纳层面上升为学理层面，停留在文学维度的单一分析逐渐拓展到社会学维度、文化学维度的多重研究。

理清唱和诗词的研究。具有新意和深度理论阐述的有巩本栋的《关于唱和诗词研究的几个问题》（2006），论述了诗词唱和的普遍性、源流、形式、性质、特色以及文学史作用等；认为酬唱诗应该在文学史上占据一席之地，并对唱和诗词历来被人指责的三个焦点——应酬、次韵、逞才使气，提出了新论。吕肖奂、张剑的《酬唱诗学的三重维度建构》（2012）认为酬唱诗歌是诗人之间各种关系的艺术书写，试图从文学维度、社会学维度与文化学维度重新构建酬唱诗学。三重维度的相对独立及互补构建，将对主要建立在独吟诗歌基础上的传统诗学进行全面的补充、修正，甚至颠覆了其中一部分观念。

另外，图像与文学关系的不少研究，树立了良好的研究范式。代表论著有赵宪章的《文学和图像关系研究中的若干问题》及其主编的《文学与图像》等。结合相关理论进行专题探讨，择选典型个案，论及文人图像及其题咏的著作有王文荣的《文人结社图研究——明清江南地区为考察中心》（2013），专门论述了明清江南文人结社图产生的源由、特点与作用等。孙雨晨的《清人图像题咏论》（2015）、毛文芳的《图成行乐：明清文人画像题咏析论》（2008），皆是择选题图典型事件展开综合研究，着重论述其文学史影响与文化意义。针对性强并予以理论指引和思维启发的研究成果有罗时进的《近代典型文学事件阐论——以柳亚子〈分湖旧隐图〉征集题咏为例》（2018）、

《地域文学研究的关键词：以清代江南为例的讨论》（2019）、《地域社群：明清诗文研究的一个重要维度》（2011）等，对明清地域文学史研究的方法、意义进行了视角新颖、理解透彻的论述，不仅涉及本体性研究的启发，还对外联性问题亦有广阔的启发。对明清文学研究者来讲，在理论层面对其有着重要的指导作用，使之在具体实践中更清楚地认识研究方向与把握研究维度。

海外部分学者对明清文人结社、群体活动、典型事件亦显示出浓厚的研究兴趣。如日本小野和子的《明季党社考》（2006），该书不仅提供了大量史料详实的考证，还夹叙夹议，从党争角度解读明史。运用新式理论深入剖析社群活动与心态的有新加坡林立的《群体身份与记忆的建构：清遗民词社须社的唱酬》（2011），其从社会政治功能的角度对文人社集、社名以及开展的一系列事件因由予以新兴的理论阐释，并具有范式作用。

3. 在整个清代文学史研究的著作中，专门针对湖湘这一中国文学版图中重要组成部分而展开的研究仍然比较薄弱。关于湖湘文学及文化的研究还存在较大的延展空间，角度也可进一步创新。

相关研究主题的著作已构建了较为丰富的学术话语，主要体现出以下两个特点：一是研究的地域范围较为集中。如果研究对象一直显示出明显的"明清江南特色"——纳入研究的文人群体在时代上多处于明代或明清之际，地域选择上也多就江南范围开展考察。明清江南地区的文人群体与典型事件研究起到了一定的示范作用，同时也启示我们认识到地域文学史典型事件研究的重要性，因此这方面研究尚可进一步扩充。二是研究的对象较为集中。现有的研究多是从精英作家和强势文化的角度突显文学史的"点"，而忽视了基层作家群体、作家活动现场与过程，不能顾及整个文学史的"面"，以及由"点"到"面"的动态变化过程。况且突破单一视域，从事件这一角度入手，结合相关理论综合研究湖湘文人雅集、大型酬唱、群体题图的研究尚为少见。

值得注意的是，湖湘地域文学及文化积淀深厚。尤其是明清以来，大家、名家前后相望，盛况空前，湖湘名流、世家与文人社群层出不穷。而在清代文学史研究的著作中，专门针对湖湘的研究仍然较少。地域文学与地域文化的研究仍然需要注意"空间维度""群体印象"和"基层关注"，这就需要在研究视阈和研究方法上进行多角度研究和多个侧面的探讨。

二、清代湖湘诗史典型事件研究的意义

清代湖湘诗史典型事件研究的意义在于：

1. 学术价值。一个艺术作品以一次文学活动产生的"事实"变成有影响的文学"事件"，从而进入文学发展演变的历史进程，其本身便值得深入探讨。"事件"具有文化生态、诗歌创作等多重关系的聚合意义。越是重要的、典型的事件，越非孤立地存在，它包含着其他"事件"或者"情"作为组成部分，其冲突性就越强，联系度越宽，含容量越大，表征力越高。故地域文学研究将"中介"聚焦于"事件"，因其具有更大的地方"知识量"，能够在更大程度上体现地域文学发展的动态及本质特征，其研究的价值与意义不言而喻。即使对于一些跨地域的事件，也同样可以以地域为单元进行分析。这种地域性事件的研究，对传统的全局性、宏观性研究起到支持作用，也可能起到一定程度的修正作用，这些都具有重要的学术价值。

2. 应用价值。有助于了解与丰富湖湘文化的内涵，进而更好地认知和传播地域文化。同时为推动清代文学研究，发掘古代文学精华，弘扬中华优秀传统文化做出一定贡献。

3. 创新价值。本课题着力于清代湖湘文学与文化的研究，并试图做到对视角的延展、丰富与研究、方法的创新。

三、研究思路与方法

（一）研究思路

本书遵循"发掘整理—探寻还原—综合分析—探究提升"的研究思路，以典型事件为聚焦点，层层推进，横纵结合，内外联系。

理史定点：在前期整理的基础上，进一步发掘和整理清代湖湘文人的相关文献，发现、考辑和分析湖湘诗史典型事件的资料，尽量全面探寻和细致复原其时空背景、文学现场与活动过程。

依史观点：将清代分为初、中、晚三个时期，选择典型事件个案，结合相关理论，再依据文献，以事件为切入点，观照事件中文人的活动特点、文学创作、精神风貌、命运走向等，明晰事件对文人、文学史的影响以及文人通过事件展示的历史作用。

由点及面：借鉴国内外的研究成果，突破单一学科视野的局限性，综合分析不同典型事件的阶段性与地域性的特点，挖掘其文学价值和历史意义，宏观把握湖湘文学史的发展特点、关键节点和外部影响因素。

（二）具体研究方法

本书运用基本的文献考证方法，梳理别集、选集、家谱、方志、诗话、笔记等各种文献中的清代湖湘诗史典型事件的资料；借鉴中国传统学术研究的"编年体""学案体""纪事本末体""诗纪事"等体裁，加以融合与改造，将其综合成"事件体"的研究体例。

结合历时与共时相结合的比较研究，如加强不同时期清代湖湘诗史典型事件的纵向比较以及与异地诗史典型事件的横向比较，以提供一种较为广阔的研究视野；兼采跨学科研究法，在运用传统文学批评和鉴赏的同时，将文艺学、美学、文化学、社会学、传播学等有关理论结合起来，借鉴人类学中的"整体论"研究法，将研究对象置于大文化有机体中进行剖析。既探讨它本身具有的文化元素，也探讨其与外部社会、自然环境、历史文化、阶层群体等方面的辩证联系。

第一章

社会事件与湖湘文学

第一节　清代湖湘《洞庭秋》唱和事件及其题咏

洞庭湖——湖湘一带最具代表性的湖泊，烟波浩渺，水雄山峻，为"海内巨浸"也，"天一生水，水万涵天，南有巨浸，洞庭最焉，潴泽凝湘，吞江吐汉，青草有山，碧黔无岸，水待露以澄鲜，律应商而浩瀚。"①洞庭秋景承载着深刻的历史记忆，具有强烈的地域色彩，属于潇湘八景之固定一景，从楚辞之"袅袅兮秋风，洞庭波兮木叶下"到"朝晖夕阴，气象万千"，洞庭湖惯常为历代文人游历与题咏之地。虽然有李白、孟浩然等名家"题诗在上头"，但后继题咏者仍然络绎不绝，佳品迭出。

清初，湖湘一带屡遭兵燹之害，又逢鼎革之变，洞庭秋风萧瑟之景、湖天飘渺之象、浪阔涛怒之境与遗民文人们的心理和情绪相契合，更易生发兴亡之感、眷怀之情、悲怆之意，虽然平常碍于政治高压难于明白表述，但可借诗歌诉萧瑟秋景，委婉地抒发自己的黍离之悲，家国之痛。特别是湖湘遗民诗人通过题咏洞庭，"盖遭遇壤坎家国之际，有难以显言者，奇情伟抱一于诗泄之。"②

一、郭都贤《洞庭秋》唱和事件过程及参与者

关于《洞庭秋》组诗的创作起因，陶汝鼐《郭幼隗〈洞庭秋〉序》给予了较详细的解说：

何处无水？何水无秋？五湖四序，独以秋予洞庭。有说乎？曰：屈宋，皆湖以南人也。屈悲风，宋悲秋，秋之气遂多在楚。湘、郢泽国，又皆与洞庭相望，宜秋多在洞庭间。至太白、襄阳，偶然兴会，顿觉天水争妍，然孰知千载而下，有更取而赋之如吾辈者也？

① 陶汝鼐. 陶汝鼐集 [M]. 梁颂成，校点. 长沙：岳麓书社，2008：12.
② 邓显鹤. 沅湘耆旧集：第 2 册 [M]. 欧阳楠，校点. 长沙：岳麓书社，2007：554.

近体六十首，唱自些庵先生，似不少留余地，乃数数寓书使征和同志。予既阁笔让于幼隗，幼隗不复让。曰："灭灶再燃，岂得无意？"一日报三十章俱就，南郭子綦遂称剧孟敌国矣。夫些公以故老流离，眷怀宗社，居然有《九歌》之风。而幼隗亦凤鸟鲲鱼，风流无恙，庶几得登山临水之遗响也欤！幼隗且曰："子盍为我评之？"而些公书适至，谓《洞庭秋》和者数十家。顷读幼隗诗，老夫真让一头地矣！①

序中提到：洞庭与"秋"紧密相连，依托洞庭得天独厚的环境因素，湖湘文人又承袭悠久的洞庭悲秋的题赋传统，加上明末清初是鼎新革故之际，故而郭都贤先作六十首近体倡起《洞庭秋》一题，只为了更好地传播宣扬，还特地将郭之《洞庭秋》组诗作专刻行世。郭数次寓书给朋友，邀友唱和其《洞庭秋》一诗。而后陶汝鼐、郭金台、赵友沂等同社友积极响应，参与共和。

郭都贤《洞庭秋》创作时间为顺治癸巳年（1653）仲春前一年，太仓诗人顾云（黄山破额晦山樵）跋记载其题跋时间为："癸卯仲春下浣六日"。

清初时《洞庭秋》唱和的主导者郭都贤，字天门。人称天门先生，号些庵，益阳桃江人。明天启二年（1622）进士，历任吏部主事、文选司员外郎和江西巡抚等官职。为官清正，吏治严明，颇有贤声。明亡后落发为僧，隐石门，号顽石，又号些庵和尚。行脚无定所，初依熊鱼山开元、尹洞庭民兴于湖北嘉鱼，寓梅熟庵。后流寓沔阳，筑补山堂，前后十九载。归结草庐桃花江，复以诗累，客死于江陵承天寺。著有《衡岳集》《止庵集》《嵩梦集》等。《清史稿》列传卷二百八十八、《益阳县志》《沅湘耆旧集》卷二十八、李元度《国朝先正事略》卷四十五等书载其事迹。

郭都贤性严介，风骨凛然。洪承畴叛明降清后，进军湖广。因为前恩，寻见都贤，赠以银钱，被郭退回；又欲授予都贤之子官职，郭也断然拒绝。与洪相谈时，都贤故作眼痛。承畴惊问："先生何时患病眼？"都贤曰："始自识君"。与人交游，尚节重义；往来密切者，多豪俊之士。魏禧曾上书云

---

① 陶汝鼐.陶汝鼐集 [M].梁颂成，校点.长沙：岳麓书社，2008：491.

其:"抱道履德二十年间,所著述之文与所交游造就之士必有伟论奇人。"① 当时还有人评价:"谓先生门下史忠正之节义、经济,魏叔子之文章,得一已足不朽,可想见师友渊源之盛矣。"②《邹中翰传》载:"邹中翰名统鲁,字近野,号民崖,湖南衡阳人也。少攻文艺,敦修内行,而倜傥负经世略,挟策游四方,所缔交皆天下豪俊。崇祯壬午举于卿,时朝野多故,量材者喜得奇士。明年秋,献贼陷湖南,所在搜求缙绅,迫以伪作勾,愤不欲生,仰天叹曰:誓不为贼屈,宁蹈江海死耳。遂变姓名,为方士服,间道入东粤。……因居幕府,参军政,所与议论皆天下大计。……晚年屡却当事征聘,惟键户著述,或携筇放棹于湖湘间,人鲜有识者。其酬唱往来,则先太史密庵公、前司马郭些庵公为最密。平生诗古文稿,亟为二公赏识。"③ 郭负才磊落,博学强识,工诗文,书法瘦硬;兼善绘事,写竹尤入妙;诗文炳烺,地方乡人广为传颂。其后人陶士偰《跋澹园遗咏》提到:"漕阳之诗在前代最著者,予外曾祖郭些庵司马暨外祖者斋先生,鹤鸣子和,一堂麟炳矣。……回环参诵,乃知些庵诗顿挫沉郁,杜少陵之每饭弗忘也。者斋诗风华宕逸,谢康乐之初日芙蓉也。"④

重要唱和者:郭金台,字幼隗。本姓陈,十三岁时遭家难,匿中表郭氏得免,遂冒郭姓。崇祯己卯、壬午两中副榜,屡荐不赴,例授官亦不就。隆武时督师何腾蛟数次再荐,皆以母老辞。明末动乱之际带练乡兵,守御乡土,全活数万人。晚归隐衡山,著书授徒。遇人不谈世事,只列论明末殉难诸人。与长沙推官蔡道宪交情甚笃。癸未时张献忠破长沙,蔡道宪被执,怒骂不屈,寸磔以死,郭每言及辄泣下,曰:"负我良友。"郭卒前自题其墓碑名为"遗民郭金台之墓"。著有《石村诗文集》《代古诗》《旅园旧诗》诸集,诸诗体擅《骚》《雅》,义兼正变,无摹拟之迹,多沉郁之思。郭金台作《洞庭秋诗和郭些庵先生》即是一例。《刘干有落花诗序》中亦提及:"往次郭些庵先生《洞庭秋》诗三十韵,前后酬和将百家。嗣有以上下平声命意责报章

① 李元度.国朝先正事略:卷四十五 [M].易孟醇,校点.长沙:岳麓书社,2008:1265.
② 李元度.国朝先正事略:卷四十五 [M].易孟醇,校点.长沙:岳麓书社,2008:1265.
③ 陶士偰.运甓轩文集:卷四 [M].刻本(四库本),1762(乾隆二十七年).
④ 陶士偰.运甓轩文集:卷四 [M].刻本(四库本),1762(乾隆二十七年).

者，谢才尽兴阑不敢，倏忽十易岁。沱潜干有邮时易斋诸篇，索评序。"①《沅湘耆旧集》卷二十七等书载其事迹。

赵而忭（1623—1661），字友沂，长沙人。为工部尚书赵开心（洞门）之子，曾以父荫授中书舍人，诏入《明史》馆纂修。未及四十而卒。著有《孝廉船》《虎鼠斋集》。友沂少负异才，一时巨公名宿，如吴绮、龚鼎孳、杜濬、郭金台诸老，皆乐与之交。虽年少通显，但也备尝险阻，故其诗多苍凉悲壮之音。友沂遭时多故，既登南明隆武丙戌（1646）贤书。入清后，格于例不得参试。又出身贵宦，不能以前代遗民自重。以"孝廉船""虎鼠斋"命名其集，正包含其惓怀故国、行吟泽畔、侘傺不平之隐情。《楚诗纪》卷四、《沅湘耆旧集》卷四十八等书载其事迹，《（光绪）湖南通志》卷一百七十五人物志十六存赵氏父子两人合传。曾作《和洞庭秋》三十章。

长久见证者：陶汝鼐，字仲调。一字燮友，别号密庵、忍头陀，湖南宁乡人。少时奇慧，应童子试，督学徐亮生惊喜得异才。崇祯元年（1628）充拔贡生。"会帝幸太学，群臣请复高皇积分法，祭酒顾锡畴奏荐汝鼐才，特赐第一，诏题名勒石太学。除五品官，不拜，乞留监肄业。癸酉举于乡，两中会试副榜。南渡后，剃发沩山，号忍头陀。生平内行笃，父歹历，哀慕终身。事母曲尽孝养，处族党多厚德，尝为人雪奇冤，冒险难，活千余人，然不自言也。"②明覆亡以后剃发为僧，以"忍头陀"自号。他坚持民族气节，不向满清权贵屈服，顾炎武称他是"铁石心肝"。其诗文有奇气，书法遒劲迥绝，世称"楚陶三绝"，著《荣木堂诗文集》。《清史稿》列传卷二百八十八载其传。陶汝鼐与郭都贤交情甚笃，郭都贤为陶诗文集作序有"生同里，长同学，出处患难，同时同志"之语。郭都贤亡后，陶汝鼐为其创作了一组挽诗《郭些翁坐逝于江陵古刹讣到且传临终上督抚诸公诗不胜悲悼作挽诗六首》，诗歌感情真挚沉痛，足见两人的交情深厚，同道相持。《荣木堂诗文集》中存陶汝鼐《洞庭秋十二首间和些翁作》和作，其文《赵友沂诗序》，皆有谈及《洞庭秋》唱和事件以及评价相关诗作，特别提到"嗣郭

① 郭金台.石村诗文集[M].陶新华，校点.长沙：岳麓书社，2009：246.
② 赵尔巽.清稿史·列传·卷二八八[M].北京：中华书局，1977：13861.

些老倡为诗，皆楚之婆人也"①，可知当时唱和郭都贤《洞庭秋》诗的多为清初经历坎坷、心情悲苦的湖湘文人，以图寂寞中寄愁思。另著《洞庭秋赋有序》，洋洋大观，展露奇气。

后续创作者：杨升，字系云。湘潭诸生，见重于时，推为里中祭酒。其《洞庭秋有引》言："读郭些庵先生《洞庭秋》，若烟波在我几席。湖白秋深，愁缕百结，非有心人不能作，亦不能读。固知先生有先生之洞庭秋，猥云续貂，聊追索湖秋，即寄怀先生。"②

石鲸，子浪秋，一字横海，号滦州，武陵人。顺治戊戌（1658）进士，官滦州知州，以刚直罢。著有《鹰来草堂诗钞》。横海性奇伟，七岁能诗（廖元度《楚诗纪》一说八岁时辄有惊人之句），作《洞庭秋和诗三十首有引》。

郭良史，字野臣，别号者斋，益阳人。些庵先生之子，顺治初贡生。诗才雄健，作《洞庭秋和家大人韵》。

异地友人的题跋从他者兼读者的角度分析了《洞庭秋》组诗的创作基础。湖北诗人熊鱼山开元《洞庭秋》题跋言："世间浅人、豪健人生活已一时铲断，父父子子却于太虚空里拈起。"③太仓诗人顾云（黄山破额晦山樵）跋言："天地间大旷景，原以待大吟咏。自有《洞庭秋》。然非些公才异，志节异，胸中丘壑异，即日坐潇湘，面巫峡，有望洋抱叹而已。"④这两篇跋从读者身份揭示了《洞庭秋》唱和组诗产生的三个原因：第一，时代巨变下，生活完全脱离了原有的轨道，原有的君臣父子伦，只能依靠同道文人群体唱和的方式来维护；对故国前朝的怀恋情感也只能寄托于《洞庭秋》这样的文学作品。第二，洞庭湖这样的烟波浩景，蕴涵着历史典故与文化情感，寻常的小词简句无法将其涵盖包容以及表达透彻。而数量繁多、气势磅礴的组诗，可谓匹配洞庭湖的吟咏。第三，郭金台个人家国破碎的经历、高洁不屈的志节、才豪气猛的文才综合在一起，成为引发《洞庭秋》组诗发起以及传播，并引发唱和的直接原因。

---

① 陶汝鼐．陶汝鼐集 [M]．梁颂成，校点．长沙：岳麓书社，2008：491．

② 邓显鹤．沅湘耆旧集：第 3 册 [M]．欧阳楠，校点．长沙：岳麓书社，2007：91．

③ 邓显鹤．沅湘耆旧集：第 2 册 [M]．欧阳楠，校点．长沙：岳麓书社，2007：610．

④ 邓显鹤．沅湘耆旧集：第 2 册 [M]．欧阳楠，校点．长沙：岳麓书社，2007：610．

二、《洞庭秋》唱和组诗之个案赏析

郭都贤《洞庭秋》九十律组诗自序云："题面极壮丽，着邱壑寒俭语不得；题情极清婉，着波涛汹涌语不得。"①郭氏之诗，一改许多过往文人关于《洞庭秋》之寒俭诗语及单一的清婉诗风，变寒俭为清婉，写汹涌为悲壮；纵横曲折，裁成九十首，有五千言。郭氏才气勃发，五千言诗气势不间断，诗意不重复，典故横生妙用。想象恣肆，画面壮丽，时空寥廓，"谭天至非非想，发地至金刚际，无以喻其深玄。"②情感悲慨豪壮，感人肺腑。

现择其一组诗稍作分析，如：

挂却鱼竿谢钓矶，空明欲击溯流非。
地倾西北娲无补，人化沙虫鹤不归。
界破紫蜺分碧眼，平沉苍狗卷秋衣。
蒹葭白露关何事，尺蠖洋洋可乐饥。（五微）③
秋远平湖湛四虚，风波莽荡渺愁予。
可知破浪思宗悫，不似惊涛说子胥。
击去三千嘲斥鷃，乞来升斗泣枯鱼。
从今试上巴丘望，肯信龙蟠有洳沮。（六鱼）④
何处扁舟别有天，眸光夺却失中边。
孤云万里谁禁此，长笛一声人悄然。
丛桂小山随地得，蓼花隔浦漫情牵。
冥鸿野鸟真寥廓，不向溪深叹站鸢。（一先）⑤
铁幕横霜警梦劳，洞庭波涌赴秋高。
尽翻汉代回风曲，倾倒蛮天八月涛。

① 邓显鹤.沅湘耆旧集：第2册 [M].欧阳楠，校点.长沙：岳麓书社，2007：610.
② 邓显鹤.沅湘耆旧集：第2册 [M].欧阳楠，校点.长沙：岳麓书社，2007：610.
③ 邓显鹤.沅湘耆旧集：第2册 [M].欧阳楠，校点.长沙：岳麓书社，2007：604.
④ 邓显鹤.沅湘耆旧集：第2册 [M].欧阳楠，校点.长沙：岳麓书社，2007：604.
⑤ 邓显鹤.沅湘耆旧集：第2册 [M].欧阳楠，校点.长沙：岳麓书社，2007：605.

星影动摇催海曙，鹰声激楚下鞲绦。

钓筒收去空云水，明月芦花老二毛。（四豪）①

隔断红尘绝点纤，酒香亭上冷青帘。

乾坤有尽疑天失，日月无多恐浪淹。

冀入星星秋枉兴，鹭能汛汛著何占。

河清海晏寻常颂，叹息湖波岁未恬。（十四盐）②

　　郭都贤的组诗纷繁多样，按照时间顺序的推移，《洞庭秋》从远古一直写到清初。每首诗中采用不同历史或典籍的典故，许多历史人物如女娲、伍子胥等；不同典籍如《诗经》《庄子》等。和各种虚虚实实的洞庭秋景交织在一起，时空、人物、景象不断变幻，读者的各种感觉得以调动，使组诗最后形成一幅浩瀚辽阔的画卷。

　　陶汝鼐《洞庭秋十二首间和些翁作》中有：

微波新水壮于空，灏气纷然接素穹。

睡去鱼龙方得夜，香来橘柚亦分风。

怜人落照三闾远，望古登楼一范同。

最是楚天飘渺处，百川疏雨挂残虹。（其一）

芙蓉寂寞鼎湖秋，一望中原涕泗流。

青草更难寻旧垒，黄陵今亦类浮丘。

蛟腥不射风徒劲，龙死遗灰劫未休。

何处楼船钲鼓急，并将天地入边愁。（其十一）

三湖水返太湖增，郡阁虚无镜里凭。

天幕酒亭云卷幔，月低芦岸雪藏灯。

楚风欲入豳风细，江气如趋海气澄。

值得玄真吟复画，烟波今日有谁能。（其十二）③

① 邓显鹤.沅湘耆旧集：第 2 册 [M].欧阳楠，校点.长沙：岳麓书社，2007：605.

② 邓显鹤.沅湘耆旧集：第 2 册 [M].欧阳楠，校点.长沙：岳麓书社，2007：609-610.

③ 陶汝鼐，陶汝鼐集 [M].梁颂成，校点.长沙：岳麓书社，2008：175.

洞庭秋景生发了诗人的诗思灵感，在遗民诗人的笔下，较之平常感湖伤秋的诗人，显示出更加强烈的感伤色彩与萧瑟情调。陶汝鼐"寻旧垒""一望中原涕泗流"中怀旧而伤感的心态在其组诗里也表露得较为明显。同题相较，陶汝鼐、郭都贤两者诗作在典故的运用上皆选择了强烈的色彩。郭氏诗更加才豪气猛，间乏蕴藉；陶氏诗风则更趋清丽，时空景象较为清简。

　　郭金台的三十首《洞庭秋》，包含丰富，涉及广泛，饱含对乡土的热爱之情。组诗如同一部微型的湖湘洞庭史诗，自远到近。组诗中出现了各种与洞庭湖相关的人物，从神话传说中的苍梧帝子、湘妃、柳毅、神女，到历史记录中的屈原、贾谊、伍子胥，再到日常生活中的渔父樵夫等。这些人物形象的出现也造就了一幅幅洞庭秋景的动态画卷，如"湖上秋山晴更碧，云中鸿影字空排""潋滟晴光拂石矶，横江桂楫舞荷衣""高秋极浦万峰寒，莹彻明湖灿玉盘""秋阴山鬼迷朝暮，月蚌明珠自吐吞"等。更具个人特色的是郭金台在诗中加入了不少自注，既是帮助读者理解诗意，也特别介绍了洞庭之地的乡土特产与地方异景，如诗注："洞庭之神，帝尧之二女主之，赋本题固应首此"①。《五微》在解释："滗湖波净思千里，苦忆含膏自解饥"时，注有："含膏茶出滗湖"②。《十三元》中有："月蚌明珠自吐吞。湖中常有老蚌，白月吐珠，光彩耀目"③等。

　　组诗留下了时代动乱带给郭金台的深刻印记，诗中填入了不少喻示时事和抒发情怀的句子，情感真诚强烈，富有感染力。

　　《十一真》：关河破碎云烟合，日月销磨山水亲。

　　《十三元》：苦恨艰难时寓目，无端涕泗一凭轩。

　　《十四寒》：南国离忧天地阔，江湖自古傲儒冠。

　　《五歌》：愿销兵甲洗天河，湖上秋阴巨浪多。

　　高华欲附冥鸿语，黯淡难闻渔父歌。

---

① 郭金台.石村诗文集[M].陶新华，校点.长沙：岳麓书社，2009：73.
② 郭金台.石村诗文集[M].陶新华，校点.长沙：岳麓书社，2009：74.
③ 郭金台.石村诗文集[M].陶新华，校点.长沙：岳麓书社，2009：76.

《六麻》：振古长沙悲啸歌聚，伤心何事益吹筇。

《十四盐》：澄江万里无纤影，鼙鼓中原尚戒严。①

　　这组诗留下了时代动乱给予郭金台的深刻印记，诗中填入了不少喻示时事和抒发情怀的句子，情感真诚强烈，富有感染力。

　　身处明清之际的郭金台，以遗民身份自居和持正。晚年归隐衡山，著书授徒，绝口不谈世事。但谈及当时殉难的诸人，却唏嘘流涕。其难以显言者，忧愁苦恨之情，黯淡消沉之意，持节自清之傲，在三十首《洞庭秋》中直接宣泄出来。

　　新朝入仕的湖湘诗人，多有参与题咏《洞庭秋》，其怀旧悲凉之情并不因顾忌新朝而掩于卷。如沈可济《洞庭秋》诗云：

　　平湖下上汇西东，不尽江流九水通。

　　万顷波光蓝蔚里，一天秋色碧虚中。

　　风高莫遣骑琴鲤，目断何当问塞鸿。

　　惆怅年来倍萧瑟，夜深清露引梧桐。（其一）②

　　诗歌景象开阔清朗，情思却惆怅酸楚。类似的凄伤之句，在沈可济的组诗中多处可见，如：

　　可惜南天倍惆怅，秋风一夜过秦淮。（其二）

　　文章何处灵氛荐，苦向西风泣暮烟。（其三）

　　无限蒹迷寒玉露，几行憔悴老烟条。③

　　沈可济，字月山，武陵人。顺治辛卯举人，官沅陵教谕。著作有《月山集》，今已佚失。邓显鹤在评论此诗时言：“今从《常德文征》得其《洞庭秋》

----

① 郭金台.石村诗文集 [M].陶新华，校点.长沙：岳麓书社，2009：76-77.

② 邓显鹤.沅湘耆旧集：第 3 册 [M].欧阳楠，校点.长沙：岳麓书社，2007：113.

③ 邓显鹤.沅湘耆旧集：第 3 册 [M].欧阳楠，校点.长沙：岳麓书社，2007：113.

诗五首。是题始于郭些老。当日吾乡诗社，竞相唱和。大抵感怀故国，多悲凉凄戾之音。月山入本朝，应举出仕，故其语少夷怿。"①

三、郭都贤的《洞庭秋》唱和事件及其题咏作品的意义

《洞庭秋》的唱和是地方文坛中重要的文学事件，其推动了大量优质文学作品的产生，带动了文坛多面化的互动交流，对促进典范文人的事迹、作品具有传播与示范作用。唱和作品，产生于鼎革之变的特殊时期，依附于地方代表性的空间景观。作品包含的情感内容与作者们的行为方式都具有时代普遍性，作品流传多年后仍能引发后人哀情的共鸣。如嘉庆举人黄本骐在《湘阴道中二首》中云："沙垒销沉旧战场，寒流呜咽绕罗湘。十三镇将尽草窃，八百里湖明火光。祆劫几经奸闯献，忠魂至竟痛何章。何总制腾蛟章巡抚旷。忍头陀赋天门咏，留得余哀异代伤。陶待诏汝萧号忍头陀有《哀湖南赋》，郭尚书都贤，号天门，有《洞庭秋》三十首。"②后人的题作内容，有些并不只限于对洞庭湖景观的吟咏兴发，而是更关注于郭都贤生平的评点与叹惋，更感慨其人世悲情。如嘉庆贡生薛嗣昌《跋郭些庵洞庭秋诗后》云："欲共渔郎去问津，归来江令作游民。暮年风月犹丁卯，故国楼台已甲申。事去难填沧海石，心空不拭镜台尘。河汾遗老悲歌在，零落中州集里人。"③

《洞庭秋》组诗的书写意象与艺术风格展露了强烈的地域色彩，丰富了异地读者对湖湘代表性景观的印象。这些文学效应可从评点与题跋中窥见一二。癸卯年（1663），湖北嘉鱼熊鱼山开元题跋言："洋洋乎洞庭秋，真楚泽之遗音也。"④黄梅破额晦山樵跋言："湖可涸而诗不可灭，秋可老而文不可老，真万古绝唱也。狂读数过，忍俊不禁，中夜乱书一歌，以搏掀髯大噱。"⑤《洞庭秋和诗三十首有引》中谈到："长安人有持些庵此诗，问余洞庭之气何如？余曰：'洞庭有伯气而无王气，有仙气而无富贵气。'人谓知言。

---

① 邓显鹤.沅湘耆旧集：第3册[M].欧阳楠，校点.长沙：岳麓书社，2007：113.

② 黄本骐.三十六湾草庐稿：卷十[M].刻本.[出版地不详]：学识斋，1868（同治七年）.

③ 邓显鹤.沅湘耆旧集：第6册[M].欧阳楠，校点.长沙：岳麓书社，2007：92.

④ 邓显鹤.沅湘耆旧集：第2册[M].欧阳楠，校点.长沙：岳麓书社，2007：610.

⑤ 邓显鹤.沅湘耆旧集：第2册[M].欧阳楠，校点.长沙：岳麓书社，2007：610.

一夜引烛和此，却寄洞庭人。"①

　　积极唱和与传播《洞庭秋》组诗，以图抗怀前哲，振起未来，体现与强化了湖湘文人继承与发扬地方传统文化的自觉性。清初，郭都贤《洞庭秋》一出，马上传颂于湖湘。"昔些庵司马赋《洞庭秋》三十首，传颂湖湘者。"②清代中期，郭都贤所在乡里的后辈们，"合《趣陶园》与《洞庭秋》诸作，以椠滨阳百年来之诗，而滨阳之诗之大观亦略具于此矣。时内弟典虞伯仲以全集颇繁，先剞劂《趣陶园》一种，公诸同好，予亦将取《洞庭唱和诗》重为授梓，故连类并及云"。③以郭都贤等为代表的湖湘文人，其文技诗心，皆受到湖湘后辈的推崇与追怀。

　　湖湘文学独立于中原，其发展的意识经过《洞庭秋》的乡人唱和与传播，得到了进一步的彰显。陶汝鼐《荣木堂集文集》卷三言："楚诗之力之足，以变天下也久矣。受其变者，既不能砥其流，而夸诞之士往往浸滛其中，又佯为惩楚之论，此有识者，所窃笑也。虽然竟陵始出而砥公安之流，故天下翕然服其变而不觉，才十余年，而我湖南之诗已自有门庭矣。……吾友沂之以东南振楚诗于今日也。友沂才性隽异，早擅雕龙，弱冠赋两都，侨居广陵，交天下士，不十年而声重禁林，名满海内矣。顷还家，争传其诗者，若以为东南才子，而忘其为楚也。友沂乃复以《和洞庭秋》示我，夐夐三十章，欲令万顷平湖惊采绝艳，刘勰所谓极貌以写物，穷力而追新者矣。"④陶汝鼐认为赵友沂以凤池彩笔创作《洞庭秋》，描绘出洞庭湖的气象万千，展示了个人的才气，更为关键的是以赵友沂为代表的湖湘诗人，通过创作《洞庭秋》等诗作张扬了楚风，且变时风而成为诗坛的中流砥柱。

① 邓显鹤 . 沅湘耆旧集：第 3 册 [M]. 欧阳楠，校点 . 长沙：岳麓书社，2007：137-138.
② 陶士偰 . 运甓轩文集：卷八 [M]. 刻本（四库本），1762（乾隆二十七年）.
③ 陶士偰 . 运甓轩文集：卷八 [M]. 刻本（四库本），1762（乾隆二十七年）.
④ 陶汝鼐 . 陶汝鼐集 [M]. 梁颂成，校点 . 长沙：岳麓书社，2008：490.

第二节　清代湖湘文人的家难事件及其书写

　　时代的一粒尘，落在个人或家庭上，就是一座沉重的山。重压之下，多是普通家庭的悲欢离合、生死痛别。明清易代之际，战争纷乱，社会动荡，人心不稳，而清王朝建立在武力镇压与野蛮扩张的基础上。清政权稳固后，统治者又极力推行思想文化控制政策，大兴文字狱；再加上对小农社会具有巨大破坏力的天灾人祸等种种意外，给普通家庭带来了毁灭性的灾难。

　　清初的遗民文人有不少反映家难的作品，虽然学界对清初遗民比较关注，但是对这些家难作品的研究相对较少。对清初遗民诗坛整体性的研究，有朱美琪的《明末清初遗民群体的伦理研究》、陈玉兰的《清初遗民叙事诗研究》等。对清初个别遗民诗人的具体研究更是不胜枚举，如高军的《清初遗民文人顾景星研究》、邱亚萍的《清初遗民诗人陈允衡研究》、任海燕的《清初遗民诗人邢昉研究》等。专注于家难研究的论文也有一些，如宋希之、陈冬晖的《洪晟"家难"问题探析》、陈飞的《金圣叹幼年家难探测——相关诗文读释》。重要的是从具有代表性的文人的家难事件中观照与复原一段历史，从而更精准地考察该文人的生平。总而言之，专门针对湖湘遗民家难事件的综合研究还比较匮乏。

　　清代湖湘文人的家难事件的书写，包括对家庭或家族遭受灾难事件种种经历的记叙、家人心路历程的陈述、灾后情感的抒发及理性反思。不少湖湘文人家学渊源，其家难作品多沉郁之思、顿挫之响，忧深思远，令人读之，可观可感，感同身受。如晚清文人邓显鹤在《沅湘耆旧集》中收录了许多湖湘地区的家难诗作，这些真实且富有代表性的作品展现出当时灾情之下的湖湘文人的生活状态以及精神面貌。这些作品脱离了较为宏大的叙事手法，着重反映在历史的进程中底层民众和普通家庭的遭遇，展现出当时湖湘地区的灾难场景，记录了真实细致的历史信息，具有文学研究价值与现实借鉴意义。

一、湖湘文人家难事件书写的背景

（一）家难事件书写的社会背景

明朝末期，政治混乱，社会动荡，战争频发，经济衰退，人民生活困苦。不但个人饱受其害，而且整个家庭甚至家族都深受荼毒。明代天启七年（1627），农民王二起义爆发，明末农民战争拉开了帷幕。崇祯十六年（1643），张献忠率领农民军进攻湖南，时任长沙长官的蔡道宪独守长沙，誓死不降，最终城破被俘。《明史》中记载，敌军以百姓性命胁迫蔡道宪："汝不降，将尽杀百姓。"① 蔡道宪怆哭道："愿速杀我，毋害我民。"② 二十九岁的蔡道宪就这样殉城而亡。陶汝鼐在《湖南寇事诗》中记录了战乱中湖湘地区的悲惨景象："湖南血色日，赤尽千里秋。……资沅两水间，屠戮遭奇凶。"③ 顺治五年（1648）清军入湘，郭都贤《避兵》组诗的诗序中既记录了清军的暴行："毁室搜山，杀掠几尽"④，也记录了百姓躲避兵祸时的凄苦生活："衣不解带，虮争赢之；树不再宿，狼争藉之；昼伏夜行，鸥争撮之；冲霜犯雪，狐争听之。初则肩穷徒步，既则步穷徒手，攀萝扪石，以手代足也。前曳后推，以人之手代己之足也。告顿移时，才一造极，俯视山脚，人我手足俱穷。敛衣席草，宛如高屋建瓴，放溜而下，又以股代手足焉。往复数四，斯亦性命之呼吸也。"⑤ 由此可见，明末清初的战乱对湖湘地区造成的伤害之大、影响之深。

清朝统治者懂得利用汉民族历来推崇的儒家思想进行社会思想文化控制，在取士之法和学校的设立上沿袭明制。编书是清朝统治者控制社会思想文化的手段之一。在编书的过程中，清廷查缴并销毁了许多"违禁"书籍，造成了大量图书和文献损毁。针对汉族文人的高压思想、文化控制政策给部分文人及其整个家族都带来了深重的灾难。文字狱是清朝统治者控制社

---

① 张廷玉. 明史 [M]. 北京：中华书局，2009：7538.

② 张廷玉. 明史 [M]. 北京：中华书局，2009：7538.

③ 邓显鹤. 沅湘耆旧集：第 2 册 [M]. 欧阳楠，校点. 长沙：岳麓书社，2007：635-636.

④ 郭都贤. 些庵诗钞 [M]. 陶新华，校点. 长沙：岳麓书社，2010：143.

⑤ 郭都贤. 些庵诗钞 [M]. 陶新华，校点. 长沙：岳麓书社，2010：143.

会思想文化的更为严厉的手段，意在打击汉族知识分子，消除其反清复明的思想。张兵在《清初遗民诗创作的社会文化环境与遗民诗群的地域分布》中提出，清初遗民诗群由于"各地差别甚大的人文积淀再加上清兵入关后对各地征服时间与戮掠程度的不同，清初遗民诗群的地域分布也极不均衡。呈现出北方较少，南方较多的格局。"①湖湘地区经济、人文条件较好，遗民群体较为庞大，因此也是文字狱的高发地区。在高压的思想文化控制政策下，湖湘文人的创作受到极大的影响。顺治十年（1653），郭都贤因《洞庭秋》被诬告，因文字陷狱。有《顾某诬告良、史，牵累老僧，羁保七阅月而作苦吟》一诗，表达了对文字狱迫害文人这一现象的不满之情："弥天结网非难解，画地为图已着魔。……苦被时名贪笔墨，轻将老命送风波。太平反侧安无地，文字飞诬捏有他。"②还有邵阳车氏，几乎人人有集，自明末清初时遭兵祸被毁。直至车鼎丰、车鼎贲因书案牵连入狱，其家族也因此受到了巨大的打击，且文集被毁殆尽。

（二）家难事件书写的自然灾害背景

除了上述的易代战乱、高压的思想文化统治政策以外，自然灾害也是造成家难事件的一个重要原因。

湖湘地区自然环境复杂，地形崎岖，水系发达，因此造就了多样的自然灾害。《湖南灾荒史》中记载了清代湖湘地区曾发生多种自然灾害，"这一时期，湖南发生了水、旱、虫、风雪、雹、疫灾等多种自然灾害。"③其中两种主要的灾害是水灾和旱灾，这两种灾害都会导致粮食减产，百姓衣食不安、流离失所，虫灾、疫病等灾害相继而生，造成社会动荡，最终带来家庭破灭之灾。

以下这些诗歌都真实地记录了湖湘地区的自然灾害给无数家庭带来的苦难。黄学和《枭珠行》中有记录饥荒灾祸中，米价暴涨，百姓无物可食的景

---

① 张兵 . 清初遗民诗创作的社会文化环境与遗民诗群的地域分布 [J]. 西北师大学报（社会科学版），1999，7（4）：5.

② 郭都贤 . 些庵诗钞 [M]. 陶新华，校点 . 长沙：岳麓书社，2009：201.

③ 杨鹏程 . 湖南灾荒史 [M]. 长沙：湖南人民出版社，2008：163.

象，"引丁亥之夏，避地清浏北乡，富家增粜，米价如珠。"①范苏溪《长沙水灾》中也记录了水患之可怕、百姓之痛苦："涨合千山雨，狂澜扫迅霆。……荒村投宿处，野哭不堪听。"②严如熤的《悯农词》记述了疫病、旱灾、蝗灾下百姓困苦的生活，"戾气之所钟，为疫为旱蝗。凝阴不能散，黑蜮跃重冈。廉纤秋继夏，无麦无稻粱。哀哀民何辜，频遭此凶荒。蕨根（七）野菜，不能撑饥肠。妇子聚相泣，卖屋典衣裳。……益空泣巧妇，告籴亦古常。"③陶汝鼐《还家四首》中记录了雹灾下家人的困苦生活，"六月大雨雹，拔木如拔簪。我今生放还，仰视天沉吟。自痛失栖托，而复忧夏禽。"④郭都贤《后避兵》中记录了乱世之中，灾疫遍行，举家流离的惨状，"寒花带雨怜同病，野艇浮家逐渐移。"⑤

（三）天灾人祸导致的连锁灾难

生与死是一个永恒的话题。乱世之中，这个话题就更为沉重。"覆巢之下，焉有完卵。"乱世是每一个生活在这个时代背景下的人都逃不过、躲不开的，天灾与人祸所造成的连锁灾难会导致家人的连续逝去。老年丧子、中年丧偶、幼年丧父母，是为人生三大不幸。这种不幸对于一个家庭、一个家族的打击无疑都是沉重的，甚至可以称之为是一场灾难。

在湖湘文人的创作中，不乏对连锁家难事件的记录。王夫之的夫人陶孺人因娘家的家难而哀悸早逝。作为家庭的核心成员，她的亡逝又形成了夫家新的家难。王夫之为她所作的《悼亡四首》，以及其子王敔思念母亲所作的《谒祖茔诗》，都体现了陶孺人的逝去对家庭带来的冲击之大。郭金台的《哭两儿》，以及郭都贤为病故的女儿所作的《悼亡女》（戊子中秋当余新丧小女罗直夫远来，襄事甫毕即别去，知余怀殊恶，不堪淹留耳。女年十八，已赘宗伯罗黄江长子，名贤扈。直夫则宗伯从子也）等诗，都记录了至亲血脉接连逝去给家族带来的巨大打击，以及给家族成员带来的肝肠寸断之苦。

① 邓显鹤.沅湘耆旧集：第 2 册 [M].欧阳楠，校点.长沙：岳麓书社，2007：536.

② 邓显鹤.沅湘耆旧集：第 3 册 [M].欧阳楠，校点.长沙：岳麓书社，2007：273.

③ 邓显鹤.沅湘耆旧集：第 5 册 [M].欧阳楠，校点.长沙：岳麓书社，2007：91.

④ 邓显鹤.沅湘耆旧集：第 5 册 [M].欧阳楠，校点.长沙：岳麓书社，2007：632-633.

⑤ 郭都贤.些庵诗钞 [M].陶新华，校点.长沙：岳麓书社，2009：193.

社会环境、自然灾害以及天灾人祸造成的连锁灾难等都是促成家难事件书写的重要背景。湖湘文人作为这一具体社会环境的亲历者、见证者，其家难事件的书写是从生活实践中提炼而成的，且具有纪实意义。

二、湖湘文人家难事件书写的内容

在上述社会背景下，湖湘文人的家难事件书写的内容极为丰富。这些诗作记叙家难之实、抒发家难之苦、书写灾后之思。以点带面，记录了清代湖湘人民遭受苦难的事实，抒发了其复杂的情感心声，也体现出他们对灾难的思考。

（一）记叙家难之实

1.战乱人祸，国破家散

"城空闻巷空，国破岂家留。"[1]战火在湖湘大地上蔓延，成为湖湘遗民家难诗共同的书写背景。

郭金台，本名为陈湜，字幼隗。十五岁时便遭家难，父子离散，依傍舅父郭氏，于是从郭姓。崇祯、隆武年间，朝廷多次授予他官职，他屡辞不就，避迹山中。虽入山林，但郭金台仍忧心时事、忧心家国。据清史稿记载："当是时，溃卒猖獗，积尸盈野，百里无人烟。金台请于督师，命偏裨主团练，力率乡勇，锻矛戟，峙刍糗，乡人全活者以数万计。"[2]他自题其墓为"遗民郭金台之墓"，归隐衡山后"著书授徒，绝口不谈世事，惟论列当时殉难诸人，辄欷歔流涕。[3]

在战乱期间，郭金台一家人又被迫踏上流亡之路，其间著有诗作《被乱家散，舟载妻儿入郡，经道昭山》：

群氛日日忧明主，长路年年困此生。身系一舟如泛梗，儿怜二岁已轻

---

① 刘再华.湖湘文化名著读本文学卷[M].长沙：湖南大学出版社，2014：158.

② 赵尔巽.清史稿[M].北京：中华书局，1997：13836.

③ 邓显鹤.沅湘耆旧集：第2册[M].欧阳楠，校点.长沙：岳麓书社，2007：554.

程。文章无力羞多士，草木何时见大兵。百里人烟无乐土，晚洲渔照自纵横。①

　　诗人生逢乱世，战火四起，常年漂泊，日夜盼望能有一位明主挽救国运，挽救百姓于水火之中。诗人为此焦急忧心，自己孤舟漂泊如泛梗一般。孩子尚还年幼就要踏上离乱的路途，文人士子在国家危难面前显得如此软弱无力。诗人放目而去，行路百里，满目萧条。战乱给人民带来了深重的灾难，百姓无处安居乐业，只有昭山这里的山水依然有晚洲渔照。

　　邓显鹤在《沅湘耆旧集》中赞郭金台的诗作："诸诗体擅《骚》《雅》，义兼正变，无摹拟之迹，多沉郁之思。盖先生遭遇凛坎，家国之际，有难以显言者，奇情伟抱，一于诗泄之。"②这首诗不仅写景抒情还兼有议论，将国难忧思与漂泊离乱的家难融为一体，饱含沉郁之思。

　　黄学和，字二调，一字节甫，善化人。善化黄氏世代通显，尤以文学著名。黄学和崇祯年间中副榜，官至浏阳教谕。其著作有《梅陇剩稿》，其中的诗歌多为明清鼎革乱后所作，诗作多沉郁之思。乱世之中，兵祸四起，黄学和同郭金台一样举家漂泊避祸，有诗《携家避兵再泊仙人市》：

　　客舫偏遭风雨多，全家寄迹伴岩阿。茅椽低结烟为盖，石溜洼深水自磨。

　　尽有白云飞别岭，偶看红叶缀秋波。朝来消息犹堪问，可信浮生逐水过。③

　　从诗题可知，诗人携家人乘船避祸，漂泊无依。"茅椽低结烟为盖，石溜洼深水自磨"可以看出避祸旅途中的生活条件十分艰苦。白云、山岭、红叶、秋波，写景与抒情相结合。尾联"朝来消息犹堪问，可信浮生逐水过"表达出诗人期盼战乱能够结束，却又深感希望渺茫的无力之感，让人备感唏嘘。

---

① 邓显鹤.沅湘耆旧集：第 2 册 [M].欧阳楠，校点.长沙：岳麓书社，2007：565-566.
② 邓显鹤.沅湘耆旧集：第 2 册 [M].欧阳楠，校点.长沙：岳麓书社，2007：554.
③ 邓显鹤.沅湘耆旧集：第 2 册 [M].欧阳楠，校点.长沙：岳麓书社，2007：537.

先生诗文、书法名动海内，有"楚陶三绝"之目。所与游者皆天下名士，与天门先生尤笃。陶汝鼐自幼聪慧，国破家亡之时仍忧国忧民，是反清复明运动的积极参与者。他一生笔耕不辍，著述颇丰，其中对国家兴亡、百姓困苦多有关照。邓显鹤在《沅湘耆旧集》中写道："吾楚文献，以些庵、密庵两老为最著。"①陶汝鼐在《哭亡弟幼调十首》中记叙了自己一家人在战乱中遭难的前因后果，在此截取第九首诗中的一段：

伪命锋交迫，牵裾肠已断。为予全独子，忍自污中才。
缓贼谋乘间，临危耻乞哀。不成沟壑志，收骨葬云隈。②

陶汝鼐与弟弟亲厚，他在诗序中写道："年少我四龄，早孤，以兄为师。"③张献忠进攻湖南后，其弟为保护母亲与陶汝鼐的儿子被迫害死。"癸未贼破湖南，伪檄举名士，按籍求第一者，弟与吾儿适当两录科冠，不得避。"④陶汝鼐深夜听闻母亲思念弟弟的哭声，不由得思念亡弟，感叹道："今一遭丧乱，游魂千里，天之报施孝友竟何如乎？"⑤

一个家庭遭遇灾难，也会给与之相关联的家庭带来连锁的灾难，从而又形成新的家难事件。王夫之的夫人陶孺人的逝去正是如此。

王夫之，字而农，号姜斋，又号双髻外史，衡阳人。晚年居于衡阳石船山，学者称其为船山先生，是明代遗民诗人的代表人物。他一生著述颇丰，"所著书三百二十卷"⑥"自幼即以文章志节重于时"⑦，品行高洁。曾任湖南明桂王行人司行人，入清后不仕，隐居著述四十年，"淹贯经史，博通群籍。"⑧王夫之是我国古代杰出的思想家、哲学家。王夫之一生有两任妻子，据《沅

① 邓显鹤.沅湘耆旧集：第2册 [M].欧阳楠，校点.长沙：岳麓书社，2007：624.

② 陶汝鼐.陶汝鼐集 [M].梁颂成，校点.长沙：岳麓书社，2018：94.

③ 邓显鹤.沅湘耆旧集：第2册 [M].欧阳楠，校点.长沙：岳麓书社，2007：646.

④ 邓显鹤.沅湘耆旧集：第2册 [M].欧阳楠，校点.长沙：岳麓书社，2007：646.

⑤ 邓显鹤.沅湘耆旧集：第2册 [M].欧阳楠，校点.长沙：岳麓书社，2007：646.

⑥ 赵尔巽.清史稿 [M].北京：中华书局，1997：13107.

⑦ 邓显鹤.沅湘耆旧集：第2册 [M].欧阳楠，校点.长沙：岳麓书社，2007：686.

⑧ 王之春.王夫之年谱 [M].北京：中华书局，1989：1.

湘耆旧集》中记载："先生原配陶孺人生敂二岁，值家难以哀悼死。"有《陶孺人像赞》云："孝而殉，国人所闻，奚俟余云。慈以鞠，不究其粥，奚以相暴。静好尔音，函之予心，有言孰谌？偕隐之思，已而已而，焉用文之？天或假尔以后昆者，仿佛不迷，唯斯焉之为仪。"①顺治三年（1646），陶孺人逝世，刘明遇为其作墓志铭："贼氛讧楚后，聚散不常，骨肉之遭难不一。以别姑于旅废食者二日而病起，以父死号哭不绝声者七日而病笃，以弟中深文系囹圄相继以悲郁者三日，而身殉之……其病也，病于姑，病于父，病于弟。其死也，为姑死，为父死，为弟死。"②陶孺人因娘家家难哀悼而死，而她的逝世又造成了夫家的家难。王夫之中年丧妻、勿药，王攽幼年丧母，这对于他们的家庭来说又何尝不是家难呢？王夫之为纪念陶孺人有诗作《悼亡四首》：

十年前此晓霜天，惊破晨钟梦亦仙。一断藕丝无续处，寒风落叶洒新阡。

读书帏底夜闻鸡，茶灶松声月影西。闲福易销成旧憾，单衾愁绝晓禽啼。

生来傲骨不羞贫，何用钱刀卓姓人。撒手危崖无着处，红炉解脱是前因。

记向寒门彻骨迁，收书不惜典金珠。残帏断帐空留得，四海无家一腐儒。③

这四首诗描绘了一幅二人共同生活的温馨画卷。王夫之曾忆起，自己发奋读书至深夜时，陶孺人在身边陪伴，月影西斜时两人相互依靠。王夫之也赞叹陶孺人拥有"生来傲骨不羞贫"、重义轻利的高尚情操。为了丈夫读书，陶孺人甚至卖掉自己的首饰来支持他。王夫之每每忆及往昔种种幸福生活的场景，却发现陶孺人已化为一缕香魂随风而去，那些温馨的场景已经成为了过去，如今只有"一断藕丝无续处""单衾愁绝晓禽啼""撒手危崖无着

① 邓显鹤.沅湘耆旧集：第 2 册 [M].欧阳楠，校点.长沙：岳麓书社，2007：728.

② 王之春.王夫之年谱 [M].北京：中华书局，1989：32.

③ 王夫之.姜斋诗分体稿 姜斋诗编年稿 姜斋诗剩稿 岳余集忆得笺注 [M].朱迪光，校注.湘潭：湘潭大学出版社，2016：197.

处""残帷断帐空留得"的孤寂场景。这些诗表达了王夫之对妻子早亡的悲伤与叹惋，同时也抒发了对妻子深深的怀恋。

陶孺人育有王勿药与王攽两子，勿药早夭，只有王攽长大成人。王攽生于乱世，父亲王夫之作为明代遗民，常年游走于各处组织抗清活动，经常与妻儿分离。陶孺人在王攽两岁时，便因其亲人接连死去，哀悼而死。诗中字字带泪，字字含苦。儿子与母亲阴阳相隔，王攽只能从墓前的碑文中了解母亲的贤德，透过冰冷的石碑来思念母亲。其《谒祖茔诗》中"风雨杯前泪，泉台膝下心。""弱羽悲鸣苦，言愁早自喑。""生小从离乱，荒丘近可寻。""死生无限感，毕哭奈声喑。"①等诗句都抒发了对母亲的思念以及幼年丧母的痛苦之情。

石承藻，字黼庭，嘉庆戊辰年间（1808）进士。湘潭石氏，以气节传家，石承藻的太高祖逸庵与陶汝鼐因参与抗清活动被捕入狱，其高祖明经公也曾为陈湖南百姓之疾苦而冲仗谒见康熙，救湖南百姓于困顿之中，后被仇家中伤，获罪而死。

石承藻性情坦率，诗作中有雄直之气，尤其是记叙家族之难的两首家难诗作《书太高祖逸庵公狱中写金刚经后》以及《小埠桥行为高祖明经公所作》，更是被邓显鹤评价为："其书家难二作，尤诗史也。"②

如石承藻在《小埠桥行为高祖明经公作》中记录了高祖为湖湘遭难人民陈情，后为仇家中伤身死一事。覆巢之下无完卵，石承藻的高祖明经公冤逝给石氏家族带来了巨大的打击，石氏子孙纷纷逃难，石氏家族就此没落。后经石承藻祖父、父亲以及他自己三代人的努力，才振兴了石氏，诗中记叙道：

通济谯楼面湘水，石岸何年忽崩圮。云黑天昏为惨愁，雨洗苌弘血不流。

千家失声万人哭，尔日湘城嗟吏酷。洧川行客吊高坟，狐兔穴余丰草绿。

① 邓显鹤.沅湘耆旧集：第 2 册 [M].欧阳楠，校点.长沙：岳麓书社，2007：303.
② 邓显鹤.沅湘耆旧集：第 5 册 [M].欧阳楠，校点.长沙：岳麓书社，2007：403.

湖南逆藩蹂躏后，户口流亡十八九。六年蠲免主恩深，百万私征官橐厚。

书生旅食京华春，西直门前见圣人。敢效贾生甘痛哭，还同郑侠绘流民。

天颜一见生恻悯，敕下西曹牒楚尹。为国为民生无罪，煌煌天语闻遐迩。

……

指佞生来嫉恶严，漏网犹存巧构煽。风波亭上狱竟成，志士仁人又何怨。①

诗中"千家失声万人哭，尔日湘城嗟吏酷。洈川行客吊高坟，狐兔穴余丰草绿。湖南逆藩蹂躏后，户口流亡十八九。六年蠲免主恩深，百万私征官橐厚。"等句真实再现了当时湖湘地区民不聊生的困境，前有连天战火，后有贪官污吏、私征苛税，而明经公不顾自身之性命，敢以冲仗之策面见康熙，痛陈湖湘之苦，为民请命，这是何等大义！"指佞生来嫉恶严，漏网犹存巧构煽。风波亭上狱竟成，志士仁人又何怨。"这两句将明经公被仇家构陷一事记录了下来，这一事件也是石氏家族破散的先声：

一朝毁室兼覆巢，子戍山左孙匿姚。四岁孤儿托黄氏，侧室矢志冰雪操。

皇天不绝忠义后，几年渐复家园旧。西州刺史气纵横，绰楔荣褒肯堂构。

节孝传家泽再延，紫泥忝窃孙枝又。平生自许范希文，千载流传一章奏。②

此一难后，石承藻的从伯祖介如公避难至桐城姚氏，曾祖固原公四岁时就被托付于黄氏避难。至此，石氏家族没落。但是石氏后人并未因家族遭难破散而一蹶不振，而是感怀先祖事迹，激励自身奋勇拼搏。经过石氏几代人的努力，石氏一族在石承藻这一代复兴。

① 邓显鹤.沅湘耆旧集：第5册 [M].欧阳楠，校点.长沙：岳麓书社，2007：409.
② 邓显鹤.沅湘耆旧集：第5册 [M].欧阳楠，校点.长沙：岳麓书社，2007：410.

2.天灾疫病，奄奄一息

在传统的农耕社会中，人类抵抗自然灾害的能力尚且不足，百姓在遇到自然灾害时所受的苦难更加深重。

水灾、旱灾、蝗灾，这些自然灾害导致的家难事件在湖湘文人的家难诗中都有所体现。湖湘地区水系发达，湘水、资水、沅水、澧水是湖南省境内的主要河流。《湖南灾荒史》中记载，江洪灾为影响最大的水灾，波及面广、持续时间长、造成的损失也大，其次为山洪灾，再次为涝灾。涝灾会对灾民的生产生活造成时间较长的影响，也更容易引发疫病。许多诗人都在诗作中记录了水患的发生。

郭金台所作《秋涝二首》，记录了湘南发生水灾后无粮可食的境况：

南国初逢岁，空烦太史书。筑场青草蔓，灌亩白波除。
河伯真凭怒，神农竟失居。秋高难问帝，飘泊渺愁余。
海内传丰屡，湘南汔可休。无才名应老，有岁饱难求。
水患尧忧切，河功禹篆留。野人空献赋，自有庙堂谋。[①]

自然灾害是无情的。水患来临时，江水暴涨，波涛汹涌，大水冲毁房屋、淹没粮田、百姓哭号、灾民缺衣少食，即使大水退去，他们也无处可居、无处可依。诗人身处灾害之中，"有岁饱难求"。百姓如何度过这次水患，应该由统治者来救济。诗人一介布衣，面对这种境况也只能"空献赋"。

关于疫病，许国焕有诗作《染疫，夏岳年来》，其中记叙了其家遭遇疫病和饥荒时的艰难处境：

兵气寝不流，蕴隆作厉祟。疫鬼逐饥人，举家走莫避。
始招惊魂归，已被凶竖议。淰淰昧昏旦，中心以燔炽。
鸡骨支一息，相怜鲜同类。岂无期功亲，动色戒祸累。
吾子死生友，问讯跄踉至。抚榻执其手，周虑身后事。
语索茂陵稿，泣下尼山泪。移晷不能别，当发复回视。

---

① 邓显鹤.沅湘耆旧集：第2册 [M].欧阳楠，校点.长沙：岳麓书社，2007：560.

感子故意深，一身轻危地。去去早上书，排阅诉高位。

　　方春宣节气，公孤帅卿贰。祷祀召天和，沉冤销将吏。

　　黎民无夭札，不逢不若魅。万姓出阽危，微生非所计。①

　　暑夏炎热之时，疫病与饥荒一齐袭来，万民身陷阽危之中。幸存的百姓都在这场灾难中苦苦挣扎，担惊受怕，焦虑不安。诗歌中也描述了许国焕一家多经丧乱、遇灾遭难的境遇。诗人举家避难，苟全残息，孩子与其挚友生离死别。在这样的双重灾难之下，普通民众往往承受着更大的压力。不过即便在这样的生活境遇下，人们仍然没有放弃希望，祈祷"天和与冤销"，万姓黎民得以纾解灾难，无夭札之痛。诗人及其家庭、友人的遭遇和心态，非常真实地反映了当时民众的生活情形与心理状态。

　　痘病夺走了郭都贤的女儿和两个孙子的生命。明崇祯五年（1632），郭都贤的女儿丧于痘病，有诗作《悼亡女》："肠断不堪旋对母，梦回犹忆屡呼爷。"②诗中叙述诗人的女儿年仅十二岁就病故。诗人在梦中与女儿相聚，耳边犹有女儿呼唤他的声音，表达出诗人黑发人送白发人的悲痛欲绝之情。

　　郭都贤于清顺治五年（1648）后避兵燹而四处流离，兵燹之祸可从诗人所作《避兵》组诗的诗序中可见："毁室搜山，杀掠几尽。前后走避者三，始于戊子十月十八日，罢于己丑二月初七日。此一百二十日中，大半山巾洞腹，石栈泉根。衣不解带，虱争赢之；树不再宿，狼争藉之；昼伏夜行，鹢争撮之；冲霜犯雪，狐争听之。初则肩穷徒步，既则步穷徒手，扳萝扪石，以手代足也。前曳后推，以人之手代己之足也。告顿移时，才一造极，俯视山脚，人我手足俱穷。敛衣席草，宛如高屋建瓴，放溜而下，又以股代手足焉。往复数四，斯亦性命之呼吸也。乘间一归，蓬底刻刻束襁被以待。旌摇心碎，尚复有人理哉。"③诗人生活之艰辛可见一斑，在他辗转客游的日子里，他的两个孙子都因病亡故，悲痛欲绝下著有《乔、岳两孙相继以痘亡，老人惧胜于忧，兀坐，歌以当哭》：

① 邓显鹤.沅湘耆旧集：第3册[M].欧阳楠，校点.长沙：岳麓书社，2007：252-253.

② 郭都贤.些庵诗钞[M].陶新华，校点.长沙：岳麓书社，2009：19.

③ 郭都贤.些庵诗钞[M].陶新华，校点.长沙：岳麓书社，2009：143.

好在离离再摘稀，芳荪香烬狎兰徽。吹花灭烛堆红泪，撒豆成兵溃白围。有鹤悔教千岁返，是鸿添写六层谁。噫言行乐妨儿觉，苦听悲风动地威。（其一）

臣头与璧碎何言，撞破天关叫杀冤。生汝鞠汝负汝赢，一声两声三声猿。早为才鬼称先辈，怪却灵苗接后昆。闻道有香生聚窟，安能移爇一还魂。（其二）①

从诗题中可知诗人作诗缘由，诗人两个孙子相继患痘病亡故，诗中以芳荪、灵苗来比喻聪颖的两孙。"香烬""堆红泪""苦听悲风""撞破天关叫杀冤"，字里行间都充满了对两个孙子夭亡的叹惋与悲伤，猿啼悲鸣，属引凄异。诗人此时已经年过半百，回忆温馨，笔调凄苦，抒发了因孙儿们相继夭亡而累积的悲伤之情，也呈现了对家族后继乏人，生命无常的、虚无的惧怕，全诗弥漫着一种凄凉悲痛的氛围。

（二）书写灾后之思

当家庭遭受飞来之祸，作为幸存的家庭成员势必对灾难生发的原因、引发者以及如何避灾等方面有所思索和感慨。

人生识字忧患始，清代文字狱以次数之多、规模之大、惩罚之重著称。邵阳车氏家族受文祸之害颇深。明清之际，邵阳车氏家族鼎盛，族内人才辈出，然遭文祸迫害深重，族人文稿散佚殆尽，后经文人各处搜集，才编修成《邵阳车氏一家集》，有卷首序为证。曾序："明清之际，邵阳车氏门才甚盛，几于人人有集，其存目志乘者无虑数十种。因清初兵燹，版片及藏稿无存。继以楚浙书案，双亭兄弟同时罹害，于是为之子女生者悉举所有烧毁之以远祸。故乾隆时，四库开馆，部檄指名征取参政、逸民两先生之书，其家无以应，仅载《传是楼书目》。呜呼，文字之劫，固如是酷哉！"②《赵序》："乃自清初文字狱兴，双亭昆弟相继遇难，其子若孙不得不绝版以冀远祸。于是

---

① 郭都贤.些庵诗钞 [M].陶新华，校点.长沙：岳麓书社，2009：295.
② 车大任，车以遵，车方育，等.邵阳车氏一家集 [M].易孟醇，校点.长沙：岳麓书社，2008：15.

车氏一门之忠言谠论，高文鸿烈，遂若仙乐天曲之不复闻于人间。"① 皆可见车氏家族因文字狱遭害之深。

《沅湘耆旧集》中载车鼎晋"会两弟以书案牵连罹祸。""先生，名父之子，以气节自负。晚遭家难，遂不复起。"② 车鼎晋的两个弟弟车鼎丰、车鼎贲在雍正年间因楚浙文字狱吕留良案牵连罹罪之难。车鼎丰、车鼎贲兄弟与其兄车鼎晋齐名。"明亡后，著书多涉民族思想。鼎贲深契其说，与兄鼎丰同志趣，誓不仕清室。"③ 二人以气节闻于时，卒以曾刊《吕氏评语》罹祸。

车鼎晋与他两个弟弟十分亲厚，曾作《秋夜寄怀两弟四首，末诗并嘱其归试》，其中"前程欣有路，回首怅离群。""遥望千里外，寄语倍殷勤。最是怀人候，更残月一庭。相思常入梦，顾影独怜形。"④ 等诗句叙写了诗人秋夜所思所感，表达了对身处两地的弟弟的思念之情以及对二弟前程的忧虑，展现出一个念弟心切的兄长形象。读此四首诗作，可以直观地感受到三人之间的兄弟情深。诗人与其弟的感情有多么深厚，在他得知两弟遇害后的心情就有多么悲痛。若不是肝肠寸断、痛彻心扉，又怎会遭此家难后就忧愤而死呢？

陷狱后的五年里，车鼎丰、车鼎贲两兄弟笔耕不辍。车鼎丰著有《语类哀圣录》，车鼎贲则著有《惜宝录》《老庄定论》，可惜多有散佚。雍正十一年（1733）十一月二十六日，车鼎丰、车鼎贲两兄弟同日被害。《沅湘耆旧集》中收录车鼎丰诗作四首，车鼎贲诗作四首。其中车鼎贲《夜读有感》中记叙了自己遭祸后的所思所感：

天地有精英，漏泄在文字。吾闻苍颉时，鬼夜哭不止。
六经义浩渺，四子奥其旨。不得已而言，如陶冶未耜。

---

① 车大任，车以遵，车方育，等.邵阳车氏一家集 [M].易孟醇，校点.长沙：岳麓书社，2008：12.
② 邓显鹤.沅湘耆旧集：第 3 册 [M].欧阳楠，校点.长沙：岳麓书社，2007：359.
③ 车大任，车以遵，车方育，等.邵阳车氏一家集 [M].易孟醇，校点.长沙：岳麓书社，2008：545.
④ 车大任，车以遵，车方育，等.邵阳车氏一家集 [M].易孟醇，校点.长沙：岳麓书社，2008：266.

奈何枝叶烦，累牍徒为尔。能文少不幸，识字忧患始。
语皆有为发，善会方无疵。切己益良多，糟粕宁堪拟。
渐灭殆难尽，晦盲不终否。上下千古事，俯仰寸心里。
学成非无用，焚馀研重洗。苟不负天地，朝闻夕可死。①

车鼎贲一生不仕清廷，反抗清廷的统治。罹难后，在临危之日留遗言与其子："吾上不愧天，中不辱祖，更何言！若归，告汝兄弟，书不可不读，善不可不为，祸福听之，不可因噎而废食也，汝曹勉之。"②字字刚直，虽然在诗作中化用苏轼的诗说："识字忧患始"，但他也说："语皆有为发"，并没有因自己遭受公案牵连就让后代为避文字狱之祸而不读书，反而是直言不可因噎废食，不失车门之家风。

三、湖湘文人家难事件书写的创作倾向和艺术特色

（一）冷峻写实，沉郁顿挫

明清之际的社会动荡和社会变革给广大文人的心灵带来了极其强烈的冲击。文学是一种社会性的实践，湖湘文人所遭遇的家庭之难、家族之难都是文人们痛彻心扉的亲身经历，文人们把这种切肤之痛，通过诗歌的方式表达出来，转化为一首首家难诗作。

家难与国难息息相关，家难是国难的缩影，国家命运从来都是和个人紧紧捆绑在一起的。明清鼎革之际，战乱四起，文学作为一种社会意识形态必然会反映社会现实。湖湘文人的文学表达，是对当时社会现实的一种冷峻的写实倾向。无论是陶汝鼐笔下记录农民军进攻湖南时一家人遭难始末的《哭亡弟幼调十首》，还是郭金台、黄学平记录举家避兵的《被乱家散，舟载妻儿入郡，经道昭山》《携家避兵再泊仙人市》，抑或是郭都贤的《乔岳两孙相继以痘亡，老人惧胜于忧，兀坐，歌以当哭》，其中书写的虽然是一家之难，

① 邓显鹤. 沅湘耆旧集：第 3 册 [M]. 欧阳楠，校点. 长沙：岳麓书社，2007：635.
② 车大任，车以遵，车方育，等. 邵阳车氏一家集 [M]. 易孟醇，校点. 长沙：岳麓书社，2008：545.

但是一家之难与国难是息息相关的，哪里有百姓能够幸免？这些诗作字字泣血，将遭遇各种灾难的境况鲜活地记录下来。因为文人亲身经历了灾难，所以诗文字里行间流露出的痛苦和对人民的同情是真挚的，是发自肺腑的，而非是从一个俯视的角度来书写。湖湘文人的家难诗作没有宏大的叙事，也没有过多的技法与艰深的辞藻，诗人们用最平实的语言写出了个人在国家之难、时代之难面前的渺小，使之更加深入人心。

明末清初的湖湘文人们饱受易代之苦，生于乱世，国家倾覆，累遭家难。杜甫逢安史之乱，明末清初爱国忧国的湖湘文人们便也与曾在乱世之中的杜甫感同身受，"长吟少陵句，千载有同凄。"[①] 其诗歌中都不乏沉郁之感。袁景星在《石村集·序》中评郭金台："幼魄平生负经济大略，郁郁不得志，一发之于文章，以宣其堙滞抑塞之气，故每论山川形势、用兵机宜以及民间利弊、政事得失，如列眉指掌，下笔不能自休。其诗雄深雅健，师法少陵，而每驱悬孤绝，自辟涂径以成一家之言。"[②] 潘必先在《些庵诗钞·序》中写："如先生之诗，胎息少陵，鳞轹千古，犹且迟至数百年后而始见于时，言之不可恃也如此。"[③]

综上所述，家难诗作中不仅叙写了自身家难之悲痛，还在记录家难的同时，将这一时期的社会状况真实地记录下来，使后人可见一叶而知秋。深重的苦难使湖湘文人不仅抬头望天，也低下头来关照现实，他们看到了自己的苦难，也看到了湖湘百姓的苦难。

（二）难中见志，慷慨激昂

前有明末的狼烟四起，各地动乱，张献忠、李自成等人四处攻打城池；后有满清虎视眈眈。甲申之变后，清军入关，江山易主，这对受儒家文化熏陶的汉族文人来说，无疑是难以接受、痛彻心扉的。文人们反清复明的意愿高涨，国难当头，为国家危亡奔走的湖湘仁人志士不在少数。有辗转多地组织抗清活动的王夫之；有于乱世中亲自率乡勇守卫家乡的郭金台；有在农民

---

① 邓显鹤.沅湘耆旧集：第 3 册 [M].欧阳楠，校点.长沙：岳麓书社，2007：404.

② 郭金台.石村诗文集 [M].陶新华，校点.长沙：岳麓书社，2009：1.

③ 郭都贤.些庵诗钞 [M].陶新华，校点.长沙：岳麓书社，2009：2.

起义爆发后奋力御守江西的郭都贤；还有"力护其兄于兵戈抢攘中"①的胡作传。满清政权确立后，也有如石承藻的高祖明经公那样为民请命的志士，这些英雄人物的牺牲在湖湘大地上树立起一座座丰碑。他们为国死、为民死、为家死，捐躯赴国难，国难连家难，殉难牺牲的他们深知自己的死亡会对自己的家庭甚至是家族带来深重的灾难，还是义无反顾地踏上了这条路，视死如归。他们"明知山有虎，偏向虎山行"，自带一种"我自横刀向天笑，去留肝胆两昆仑"②的气魄。

舒自志，字履初，溆浦人，万历己酉（1609）举人。曾授武义令，调义乌，擢处州同知，分守海防。后以母老乞养归，遭遇甲申之变，忧愤不已。《沅湘耆旧集》中记载："牛万才掠县，攻龙凤、石盘两寨，屠之。履初率乡人保于龟山，万才攻之，三年不克，乃解去。履初竟卒于寨。"③其父亲的兄弟也于明末清初的战乱中殉难而死，为纪念族父，他著有诗作《哭族父昆山殉难剑州》言：

潢池鼎沸遍烽烟，叱驭崎岖命竟捐。热血淋漓应化石，忠魂慷慨总归天。

枕戈纵有同袍客，报国空存正气篇。妖氛弥空何日扫，西瞻剑阁泪潸然。④

乱世之中，烽烟四起。舒自志自己就投身于地方保卫军的作战之中，族父也在四川殉国难。忠魂归天是族父的归宿，也是舒自志自己可以预见的最终归宿。但是诗人并未因此产生消沉、畏惧的情绪，仍然抱有一种"捐躯赴国难"的信念。"热血淋漓""忠魂慷慨"，与他有共同报国热情的志同道合之人不在少数，他们都枕戈待旦，希望能够报效国家。"妖氛弥空何日扫"表达了诗人对重整山河的渴望，全诗洋溢着悲壮、激昂的情感。

曾璪，字玉藻，新化人。嘉庆丁巳（1797），云溪兄殉贵州侗苗之难。嘉庆丙寅（1803），族弟彰泗因兵乱殉城而死，壮烈牺牲，有诗《哭族弟彰

① 邓显鹤.沅湘耆旧集：第 3 册 [M].欧阳楠，校点.长沙：岳麓书社，2007：99.
② 钱仲联.清诗纪事 [M].南京：江苏凤凰出版社，2004：3693.
③ 邓显鹤.沅湘耆旧集：第 2 册 [M].欧阳楠，校点.长沙：岳麓书社，2007：461.
④ 邓显鹤.沅湘耆旧集：第 1 册 [M].欧阳楠，校点.长沙：岳麓书社，2007：461.

泗殉难》：

> 一死遂千古，吾家两荩臣。艰难当代事，慷慨丈夫身。
> 天语光云日，忠魂泣鬼神。长安西望远，洒泪向苍雯。①

　　诗文字字铿锵，族兄族弟皆殉难而死，他们的死亡对家族造成了巨大的打击。家人已去，诗人虽然为此感到悲伤，但是却并没有沉溺在消极忧愁的情绪之中，而是有感于族兄族弟的忠勇气节与振奋精神。

　　石承藻在《书太高祖逸庵公狱中写金刚经后》一诗中传递了其先祖忠勇节孝的精神：

> 忠良几辈遭厄穷，堂开偃月笑声中。贪人罗织计诚险，元老平反秉至公。我捧遗经纷雨泣，感兹手泽重什袭。心正笔正变不惊，能使百年留故箧。搜访名山心力殚，文献犹存绍述难。传家一线凭忠孝，奕叶流芳弹铁冠。②

　　逸庵先生原先冒死冲撞清帝康熙銮轿，为民请命，诉民之苦，虽喜有收获，但终招致祸端，被诬入狱。在狱中累土石之台为案，书写《金刚经》至第五部时触怒了郡守，郡守命狱吏平其土石之案，并给他戴上了脚镣和手铐，加强了对他的桎梏。后虽脱险，但其书稿也在乱世之中散佚，后在南岳一座寺庙中寻得残卷。石氏家族的先祖所遭受的苦难成为了一种对后世子孙的家风教育，其后人也并未因遭难家散而消沉落寞，他们继承了先祖的精神，"心正笔正变不惊""传家一线凭忠孝""节孝传家泽再延"。石氏先祖正直敢为、忠勇节孝的美好品质成为一个家族的精神符号。

　　这些志士为国家大义和民众生计而主动献身，或受牵连亡逝，让家庭丧失了顶梁之柱、失去了中坚力量。可他们的牺牲却为其家庭、家族立起了精神的支柱。精神激励融入家难诗作的创作之中，使诗歌充满了一种慷慨激昂之情。

---

① 邓显鹤.沅湘耆旧集：第 6 册 [M].欧阳楠，校点.长沙：岳麓书社，2007：235.
② 邓显鹤.沅湘耆旧集：第 5 册 [M].欧阳楠，校点.长沙：岳麓书社，2007：408-409.

一花一菩提，一叶一世界。清代湖湘文人家难诗中对家难事件的真实记载，对家难情感的文学抒发，对家难英灵的形象塑造，都是具有代表性和普遍意义的，为我们提供了一个很好的视角去深化对湖湘文学的研究。

清代湖湘文人的家难事件书写，作品内容丰富、特色鲜明。其创作是在特定的社会文化背景下展开的，明清之际的战乱、统治者的高压思想文化政策、无情的自然灾害以及天灾人祸造成的连锁灾难等原因都导致了湖湘文人的家庭、家族之灾难。湖湘文人在其家难作品中记叙了家难的始末，寄托了至亲离逝的痛苦，也书写了遭难后的思考和感慨。

家难与世难、国难相联系，家难是国难的缩影。通过湖湘文人真实、真挚的家难诗作，我们可以跟随一首首悲歌，去感受清代湖湘地区的社会历史状况和湖湘文人在这背景之下的生活状态，与曾经饱经苦难的湖湘先人产生情感上的共鸣。湖湘文人的家难作品中最打动人的，莫过于湖湘文人面对灾难的无畏精神，以及为了国家、人民、家族，慷慨赴难、视死如归的自我牺牲精神。"为有牺牲多壮志，敢教日月换新天"，他们以一种堪称惨烈的方式为后代树立起了一个标杆，在湖湘大地上树立起了一座座精神的丰碑，这足以成为现代家风传承的优秀范例，成为一个家族乃至一个地区的精神符号。

第三节　清代湖湘女性绝命事件的文学悲歌

湖湘女性文学作为女性文学版图中十分重要的一个版块，在清代大放光彩。湖湘女性诗人不断涌现，在文化型家族的环境下，女诗人有更多的机会接受教育、读书和创作。《湖南女士诗钞》中的小序对湖湘女诗人的教育经历有所介绍。如益阳陈氏"从容赋诗"[①]，李玉容"性聪慧，闻兄开泰读书，默记成诵，舅教以经史，能通大义"[②]，长沙黄氏"少通书史"[③]等。杜小英在绝命诗中回忆与父母兄弟"夜读楚辞"的学习时光。湖湘女诗人著作内容题材多样，诗文集有毛国姬、毛国翰选编的《湖南女士诗钞》《湘潭郭氏闺秀集》《慈云阁诗钞》等，以及邓显鹤所编的《沅湘耆旧集》中收录的女性诗文。

女性自身命运发展与经历事件，一直都是女性作家关注与记录的题材。明清兴盛的女性文学中有一类特殊题材诗——女性绝命诗。这些女性绝命诗记录了女性死亡前的关键事件，即赴死时的真实心态，是女性在自我视角下书写的墓志铭。女性诗人站在自身性别的立场上，用诗文体裁来书写她们自己的个人经历、情感、意志，真实展现了明清女性对战争、死亡、婚姻等多方面的思考，同时也反映了当时的社会认知、民间习俗和婚恋观点。

女性绝命诗创作蕴含丰富，在历史的篇章中随处可见，足以引发研究者重视。以贝京校点的《湖南女士诗钞》为例，里面就收录了数十首女性绝命诗。通过追溯湖湘女性创作绝命诗的不同背景，剖析女性在绝命诗中书写的惨痛经历与真实心理，可以进一步了解湖湘女性的生活状态，其文学现场、地域特色以及探究其作品的社会文化意义与价值。通过对清代湖湘女性绝命诗的研究，对其时代背景、具体成因、内容主题、地域特点等方面的梳理与探讨，可以进一步了解清代湖湘女性文学的特点与规律。

---

① 贝京校点 . 湖南女士诗钞 [M]. 长沙：湖南人民出版社，2010：11.

② 贝京校点 . 湖南女士诗钞 [M]. 长沙：湖南人民出版社，2010：14.

③ 贝京校点 . 湖南女士诗钞 [M]. 长沙：湖南人民出版社，2010：76.

一、湖湘女性的绝命事件层出不穷

清代女性死亡的原因复杂多变，绝命事件也层出不穷，而引发绝命诗文创作的主要原因有以下三类：一因战争动乱逼迫赴死；二因夫死无奈殉节；三因体弱多病不得已而终。一些女性在死亡来临之前用文学的方式进行最后的记录，或与潜在的读者做最后的交流。相应的，清代湖湘女性绝命诗文的诞生亦出于三个创作目的：一是在乱世中为保贞节，以死明志而作。清朝易代之际，社会动荡不安，女性身经战乱，饱受离乱之苦。作为民族苦难史中的受难者和牺牲者，她们无力改变也无法主宰自己的命运，为了保持人格和贞操，她们不得不选择死亡。清初顺治十一年（1654），逆流女子杜湘娥身处社会战乱之中，被敌军所掠占为己有，心灰意冷之下，遂做绝命诗十首，以死明志，维持自身清白。长沙女子王素音于顺治初为乱兵所掳，于良乡琉璃河驿壁上题诗三绝，自序中交代身世后，又云："是所愿也，敢薄世上少奇男；窃望图之，应有侠心怜弱质。"[①]她希望世上能够有侠心仗义的男子，将她不幸的遭遇昭告于世，让后人知晓她对志气的坚守。

二是夫亡后殉节，彰扬情义而作。在明清时期，社会普遍认为女性应为丈夫守身守节，强调男性（无论生死）对女性身体与生命的控制权与占有权，"守身为女子第一义""妇为夫死，古之大经"。清代的节烈风气发展到顶点，《清史稿·列女传》中记录了五百五十九位节妇、烈女、贞女。有研究发现，在历代烈女数目比较表中，明清时期的女性占全部时期女性总人数的百分之七十多。此外，清朝还修建贞节堂监视和限制守贞妇女的行动自由，更制定了一系列有关法规，采取旌表、修节烈牌坊、烈女祠等，将其事迹载入方志青史留名。这在精神上给予女性及其家族荣耀，又在物质上给予一定程度的恩惠，就是为了大力提倡和宣传女子守节或殉节。

湖南地区巴陵县黄烈妇杜氏。咸丰二年（1852）冬十一月，太平天国军入郡城，大肆掳掠奸淫，杜氏在被劫持的混乱中投井而死。当地族长为其铭墓曰："烈女茅姑"。杜氏用生命的代价获得当时烈女的称号。

湘乡贞烈女子成达娥，许配给丈夫家礼，还没有嫁过去，丈夫便身亡，

---

① 贝京校点.湖南女士诗钞 [M].长沙：湖南人民出版社，2010：10.

于是留下绝命诗二首后自缢。嘉庆元年（1796），朝廷表彰其为节妇烈女。

> 覆载无私道本同，敢将修短怨苍穹。漫嗟凤世缘何浅，自分今生命已穷。
>
> 忍惜此身亏大义，甘随君魄到幽宫。高堂寄语休悲痛，愿得承欢梦寐中。①

在道和义的驱使下，成达娥为名分殉节，追求封建妇教的贞节大义与丈夫之间的夫妻情义，同时也放弃了对父母的实在付出与孝顺亲情。她为两边家族的名声利益而牺牲自己，诗歌中也透露出她对自身命运结局有着清楚的认知。

三是老死病逝前，抒怀感想而作。通过临终赋诗表达自己的人生感慨，抒发自己的生命意志。郭步蕴，号独吟，湖南湘潭人。早年丧母，抚养弱弟，侍奉父亲。十八岁嫁于邵氏，邵氏家中贫寒，步蕴每日早起晚睡，辛劳操持。其夫亡后，家境更加窘困。郭步蕴归依其弟郭汪灿，帮其料理家事，并以教授家中小辈诗文为乐。郭氏三代闺秀皆才情惊人，都得益于郭步蕴的倾心教授与协力付出。郭氏一生凄凉，幼年丧母，青年丧夫，中年丧子，几多断肠。临死前留诗《题真》："衰容相对倍生伤，贫为沧桑几断肠。鹤唳一声归去也，人间留得吊斜阳。"②郭步蕴在临终前回顾了自己多灾多难的一生，丈夫孩子相继去世，流尽血泪；侍养公婆，无怨无悔；归家育侄，教养有成。完成了各种人生义务后，垂垂老矣，难免感伤。不过她还是能用达观的态度正视生死，一路经历多次生离死别，自身早已看透生死，不畏死亡。

二、清代湖湘女性的绝命悲歌内容

湖湘女诗人作诗告别人世，叙写死亡前的经历和心理状态，诗中有对社会硝烟战火的记录，对传统道德约束的揭露和对生死的感怀，同时蕴含女性哀怨、不甘、委屈等多种复杂情绪。

---

① 曾国荃 . 湖南通志 [M]. 北京：中华书局，1967：4603.
② 贝京校点 . 湖南女士诗钞 [M]. 长沙：湖南人民出版社，2010：57.

（一）绝命女的人生故事

处安平之世的绝命女，在生活中作诗抒发春花秋月之感，丰富单调乏味的闺阁日常。诗歌内容中咏物言志、游玩记事，临终抒发人生感悟，表明对人世的最后牵挂。如郭步蕴一生悲凉，生活中用诗作聊以慰藉，其内容多样，从春月到秋雨，落花莺啼到寒虫冬夜，其感受敏锐，观察细腻，多次咏"梅""菊"以示志行高洁。

乱世中的绝命女用诗记录生死，叙述悲惨经历，书写身世故事。《武冈州志》记载，顺治十一年（1654）间，寇乱入侵，杜小英被姓曹的乱兵虏获。她多次用计逃脱不成，至汉江，于是作诗十绝，系在衣带间，投汉水而死。后尸体被冲到洞庭，有渔者发现，其绝命诗还可识别。十首《绝命诗》①记录了杜小英被劫持的原因、过程以及被劫途中的情感经历。开头交代了兵乱背景和被俘获的原因，接着第二首在含泪不舍中告别挚亲的兄弟姐妹，希望死后的魂魄能够找到回家的路，再来报答父母的养育恩情。第五首"遮身犹是旧罗衣，梦到潇湘何日归。远涉风涛作是伴，深深遥祝两灵妃。"用旧罗衣遮身表示女性对贞洁清白的坚守，并且对潇湘灵妃投水的行为表示肯定。在第六首"少小丁宁画阁时，诗书曾托母兄师。涛声夜夜悲何极，犹记挑灯读楚辞"中回忆往日闺阁学习时光，却倍感珍贵，从小在闺阁教育中灌输保持忠贞高洁的思想，由此形成刚烈决绝的性格，只为维护"女儿身"的贞节。"征帆又说近双孤，掩泪声声怯夜乌。宁葬江鱼波底没，不留青冢到单于。"在悲痛中表示宁愿自溺保住清白，也不愿死后葬在异乡的土地。"厌听莺儿带笑歌，几回肠断岭猿多。青鸾有意随王母，空教人间设网罗。"此时听到胡人狂野的笑声，更觉得身世凄惨，遂用"青鸾"自喻；"随王母"暗示死后升仙的愿望，以寻求解脱。"生平曾许未簪笄，深入狂澜叹不齐。河伯有心怜薄命，东流直绕洞庭西。"其交代自己的后事，希望河伯能够怜悯，将自己带回家乡。"图史当年讲解真，杀身自古欲成仁。簪缨虽愧奇男子，犹胜王朝共事臣。"杜小英欲向男子"杀身成仁"的志向看齐，肯定自己的道德价值取向，有着强烈的被社会承认的留名意识。

长沙女子王素音为乱兵所得，题诗古驿。其《良乡琉璃河馆题壁》云：

---

① 贝京校点 . 湖南女士诗钞 [M]. 长沙：湖南人民出版社，2010：8–9.

愁中得梦失长途，女伴相携听鹧鸪。却是数声吹去角，醒来依旧酒家胡。

朝来马上泪沾襟，薄命轻如一缕轻。青冢莫生殊域恨，明妃犹是为和亲。

多慧多魔欲问天，此身已誓入重泉。可怜魂魄无归处，应向枝头化杜鹃。①

王素音从小生长在江南地区，顺治初年被掳掠至河北，同行还有数名女子。自己身陷绝境，心中悲痛无以排遣，无力与这个世道抗衡，就只好把夜来所做的梦境诉诸笔端，来寄托每日的哀怨悲吟。她在诗中讲述了自己与女伴被掠往异域途中的惨痛经历，感受到明妃为了和亲而远离故乡的痛苦，深感自己的背井离乡毫无意义。"此身已誓入重泉"，是她对自己将要面临死亡的命运的清醒认识和无奈哀叹，凄绝之声宛如杜鹃啼血。女性在绝境中进行绝命书写，向世人诉说自己的悲惨遭遇，表达身不由己的无奈。对于天灾人祸，她们无法与其抗衡。

（二）绝命女的个人情志

绝命诗中包含绝命女的情志，她们有的在诗中表明志气和节操，并表达留名意识。有的借物或抒发个人人格，或表达恋世之情。

家国沦丧、战争四起的易代之际，女性被迫从安定的闺阁中走出来。她们面临的不仅有生存威胁，还有身体和人格的侮辱，她们选择用生命捍卫尊严，表明志气。杜湘娥和王素音都居江南，正值青春年华，不幸遭遇战乱，被恶人掠夺至异地，无奈下誓死明志，赋诗以表贞洁。她们在诗中抒发对悲惨现实的愤怒，对自身所受遭遇的委屈，还有对自己无声无息从人间消失的不甘。所以通过存诗载体"衣带""题壁"等来留诗，不仅为了表达自己义不受辱的志气和节操，还包含着希望其事迹得以流传并获得社会认可的心理。

女性借物来咏志抒情。她们的生活空间局限于闺阁庭院，所以吟咏的都

---

① 贝京校点．湖南女士诗钞 [M].长沙：湖南人民出版社，2010：10.

是常见之物。梅、菊自古都备受文人青睐，是孤傲高洁人格的象征。郭步蕴多次咏梅和菊来表达自己淡泊高雅的情志和孤独寂寥的生存状况。

女性出嫁后，多半处于远离家乡的漂泊中，她们在撒手人寰之际，心中满是对尘世的留恋，以及对家乡、亲人的牵挂。

江峰青，湖北汉阳人，嫁于衡阳罗某，身处异地。异乡陌生凄凉，让她愁绪不绝，思乡之情贯穿一生，临终作《绝命词》。其诗为：

梗断蓬飞梦不甘，浮云幻迹我曾谙。年来愁绝湘江水，只送离魂到汉南。

相思两地泪沾衣，梦里还家觉后非。自叹不如梁上燕，年年秋社别人归。①

一个普通女子在远嫁的那一刻就注定了与故乡渐行渐远。嫁入异乡后，面对陌生的环境、风俗习惯，故乡成了永恒的思念和渴望的皈依。江峰青每每做梦都想回到家乡，思念的愁绪如湘江水一般绵延不绝，只希望自己死后魂魄能够归乡。

李玉容，嫁于同县吴承柴。丈夫死后，孩子也相继离去，悲痛之下，赋绝命诗于绣帕后自缢。其绝命诗总题为《悼别十二首》，《湖南女士诗钞》收录九首，分别是《别床》《别灯》《别镜》《别针》《别花》《别月》《别莺》《别燕》《别世》，另三首《别舅姑》《别父母》《别兄弟》已散佚。女性的创作与家庭闺阁之内的生活息息相关。在狭窄的空间里，捕捉生活中的细节，"合欢床""兰灯""莺啼"成为描写对象。李玉容临死前对生前熟知事物的一一告别，从生活琐碎事物到花月莺燕，字里行间流露出不舍与眷恋。

（三）绝命女的生死感怀

女性一生起伏，临终面对死亡，颇多感悟。用诗别世，受儒释道等不同思想的影响，诗中的生死感悟各有不同。

有的视死亡为自己坚守节义的基础，显得悲壮大气。儒家主张的死亡哲学是建立在道德伦理基础之上的，主张实现"杀身成仁""舍生取义"等道

---

① 贝京校点.湖南女士诗钞 [M]. 长沙：湖南人民出版社，2010：43.

德理想来超越死亡，他们认为人的死不过是生命个体的结束而已，而精神却能延续下去。女性从出生到死亡，都践行着儒家伦理道德，相夫教子，丈夫死后守节或者殉夫。李玉容《绝命诗》云："死生迟早是一次，妾岂偷生至今日"，末云："昔日愿头今日饯，大笑一声寻夫去。"①她早已明白死是生的必然，并且把道德礼义视为生命之上。在道义的驱使下，她顾及夫妻情义，想要保全家族名义，殉节扬义。成达娥忍痛放下孝顺父母的大义，甘愿追随丈夫魂魄到泉宫，成就自我节气，"大笑一声"凸显出其面对死亡的洒脱勇敢与果断干脆。

有的视死亡为大道循环的必然，显得自然平淡。道家认为生死是大化运行中的一个阶段，对于死亡不必恐慌，顺其自然就好，人应对生死要保持超然的态度。老子认为生不足喜，死不足悲，顺之而已。在佛教"生死涅槃论"的影响下，认为死亡是一种解脱和崭新的开始。对于身世坎坷的女性来说，死意味着可以脱离当下的纷争与痛苦，开始新的美好。邵阳尹氏十八岁就嫁给丈夫王邦雍，不幸瘟疫横行，夫家中无一人生存，其母怜悯孤弱，劝她改嫁，其殉夫前发出了"自古皆有死"的叹息。绝命女性受礼教束缚，囿身于闺房庭院，出嫁后侍奉丈夫婆家，遵从女德规范。即使丈夫死亡，也要守着名分贞操，或随亡夫而去。一生饱尝苦痛，死亡对她们来说不是恐惧的事情，而是视为必然的事情和解脱的出口，心态上则更显自然平淡。

有的视死亡为转世轮回的一环，但仍不离悲痛自怜。佛教的生死观最主要的是"生死轮回论"，根据因果报应可轮回转世，轮回的主体就是灵魂。所以佛教认为人是有灵魂的，人死后还有灵魂。王素音的"可怜魂魄无归依，应向枝头化杜鹃"，就描述了客死异域后担心自己的魂魄无处可依，找不到回家的路，希望能有个好归宿。郭步蕴在清苦中度过大半辈子，对待生死早已是从容豁达，以一首《题真》总结人生。凄苦身世和容颜衰老都是女性不愿去面对的，无论哪一个都觉得残酷。再加上清贫困窘的处境，哀伤痛楚加倍袭来，郭氏的豁达中又显伤情哀思。

---

① 贝京校点 . 湖南女士诗钞 [M]. 长沙：湖南人民出版社，2010：16.

三、清代女性绝命诗的艺术价值与现实意义

清代湖湘女性的绝命诗歌风格普遍含蓄凄凉，同时运用了多种修辞手法，注重诗歌文字的锤炼，并带有鲜明的湖湘地域特色。

本是悲歌，强作欢颜，反显凄楚。乾隆年间，长沙黄氏，十五岁嫁于江庆璜，庆璜因为过度苦学患病而卒，黄氏绝食未果；五年后，亡夫入梦，公婆又想她另嫁他人，于是携婢女谎称扫墓，后支开婢女，自刭而亡。家人在梳妆箱中发现白绫绝命书，同乡的余存吾太史感黄氏事迹，为其作传。其绝命诗云：

> 黄花冒雨泪涓涓，泣别分离已五年。一剑不如从地下，孤鸾到此又团圆。
> 秋风无处不凄酸，垂白双亲要自宽。为报黄泉成乐土，何妨明月梦回栾。①

整首诗韵律和谐，基调哀婉。诗中用"黄花""秋风"烘托出悲凉的气氛，"泪""泣""孤"道尽了丈夫亡后的孤清、苦楚与心酸，思念之苦与被迫另嫁的无奈，最后选择到阴间与丈夫团聚。阳世已无生趣，阴间反成为其向往的乐土，成为其绝命的欣慰。

邵阳尹氏《绝命诗》中"哀哉妾薄命，丁难是申年""欲诉凭谁语，含悲对月明"②。那一声声哀叹让人动容，自知夫亡命难存，薄命的无奈，内心的悲痛只能对月哭诉。

湖湘女性绝命诗创作上多为用典、借物喻人等手法。杜湘娥"远涉风涛谁是伴，深深遥祝两灵妃。"③灵妃指称娥皇女英，二女哭夫自投湘水，成为情义的化身。杜氏用娥皇女英典故自比，表明自己投江的决心。李玉容《哭外》也道："斑竹有痕俱是血，令人千载仰灵妃。"④这处的娥皇女英可视为夫妻之间生离死别情义的象征。这两个乱世中的女子还都引用王昭君故事中的

---

① 贝京校点．湖南女士诗钞 [M]．长沙：湖南人民出版社，2010：76-77.
② 贝京校点．湖南女士诗钞 [M]．长沙：湖南人民出版社，2010：81.
③ 贝京校点．湖南女士诗钞 [M]．长沙：湖南人民出版社，2010：8.
④ 贝京校点．湖南女士诗钞 [M]．长沙：湖南人民出版社，2010：15.

"青冢""单于"，并对昭君葬在异域的选择持否定态度。女子未嫁前处于安稳的闺阁之中，战乱、出嫁都造成其异地漂泊。她们谨遵女德，不愿向贞操妥协，不愿异乡漂泊。杜湘娥还用"青鸾"自喻，借"西王母"的神话故事暗示对尘世解脱的追求，表明赴死的决心。

　　清代湖湘女性的绝命诗受湖湘地域文化的影响，诗中带有浓厚的地域色彩。湖湘所处地域，山林泽国，河湖密布，湖湘众多地域意象在女性绝命诗中都有体现。"梦入潇湘何日归""东流直绕洞庭西""年来愁绝湘江水"，"湘水""洞庭"都是湖湘的地域象征。湘江是湖南省最大的河流，流入洞庭湖。"潇湘"，古称湘水，《山海经·中山径》言湘水"帝之二女居之，是常游于江渊。澧沅之风，交潇湘之渊"[①]，后泛指湖南全省。湘水流域自古为荒僻之地，也是娥皇女英哭舜而投水自尽的地方。湘妃二女也是众多亡夫女性追随学习的榜样，神话传说中凄美的爱情故事成为大量湖湘女性绝命事件产生的精神源头之一。楚文化作为湖湘文化的源头，屈原忠贞抱郁、独守其洁的思想行为及其著作对湖湘文化精神的形成和发展产生了巨大影响。《楚辞》作为楚文化的象征，饱含屈原伟大的爱国情怀，这在女性绝命诗中也同样体现出来。"涛声夜夜悲何极，犹记挑灯读楚辞"，在国破家亡之际，杜氏表达对往日读楚辞学习的眷恋，同时也借"楚辞"暗含自身的忠贞思想。屈原投江以示志行高洁，和杜氏投江"葬入江鱼波密去，不留青冢在单于"以示自身清白颇有相似。

　　女性从性别视角出发，在绝命诗中描写细腻、苦闷的心理感受，展现生活中不易发现的真实状态。方秀洁《明清女性创作绝命诗的文化意义》中强调，在传统道德规范下，女性发挥自我主动性，书写自杀绝笔，表明自己的立场，发出自己的声音，为自己在历史上留名争得一席之地。这样的文本刻写不仅展现了个人主动性，还体现了社会道德价值。女性遵从传统道德要求，严格自律，在家孝顺父母，出嫁后相夫教子，奉献家庭。创作绝命诗，不仅展示了自我修养和强烈的社会责任感，也对后世女性产生影响。段继红总结女性遗下绝笔不仅是为了表达自己义不受辱的人格和节操，更希望自己的遭遇能为家人知晓，想要通过侠义之士将其事迹记载或传播，使其生存的

---

① 史礼心，李军. 山海经 [M]. 北京：华夏出版社，2005：6.

价值得到社会的认可。女性作绝命诗表达想要留名的愿望，也间接体现了自身的文学自信，让自己的才华不被埋没，这对当代女性勇于展示自我、施展才华具有重要的启示作用，同时她们对死亡持从容豁达的态度。绝命诗作为绝命女的临终关怀，既表达了女性对不公命运的愤怒和对操守的坚贞，也反映出她们把守节殉夫看作自己自由意志的实现，由此来达到被社会承认的目的。这是对生命的超越和升华，但同时也是对自己个体生命和存在价值的极端否定。

绝命诗中的价值内涵对现代的意义在于发扬传统伦理精神，继承先人的文化血脉，保留民族文化重建的因子。守孝道、夫妇相敬如宾等等德行对现代社会具有重要意义。社会发展离不开优良道德的弘扬，同时清代湖湘女性生死观中的积极因素对当代人看待和理解生死亦有借鉴意义。清代湖湘女性诗人遵从道德理想，实现自身价值；同时受传统伦理道德束缚，思想活动受到限制，其极端放弃生命的做法和愚忠、盲从等腐朽观念应该被丢弃。当今社会，物质生活优越，生活条件便利，节奏加快，人们对生与死的思考越来越少，以致对生命不重视和草率。人作为社会中的个体，应承担自我的人生责任，建构好社会关系，延续好家庭中的血缘关系，为生活目标努力奋斗，获得永恒的精神生命来超越死亡，领悟生命的智慧。

生与死是我们必须面对的现实问题，也是文学世界中永恒的主题。湖湘女性在女性视角下用绝笔记录了死亡时的社会文化环境和真实心理，展现出女性不公的命运和她们对贞操的坚守，以及对死亡的顿悟。诗歌呈现出鲜明的湖湘地域文化色彩，丰富了湖湘文化的内涵。受传统伦理道德影响，她们一方面承担社会责任，奉献于家庭，实现自身的价值；另一方面，受儒释道糅合的生死观影响，敬重生命，对死亡有了更透彻的认识和顿悟。今天，我们要用正确的眼光去对待女性创作绝命诗的行为，汲取其中的积极因素，摒弃消极不利的因素，努力挖掘中华民族传统文化中的意义和价值，从而丰富中华民族文学的知识宝库。

第二章
疫灾事件与湖湘文学

第一节　明清湖湘疫灾文学的多维书写与地域解读

我国自古多疫灾，对民众生活破坏严重。东汉许慎《说文解字》中言："疫者，民皆病也。"①瘟疫这种恶性病传染速度快，致死率较高，且暑热、严寒、水灾、地震、战乱、饥荒等都能导致瘟疫的流行。湖湘地域，气候温热多雨，河流稠密多布，天灾频发，再加之社会动荡，这些因素综合在一起都极易引发疫灾。灾情惨烈，触目惊心，深受触动的湖湘文人创作了大量疫灾题材的作品。这些作品倾向于多维的书写，采用纪实的视角，以文学为载体承载历史信息，记录了明清湖湘灾害现场，展露出特殊时期的湖湘地域风貌。

一、明清湖湘疫灾的具体成因与历史记录

"瘟疫既是源发于自然环境的一种生理疾病，同时又与人体抵抗力、人类活动有密切的关系，论述瘟疫蔓延的原因，势必兼顾自然因素和社会因素。"②明清湖湘疫灾蔓延也存在其独特的自然因素与普遍的社会因素，两者交织混合，加深了疫灾的影响程度及加重了其伤害程度。

（一）疫灾发生的自然因素

水灾。因为湖湘地区地处亚热带季风气候，湿热多雨的气候以及河流稠密多布的地理因素，致使此地易发水灾。洪灾导致大量人口死亡，而泛滥的洪水将大量的尸体和垃圾冲刷至各处。洪水退却后，来不及掩埋的尸体和垃圾易成为病菌产生和繁殖的温床，再加上湿热气候的蒸发，极易产生传染病菌从而污染饮用水源。遭受水灾后，人体本就身体机能下降、抵抗力不足，这时若传染病菌侵入，势必会导致瘟疫的爆发与流行。明清史料记载了湖湘

---

① 许慎.说文解字[M].杭州：杭州古籍出版社，2012：205.
② 余新忠.瘟疫下的社会拯救[M].北京：中国书店出版社，2004：82.

地区众多因水灾而引发疫灾的事件，如：道光元年（1821），夏"淫雨甚寒，民多疫"①；同治元年（1862），芷江"淫雨，伤稼，大疫"②。

旱灾。旱灾是属于气象灾害的一种，造成这一灾害的主要原因有以下两个方面：一是气候严酷，二是异常的干旱。旱灾发生后，炎热的气候以及连续不降雨会导致农作物减产甚至绝收，进而造成饥荒的发生。明清时期，我国遇上第四次小冰河期，气候剧烈变化导致旱灾频发，农作物水分不足致使粮食大量减产，某些地区甚至出现农作物绝收的现象。而粮食不足会引发饥荒，进而诱发疫病。如成化十二年（1476），"湖广夏秋亢旱，田禾损伤，人染疫死者甚众"③，一些史料真实记载了湖广地区因旱灾导致田地、禾苗损伤，粮食产量不足，民众因饥饿诱发严重的传染病，使众多百姓染疫而亡。

蝗灾。俗语曰："久旱必有蝗"，严重的干旱过后往往会伴随着蝗灾的发生。蝗灾的破坏性非常可怕，俗语言："蝗虫过境，寸草不生"。因蝗灾诱发疫灾的史料记载如：明代天顺五年（1461），新宁发生"虫食苗，大疫"；清乾隆四十四年（1779），"长沙虫伤稼，饥"，导致"殍瘠况疫疬，白骨填沟溪"④；咸丰七年（1857），湖南各地大旱，"飞蝗蔽天，晚稻无获"⑤；民间大饥，且多疫。

（二）疫灾发生的社会原因

饥荒。由上文所述可知饥荒的发生往往与水灾、旱灾、蝗灾、风灾等灾害密切相关，饥荒往往是这些灾害衍生出的次生灾害。灾害发生后，农作物产量锐减，粮食短缺，饥饿使灾民刨食鼠洞中的粮食甚至捉鼠充饥，而老鼠往往携带了大量病毒。长期的粮食短缺会使民众身体羸弱，抵抗力不足的灾民吃了携带鼠疫杆菌的老鼠和食物，极易染上鼠疫病菌；由于当时医疗手段不发达、社会动荡，疫病控制不住从而传播开来，必然会造成疫灾。如：

① 李瀚章，裕禄.（光绪）湖南通志 [M].长沙：岳麓书社，2009：4926.

② 李瀚章，裕禄.（光绪）湖南通志 [M].长沙：岳麓书社，2009：4936.

③ 中央研究院历史语言研究所.明宪宗实录 [M].北京：中华书局，2016：2994.

④ 李瀚章，裕禄.（光绪）湖南通志 [M].长沙：岳麓书社，2009：4922-4923.

⑤ 李瀚章，裕禄.（光绪）湖南通志 [M].长沙：岳麓书社，2009：4929.

万历十六年（1588），湘潭大风伤稼，从而引发"大饥，疫"①。崇祯十七年（1644），沅江发生饥荒，引发"沅江大疫民死十之八九"②。大饥荒的发生常会引发疫灾的流行。

战乱。战争也是引发疫灾的一个重要因素。明末清初及清代后期，政治崩坏，大规模战乱时常爆发。军队人口密集，医疗卫生条件受战争影响变差，加之战乱导致死伤惨重，成千上万的尸体来不及掩埋，暴露于荒野的尸体变成病菌滋长的温床。这些传染性病菌很快在人群中传播开来，导致疫灾的爆发。张剑光《三千年疫情》总结了许多历史上因战乱而导致疫灾的事件，特别提到明代湖广地区的一次可怕的疫情："明朝中叶，……李原起义后……这批被押解往湖广、贵州充军的流民子弟，乘船到戍守地点时发生大疫，'多疫死'。死了的人被指挥官扔在江畔，由于死尸太多，尸体发出极其强烈的臭味，令人恶心。……恰逢气候十分炎热，……流民妻子被掠，瘟疫盛行，相互传染，其情其景令人骇怕。"③除此之外，由于战乱带动大量人口聚集或迁徙，也是导致疫灾爆发的一大因素。人口流动扩大了疫病传播范围，过密人群又为疫病爆发提供了病原载体，两者相互影响使得小范围的疫病转变成严重的大范围疫灾。

不可控的自然因素，加上社会因素，常常会导致大规模疫灾的发生。若是缺乏有效的控制与治理，灾害对民众生活的破坏程度将会升级，也会在历史记忆中留下了深刻的伤痛烙印。

二、湖湘疫灾文学的多维书写

湖湘地区受自然环境和社会因素的影响，自古灾害频发，致使百姓苦不堪言。直面此等惨景，或以后回想起曾经的伤害，湖湘文人怀着悲天悯民的情感，创作了大量以疫灾为题材的文学作品。这些作品一方面以灾害对民众的影响进行多维的书写；另一方面，也记录了湖湘民众的自我防护和治疗方式——如巫风湘俗中祛瘟避疫的吟诵与舞蹈。

---

① 李瀚章，裕禄 .（光绪）湖南通志 [M]. 长沙：岳麓书社，2009：4905.
② 李瀚章，裕禄 .（光绪）湖南通志 [M]. 长沙：岳麓书社，2009：4909.
③ 张剑光 . 三千年疫情 [M]. 南昌：江西高校出版社，1998：329-330.

（一）多维书写民不聊生之景

灾情遍布，饿殍遍野，民不聊生。

文人们书写了灾民身体与心灵的双重创伤。清代溆浦文人严如熤在《悯农词》中言："戾气之所钟，为疫为旱蝗……哀哀民何辜，频遭此凶荒。蕨根与野菜，不能撑饥肠。妇子聚相泣，卖屋典衣裳。……空腹鸣喔喔，面削肢体僵。"①描述了百姓在旱灾和疫灾的侵扰下，极度缺少粮食，即使是撷食野菜都于事无补。弱妇幼子相拥哭泣只能典屋卖衣，却奈何仍然买不到粮食。长期营养不良导致百姓面削体僵，身心皆痛。

书写了疫灾中从个人到群体的共同创伤。道光十二年（1832），湖南长沙发生饥荒，引发疫灾，染疫而亡者数不胜数。长沙文人阎其相目睹了百姓深受疫灾之苦后，曾作《悯疫吟》组诗书写疫灾中个人、群体以及整个城市的惨状。其一《数若主》："市城死人如乱麻，十室九空鬼大哗。三寸棺具价为昂，况乃无钱直须赊。一室八口活者一，前负棺债算未毕"②，描绘了一幅满目疮痍的灾情景象：疫灾发生后，百姓死亡率达到"十室九空""八口活一"的惨状，城市中染疫而亡者多如乱麻，亡者过多导致棺价骤涨的场景更是荒唐又骇人。其二《益一人》则叙述了一户人家染上疫病，全家都染疫而亡，甚至连累了发现死尸的乞丐；老翁半夜死去，仅是接触尸体的乞丐第二天就染上疫病，第三日便暴毙身亡。这首诗着重突出了疫疾传染速度的可怕，以一户人家为例，展示了疫灾伤害程度之重。其三《城中路》："城中路，昔日繁华今恐怖。蓬头突睛僵死人，相属五步不十步。日暮相戒不敢出，传言尸起击人怒。"③描述了染疫之后，昔日繁华热闹的城市在疫灾流行后变成冷寂恐怖之城，长沙民众和整座城市都遭受巨创。

书写了疫灾中不同阶层民众的创伤。无论是朱紫高门，还是贫民寒素，皆不能逃脱疫灾的侵袭。诗歌描述了即使是高门富贵的权势之家，在疫灾的侵袭下，亦只有"公子道旁毙"的结果。富贵之家受灾如此惨痛，贫民更毋需多言，死亡之多，致使最终出现"白骨堆其间"的骇人之景。

① 邓显鹤.沅湘耆旧集：第5册 [M].欧阳楠，校点.长沙：岳麓书社，2007：91.

② 李瀚章，裕禄.（光绪）湖南通志 [M].长沙：岳麓书社，2009：4928.

③ 邓显鹤.沅湘耆旧集：第5册 [M].欧阳楠，校点.长沙：岳麓书社，2007：581.

（二）直接抒发悲天悯民之情

面对深受疫灾之苦流离失所的百姓，文人们在创作疫灾为题材的文学作品时饱含了对百姓的关怀与同情，而且情感的真实与激烈促使言辞恳切，方式直接。

乾隆四十三年（1778），湖南全省久未下雨，遍地大旱，粮食产量剧减，各地发生饥荒和疫病。严如熤的《悯农词》道："哀哀民何辜，频遭此凶荒。"[1]诗人手捧征丁府牒想到百姓连遭苦难，忍不住泪如雨下，不禁发出"哀哀民何辜"的感叹，夜不能寐，愁闷彷徨。

再如道光十一年（1831），两湖地区遭遇灾荒，冬天瘟疫开始流行；十二年（1832），饥荒更加严重，瘟疫爆发，致使三分之一的人口死亡。岳阳文人吴敏树作《壬辰书事》赋诗四首并书其事，其二言："但见新冢多，那闻哭声热。吾欲叫穹苍，假力诛妖孽。世界发阳和，菽麦饱黎子。天心倘有然，痛定翻呜咽"[2]，此诗记录了疫灾的高致死率。面对灾害带来的一座座隆起的新坟，四处传来的哀泣之声，诗人焦虑而痛苦。他想向苍天大声呐喊，希望上天能借助一点力量尽快诛灭灾害，让春天降临人间，使菽麦成熟，让黎民有救。结尾又发出上天倘若有心救人，一定会幡然悔悟的悲鸣，诗人对灾民的悲悯之情溢出言表。面对灾害，诗人无力改变，只能祈求上天尽快结束灾难，使黎民脱离苦海。

（三）细致记录祛瘟避疫之俗

由于古时医学技术不发达，当面对致死率极高的疫疠时，人们无法理解是什么造成了瘟疫。加之湖湘之地承袭荆楚的巫风文化，本就迷信鬼神的百姓将瘟疫幻化成各种鬼神精怪，认为瘟疫的出现是司掌瘟疫的鬼神对民间的惩罚或者是瘟神疫鬼在人间作祟。这使得湖湘人民在面对疫病之时总是虔诚信奉鬼神，并行巫术以求祛瘟避疫。

自先秦以来，荆楚就巫风盛行，尤以偏远的湘西、湘南之地为典型。如唐中叶时期，柳宗元被贬至湘南永州，他在《唐故散大夫永州刺史崔公墓

---

① 邓显鹤.沅湘耆旧集：第5册[M].欧阳楠，校点.长沙：岳麓书社，2007：91.
② 吴敏树.吴敏树集[M].张在兴，校点.长沙：岳麓书社，2012：7.

志》中感叹道："惟是南楚，风浮俗鬼。"① 及至明清之际，湖湘信仰巫神、行巫术以求祛瘟避疫的民俗仍旧不衰。如清代湘阴文人周燮祥《迎神》一文中谈及："沅湘好祀，信鬼神。村巫涂面作神语，指陈休咎，若有物凭之者。凡疾病灾异辄祷，祷必应，众颇惑之"②，写沅湘之地信奉鬼神，凡逢疾病灾害总会让村巫向鬼神祈祷以保平安。治病救人的具体过程，则被描述如下："神之来，鼾先隤。烛光暗，生阴霾。面若漆，睛如灰。斧抉口，双颐开。指挥短柄剑，怒吸葡萄醅。神之语，气如虎。嚼烈火，吞燃炬。声轰轰，雷门鼓。蚩蚩氓，观若睹。噤无声，类伏鼠。……神之行，风有声。跳水怪，腾山精。老魅走，狐鬼惊。拜迎且咒交纷争。拜此何，乞符药，驱榩枪。病者起，危者平。"③ 由此可见村巫一面手持短剑，一面口念神语，吞烈酒，喷大火，鼓声轰轰，气势盛大使各种山野精怪慌忙奔走的祈祷场景。而村巫向巫神乞求符药的目的就是驱除灾祸，使病者康复，危者平安。作者和观者对巫俗去病的过程存在疑惑，但对去病的良好结果，只能感叹"造物何非复何是，世间怪事类如此"。

承袭荆楚文化的湖湘人民，尤为重视端午佳节：一是为凭吊爱国诗人屈原；二是为端午竞渡祛瘟避疫。明代茶陵文人李东阳曾作《竞渡谣》："湖南人家重端午，大船小船竞官渡。彩旗花鼓坐两头，齐唱船歌过江去。丛牙乱桨疾若飞，跳波溅浪湿人衣。须臾欢声动地起，人人争道得标归。年年得标好门户，舟人相惊复相妒。两舟睥睨疾若仇，戕肌碎首不自谋。严呵力禁不得定，不然相传得瘟病。家家买得巫在船，船船斗捷巫得钱。"④ 一方面描述了百姓竞渡时船疾若飞的风采；另一方面描述了百姓为争得头标，不惜毁伤对方船员肢体以及花重金请巫师坐镇斗法的场景。而争得头标的主要目的是希望获得一种祛瘟避疫的神秘力量，并借助这种力量以保亲友身体安康。

上述文学作品真实记载了当时疫情泛滥下的民俗风气。当然，现代对于那些生产力低下，及相对落后的时代产物持批判与否定的态度。

---

① 柳宗元.柳宗元文集 [M].沈阳：辽海出版社，2010：60.

② 邓显鹤.沅湘耆旧集：第 6 册 [M].欧阳楠，校点.长沙：岳麓书社，2007：177.

③ 邓显鹤.沅湘耆旧集：第 6 册 [M].欧阳楠，校点.长沙：岳麓书社，2007：177.

④ 李东阳.李东阳集：第 1 册 [M].周寅宾，钱振民，校点.长沙：岳麓书社，2008：636.

三、明清湖湘疫灾文学的艺术特色

作为灾难的直接亲历者或时空距离最近的听闻者，湖湘文人在书写以疫灾为题材的灾难诗时，坚持从写实的视角出发，运用精准的词语，细致入微地刻画出灾难场景；以纪实性的笔触真实地还原灾难现场，用强烈的对比带来反差效果，增强了作品的艺术感染力。

（一）锤炼精准的动词

湖湘文人在书写各种以疫灾为题材的文学作品时，多反复锤炼用词，选用精准生动的动词细致入微地刻画出典型场景，还原灾难现场。

清代安乡人潘相《忆昔》言："忆昔丙丁岁，秋禾没鸿川。饥民公剽掠，白昼聚千船""大波蹴地转，訇轰猛以遄。浮厝随浪去，抛碎永不还。连村撤华屋，比户弃良田""献岁复大疫，积尸堆道边。"① 运用"没""剽掠""聚"等动词，回忆了乾隆五十一年（1786）、五十二年（1787）连年大水致使饥荒流行，饥民公然抢夺粮食的灾后之景；接着用"蹴""抛""撤""弃"等精准的动词生动地描述出洪水迅猛而至的灾难场景：连浅埋的灵柩都被洪水卷出抛碎。面对如此可怕的洪灾，无数的村民只能快速撤出房屋，舍弃肥沃的良田躲避洪水。洪灾过后，饥荒流行，继而产生人口买卖猖獗的惨景。其中"堆"字的运用更是形象地显示出疫灾的可怕，无数百姓因感染瘟疫而亡，造成了尸横遍野的骇人之景。

诗僧觉慧《北邙》写道："山中何累累，白骨堆其间。古墓窜狐狸，寒岩嘶虎豹。秋风吹白杨，落日山鬼啸。……一朝罹异灾，公子道旁毙。"② 先以反问语气询问山中何物积累最多，接着以"堆"字生动地显示出山中白骨之多，与后文"公子道旁毙"相呼应。"窜""嘶""吹""啸"等动词形象地描绘出山间荒凉至极的画面，读之使人毛骨悚然。"罹""毙"等动词的运用，更是精准地将疫病的可怕呈现出来：感染疫病之人随时会出现暴毙的情况，这也对应了上文"白骨露野"的惨景。

① 邓显鹤.沅湘耆旧集：第 4 册 [M].欧阳楠，校点.长沙：岳麓书社，2007：425.
② 邓显鹤.沅湘耆旧集：第 6 册 [M].欧阳楠，校点.长沙：岳麓书社，2007：581.

（二）采取强烈的对比

作为明清湖湘地区灾害的直接亲历者或最近的听闻者，文人们收集与储存了大量的题材片段。在书写灾害作品时，挑选不同类型的典型，以强烈的对比手法表现灾后场景和记录灾后事件，达到震撼人心的效果，并引发思考。

吴敏树《壬辰书事》其二："乾隆戊戌年，我闻长老说。旱荒未若今，寒暑不相灭。迩来五十载，追语犹气结。今岁况大疫，杀人甚火烈。饥寒病即起，往往举家绝。春晴出原野，日色惨如雪。但见新冢多，那闻哭声热……"①开头采用对比手法，诗人以听闻老者所讲述的乾隆四十三年（1778）的灾害情况与自己亲历的灾害进行对比。"旱荒未若今，寒暑不相灭"反衬出灾害更为严重。接着讲述除了饥荒外，还发生了疫灾，控诉上天降灾杀人比火还要猛烈。老百姓饥寒交迫致使疫病缠身，疫疠往往造成一家都死绝的惨象。后几联叙事时间再转到春天：太阳照在原野上，日光惨白如雪，一眼望去只看见一座座新坟隆起。春天本该是万物复苏、春光明媚，却出现了"但见新冢多"的凄凉之景，这种反差更具视觉冲击，直击读者心灵。诗人以空间场景对比、季节景象的反差还原了真实的灾后场景，引读者生出今昔之感，对诗歌内容留下更深刻的印象。

清代湘潭文人张九钺《振灾篇》言："民饥在波涛，吏饱坐庑堂。借曰狱讼繁，何以对肺腑。分官卧懒蚕，谴吏组翼虎。"②写道百姓仍饱受灾害侵扰，饥饿难耐、疫病发作；而本应主持灾情的各级官吏却吃饱喝足，懒散地闲坐于公堂，不去救灾民。诗人以"饥民与饱吏""民尤处波涛，官卧似懒蚕"将灾后饥民和官吏的不同状态作对比，斥责官吏的腐败可恶与不作为。

清新化文人欧阳辂《忆昔百韵》言："百端乱黑白，一气相钩联。彼狡反无事，晏然游市廛。犹复恣谐笑，攘臂夸轻僄。可怜里中叟，逐逐城中奔。问之涕垂颐，欲言声复吞。有罪不见诘，无罪乃见论。"③对比灾后不同类型的百姓的生活场景，抨击官吏的昏庸无能。以无赖之辈能嬉笑于市、肆意妄为，与安分守己的贫民却惶恐不安作对比，突出普通平民灾后生活的悲

---

① 吴敏树.吴敏树集[M].张在兴，校点.长沙：岳麓书社，2012：7.

② 邓显鹤.沅湘耆旧集：第4册[M].欧阳楠，校点.长沙：岳麓书社，2007：183.

③ 邓显鹤.沅湘耆旧集：第5册[M].欧阳楠，校点.长沙：岳麓书社，2007：158.

惨，这两者生活状态的反转更具讽刺意味。灾害发生后，官吏并未有效安抚百姓，肃清乱象。面对混乱的局面反而轻率地以钱财断案，有罪者安然无恙与无罪者银铛入狱的结局对比更是突显当时吏政的污浊黑暗，这些都加剧了灾后重建的艰难程度。

（三）"审丑"的纪实视角

疫灾对人类来说无疑是惊惧恐怖的，面对满目疮痍的灾后场景，湖湘文人在书写灾害著作时，往往会从"审丑"视角出发来放大灾情局部，着重刻画灾难发生的骇人场景及灾后的悲惨遭遇，甚者会直接批判统治者的不作为，揭露人性的丑陋。

如欧阳辂的《忆昔百韵》言："嘉谷不生植，稂莠青满阡。泽储尽螺蛤，山实穷橡榛。草根与木叶，随意遭烹煎。居人死羸瘵，日见沟壑填""怀词诉公庭，翻触官长嗔。不持一钱来，谁当为尔平？……有罪不见诘，无罪乃见论。"[1]作者从良田不产粮食、河泽干涸裸露、山谷只剩橡榛、饥民只能以草根与木叶为食等几个不同的方面描述出灾后的疮痍场景。后几联作者采用"审丑"视角，抨击了朝廷吏治的腐败和人性的丑陋现象。灾情的压迫下，平日和善的民众竟化为盗贼公然入室抢劫；本应主持公道的官吏不安抚灾民，却颠倒黑白以钱来断定官司；官吏与乡间无赖相互勾结，有罪者安然无恙，无罪者却因未贿赂官吏而被投入牢狱之中。短短几联尽显官场丑态、人间惨状。该作品展现了湖湘地区不同社会阶层的生存空间与生活状态。总的来说，不堪回首的昔日往事里面充满了"悲惨"和"丑恶"。

再如吴敏树《壬辰书事》的其一："出门何所见，饥人塞路衢。颜枯气欲绝，且复闻长吁。大户出行乞，哀哉亦区区。"[2]诗人从"审丑"视角出发，记叙灾后百姓的精神面貌和满目疮痍的环境：道路上皆是饥饿的灾民，其中"颜枯气欲绝"运用外貌描写的手法，形象地展现出灾民已是颜色枯槁、气若游丝。"我"还听到灾民的长吁短叹，更是增强了场景的真实性，读之恍若身临灾难现场。接着继续叙述连富贵之户也有因饥饿出门行乞之

---

① 邓显鹤.沅湘耆旧集：第 5 册 [M].欧阳楠，校点.长沙：岳麓书社，2007：157–158.
② 吴敏树.吴敏树集 [M].张在兴，校点.长沙：岳麓书社，2012：7.

人，这更加反衬出灾害的严重性，使阅者担心连富贵之家亦是如此，穷苦百姓又该如何生存。诗人从视觉、听觉方面叙述灾后百姓悲惨的生活状况，再辅以外貌描写灾民面色枯槁的人物形象，还原出灾后场景。以第一人称视角开头和结尾，更是提升了灾后场景描写的真实感，使冲击读者心灵的力度更强。

"从清诗史中大量反映灾难事件的作品来看，以写实的方法还原事件现场是其主要内容。事实上，绝大部分自然灾难诗歌的作者都是事件亲历者，故而事件发生的时间、地点、状态、结果等叙事要素在诗作中都能得到具体的体现。在某种意义上，我们可以将这类作品视为灾难事件的诗体报告。"① 湖湘文人创作疫灾文学时并未粉饰太平、雕绘人间，吹嘘官府作为，以邀名利，而是更倾向于以"审丑"的视角展开叙事。这是为了更真实地还原灾难现场，引发思考、提供借鉴，也体现出其朴素善良的人文情感和作为知识分子的道义担当与现实责任。

四、明清湖湘疫灾文学的现代意义

明清湖湘灾难诗是湖湘文人肩负文学责任感，以其所见所闻还原了明清湖湘地区的灾害现场。其纪实性的描写及诗歌背后所蕴含的内涵，对后世有重要的历史价值与文学意义。

（一）历史价值

灾害诗往往是基于真实的历史背景进行纪实性描写，从而记录着时代所发生的灾害事件。处于疫灾多发之地的湖湘文人饱含悯民之情，书写的灾害诗不仅深刻反映了明清时期自然灾害的历史情景，还记录了不少湖湘民间祛瘟避疫的风俗。灾害诗以诗歌为载体，承载历史事件，其纪实性的书写不仅记录了时代的灾害和湖湘巫风民俗，还填补了某些地方的历史空缺，为后人研究明清社会风貌提供了史料依据。如康熙十年（1671），湖南邵阳发生了旱灾和蝗灾。蝗虫过境，造成禾苗被食几尽的惨象，邵阳文人车鼎黄就作《念振告诸当事》："螟贼复乘之，百里同焚燹。斗米十数钱，向售何由

---

① 罗时进.清代自然灾难事件的诗体叙事[J].文学遗产，2021（1）：135.

速。……何以疗饥疮，割麦不待熟。"①反映了蝗灾导致粮食减少，米价剧涨，贫民百姓忍饥挨饿以致患上疾疮之病的历史事件。又如道光十二年（1832）间，长沙发生疫灾，长沙文人阎其相作有《悯疫吟》四首描述了当时长沙"死人如乱麻""十室而九空""几步遇死尸"的骇人之景，从而反映出了当时长沙疫灾的严重性。

湖湘疫灾著作不光记录了诗人所处时代所发生的的灾祸情况，还可从中考察湖湘地区的祈神民俗。自古湖湘民众就"好淫祀，信鬼神"，湖湘文人书写的疫灾诗，有不少还具体描绘了湖湘人民为消疾病灾异而祭祀祈神的场景。如周燮祥《迎神》中描写："面若漆，睛如灰。斧抉口，双颐开。指挥短柄剑，怒吸葡萄醅。神之语，气如虎。嚼烈火，吞燃炬。声轰轰，雷门鼓。"②就具体描述了沅湘村巫祭祀祈祷的具体场景，这也为后人研究湖湘巫风民俗提供了相关史料依据。

（二）文学意义

明清湖湘灾害诗在继承与发展灾害诗歌创作传统的同时，亦为后人创作现当代灾害诗歌提供了宝贵的经验，成为古代灾害文学中不可缺少的一部分。明清湖湘文人所创作的以疫灾为题材的诗作，不仅是明清时期灾害历史的诗化表现，也是明清诗歌中不可或缺的精彩内容，更是明清文学的重要组成部分，具有不可忽视的文学意义。

清代学者汪中认为，灾害诗创作乃是诗人"目击异灾，迫于其所不忍，而饰之以文藻，当人心肃然震动之时，为之发其哀矜痛苦，而不忘天之降罚，且闵死者之无辜。"③诗人所书写的灾害诗，不仅是记录不同时代灾祸的文学产物，更是诗人从文学责任感出发，悲悯遭受苦难的百姓的情感结晶。这些灾难文学常反思灾难背后的原因以及生命的价值，使读者在观阅作品时引发情感共鸣或理性反思，激发读者的人文情怀和道义担当。另外，文人们的灾难书写中透露出抚慰灾民心灵，鼓舞灾民精神，给人以希望的文学责任

---

① 车大任，车以遵，车万育，等.邵阳车氏一家集 [M].易孟醇，校点.长沙：岳麓书社，2008：510.

② 邓显鹤.沅湘耆旧集：第 6 册 [M].欧阳楠，校点.长沙：岳麓书社，2007：177.

③ 汪中.新编汪中集 [M].扬州：广陵书社，2005：469.

感。如严如熤在《悯农词》中写道："天心本仁爱，劫数语荒唐。尔民果淳朴，自能迓吉祥。……安在殷忧后，而无盈宁庆。仰看云雾净，春和时雨旸。"[①]诗歌安慰灾民：上天是仁慈的，灾难必散尽，总会雨过天晴。只要大家好好耕作，来年一定大丰收。这些文学创作在一定程度上抚慰了灾民遭受灾害后的心灵创伤，起到鼓舞遇灾灾民精神的作用。

综上所述，疫灾题材的文学作品展露了诗人朴素善良的真实情感。灾害描写的视觉冲击和灾情结果的惨烈，广泛引发了读者的人文关怀和理性反思，也使读者阅读后重新审视生命，感悟生命的价值。这类作品的文献发掘和整理为研究明清湖湘灾害提供了丰富的史料，其相关研究亦可让后人进一步了解当时的文学风貌与社会状况，且对于正在遭受疫灾的今人来说也颇具现实意义与借鉴价值。

---

① 邓显鹤. 沅湘耆旧集：第 5 册 [M]. 欧阳楠，校点. 长沙：岳麓书社，2007：91.

第二节　因灾难事件产生的文学——明清湖湘祈神文

长久以来，楚湘地域存在"信巫鬼，重淫祀"的民间习俗，加之明清时期湖南面临灾祸频发、社会动荡、科技落后等多重的现实危机，这些都是当地祈神文产生的历史原因与现实基础。祈神文具体内容有祈神消灾、祈神保安以及祈神降福。明清湖湘祈神文在格式体例上有其既定的规则；在语言风格、表达技巧等方面，文人又赋予了它独特的魅力。其主要作用不仅是民众在灾祸降临时，为了祈神消灾、祈福驱邪的寄托；还是统治者稳定民心、加强统治的工具。湖湘祈神文反映出湖南民间信仰的多样性和地域性，由此丰富了我们研究明清湖南地区民间文化的视角。

一、湖湘祈神文的文化背景

祈神文是由古代祝文发展而来，特指古代拜祭神灵或祖先的文辞，也可称之为祭神文或祝祭文。"祈"是形声字，从示，斤声。"斤"本指"斧斤"，转指"凿破"；"示"指"祖先神"。"示"与"斤"联合起来表示"求祖先神为自己凿破困境"。祈神文的体裁有韵文和散文两种，在写作风格上又推崇感情真挚、语言朴实。"凡群言发华，而降神务实，修辞立诚，在于无愧。"[①]意思是指各家著述都表现出文彩，而请神降临用的祝辞则讲究实际，不做表面文章；祝辞的写作要表现出作者的真实意图，要无愧于心。正式的文人祈神文起于刘勰《文心雕龙·祝盟》；在汉魏时逐渐成熟定型；唐宋时期走向兴盛；明清时期更是为祈神文的写作提供了各种条件；即使到了晚清，因为统治者闭关锁国，妄想继续自己的专制统治，用封建迷信来抵御灾难，祈神文仍然是当时社会的一大主流，这让它不断得到了发展和完善。

湖南地区自古以来就比较信奉鬼神，凡有疾病灾祸，都向神祈祷。《湖南文征》中留存的《迎神诗序》言："（迎神诗），周子感时事作也，沅湘好

---

① 王志彬.文心雕龙（精）[M].北京：中华书局，2012：20.

祀信鬼神，村巫涂面作神语，指陈休咎若有物凭之者。凡疾病灾异辄祷，祷必应众颇惑之。"①产于湖南大地的湖湘文化是指一种具有鲜明特征，相对稳定并有传承关系的历史文化形态。湖湘文化的源头之一是先秦、两汉的楚文化，其中屈原的诗歌艺术就具有鲜明的楚文化特征。东汉王逸《楚辞章句》中说"《九歌》者，屈原之所作也。昔楚国南郢之邑，沅湘之间，其俗信鬼而好祠。"②屈原的《九歌》被现代很多学者认为是其在被放逐之前，用作祭祀的乐歌。可见，从先秦时期开始，湖南地区的祈神文就已经出现在祭祀活动中了。这些都体现出湖南本地的巫神信仰氛围十分浓厚，祈神文在湖湘文化中占有一席之地，成为了湖南文化中不可忽视的一部分。

明清时期，社会动荡，大量移民涌入湖南。清代邵阳文人魏源《湖广水利论》还记载着当时"江西填湖广"这一民间俗语。"江西填湖广"作为一次大规模的移民活动，从元末清初一直延续到清后期。江西和湖广虽然在地理位置上相邻，但是我们所知，即使是在湖南一个省内便会存在着各式各样的信仰文化，更不用说两个省之间的对比了。比如说江西的萧公庙就是江西比较本土的神灵，而其在湖南是很少见的。而移民最后所导致的神灵信仰传播变化包括了几种情况，一是有移民将自己的信仰传播给了本地人群，被当地人所接受甚至是以此为信仰；二是移民接受了本地的神灵信仰，由此同化；三是多种神灵信仰同时存在于某一地区。不管是哪一种情况带来的结果，都是让湖南地区的神灵信仰变得更为多样，也使得湖南文人的祈神文变得更加丰富。此外，在面对明清时期频发的自然灾难时，地处长江中游南岸的湖南受灾严重，当朝政府地方官员施予了一定的灾赈，却也不能完全消除灾难的影响；加之当时近代科学在中国还未普及，一些高级官员遇事就喜欢求神，百姓们也出于无可奈何组织各种祈神仪式，想要通过祭祀祈神来消灾，所以各类祭祀活动变得越来越频繁和隆重，湖南文人、地方官员们也就写下了更多的祈神文。

二、湖湘祈神文的具体内容

自古以来，人们都相信"文能通神"。从古代的各种祭祀活动来看，宣

---

① 罗汝怀.湖南文征[M].长沙：岳麓书社，2008：2855.
② 王逸.楚辞章句[M].上海：上海古籍出版社，2017：2.

读或是焚烧祝文是其中必不可少的一个流程。作为人神对话的重要媒介——祈神文，既然是为了摆脱困境而求神的文辞，那么它的主要内容自然与人们所想要达到的目的、摆脱的困境息息相关。而人们为了不同的目的求助时，祈求对象也会有所变化，这些都影响了湖湘祈神文的具体内容。而对其产生重要影响的自然就包括自然环境、社会变动、历史人文因素等。就此也衍生出祈神文的主要内容：祈神消灾、祈神保安、祈神降福。

（一）祈神消灾

据《中国救荒史》记载，明代各类灾害总计高达一千零十一次；而到了清朝统治期间，灾害总计达一千一百二十一次，较明代更加繁密。[1]而古代中国是以农业生产为主导的经济社会，《光绪·湖南通志》记载："朕观四民之业，士之外，农为最贵，凡士、农、工、商，皆赖食于农，以故农为天下之本务，而工商皆其末也。"[2]可见明清时期的封建君主也依旧在宣扬重农轻商，农本商末的观念。当时频发的自然灾害给农业生产带来了巨大的破坏，人们所祈求的大部分天神就与老百姓的农业生产活动息息相关。他们想要通过祭祀天神，向神灵求救，摆脱困境，消除自然灾害；只有阳光普照、日照有度、风调雨顺，才能五谷丰登。所以祭祀，正是为了能够得到神明的庇佑，祈神消灾，以求丰年。

1.祈晴祷雨

根据邓云特先生的统计，明清时期的自然灾害中，水旱灾害最为严重，其中水灾共达三百八十八次，旱灾也有三百七十五次。检索《湖南文征》中为了祈晴祷雨相关的文章，就有十五篇；在湖南文人的祈神文中占据了大多数，其中大部分又都是为了祈神求雨的。这类文章为了祈求天赐甘霖，在这一主旨表达上又多包含了诉说灾情、祈求怜悯、反思罪责的内容。以清代湘潭文人陈鹏年《祈雨文》为例："惟神功施利济，福佑下民，所以节宣气化，使河滨顺流。雨旸时若者，阙有专司。某奉天子命，总斯河务，凡而开导泄宣，俾运道无困于旱干，群生咸蒙其休泽者，实凭协赞，分职幽明。乃者雨

①邓云特.中国救荒史[M].北京：商务印书馆，2017：36.
②郭嵩焘.中国地方志集成：省志辑·湖南[M].江苏：凤凰出版社，2010：76.

泽愆期了重运阻于遄行，庙堂频忧旰食。且江淮、兖豫之间民气耗竭……仰惟洪庥间赐之甘雨。使万方玉食，不滞于运行；三省残黎顿苏于垂尽。"①作者首先赞扬了神福佑下民，表达了自己是奉天子之命祈求神佑，希望能够让百姓不被干旱所困扰；接着又诉说了此次的灾情十分严重，朝廷上下无不为其忧愁，江淮一带的民心也消耗殆尽，想要以此祈求神灵怜悯，希望天神能够降雨，让各地的粮食充裕起来；最后作者反思了自身罪责，希望不要由此引发天神的怒火，降灾移祸于无辜的百姓身上。

而与《祈雨文》相对应的《祷晴文》，除了目的是祈求天晴外，其内容在表达上基本与上文所述一致。如清代长沙文人唐仲冕《祷晴文》言："雨泽当春发生万物，害於稼盛乃为淫洪。嗟自新年愁霖恐密，田畴泥潦川池汛溢……对此阴霾战战栗栗。民则何辜神其勤恤，畅以和气煦以旭日，屏翳告避句芒既秩。"②求神者首先表达了雨水应该是春天时降临滋生万物的，接着诉说了当前百姓所遭受的灾害：从新年开始为雨水密集的降落所忧愁，一直到暮春之时，雨水才消停了一会，但是天气马上又变得乌云密布、寒风四起。人们希望得到神灵的关怀，感受太阳初升的温暖，紧接着又表达了当前的情况已经刻不容缓，最后同样进行了自我反省，希望神灵看到"我"的功德，能够降福于民。

明清时期，湖南文人为了祈晴祷雨所作的的祈神文中，除了表述名称带有"祈雨""祷雨"等字眼的祈神文；还有很多如《祷风神文》《祭风神文》等为了祭祀其他神灵的祈神文，大都是人们为了祈晴祷雨所作。如清代攸县文人陈梦元《祷风神文》言："呜呼！新穀之不登，士女将无以乐生也，日夜露立中野望上天降雨。"③祭祀风神的文章都是人们为了祈雨所作；还有清代陈星焕《龙王庙祷雨文》："维龙维光宜君宜王，在帝左右日求厥章，有澪萋萋兴雨祈祈。"④这些都是人们在祈求神灵降雨消灾时所作。而在求雨成功之后，又有对应的"谢雨文"，如清代宁乡文人黄本骥《代谢风神文》言："惟神之灵，洞察民瘼。如慈父母，有求必诺。得此时霖，可占秋获。敬陈

---

① 罗汝怀.湖南文征 [M].长沙：岳麓书社，2008：3547.

② 罗汝怀.湖南文征 [M].长沙：岳麓书社，2008：3578.

③ 罗汝怀.湖南文征 [M].长沙：岳麓书社，2008：3569.

④ 罗汝怀.湖南文征 [M].长沙：岳麓书社，2008：3847.

牲醴，藉申虔恪。"①感谢风神能够感知到民众的诉求，帮助他们摆脱困境。

2. 祈神驱蝗

明清时期，除了水灾、旱灾给百姓的农业生产带来极大的困难以外，蝗灾也让农产品遭到了严重的破坏。据统计，明清时期的蝗灾共达一百八十七次，此灾害导致粮食短缺而引发饥荒。早在《诗经·小雅·大田》中就有提到，"去其螟螣，及其蟊贼，无害我田稚。田祖有神，秉畀炎火。"②农民祈求能够得到田祖农神的庇佑，消灭害虫，不要让自己的农作物受到害虫的祸害。在严重蝗灾的刺激下，多地开始祭拜山神、刘猛将军等先农之神，与之伴生的祈神文也层出不穷。以清代罗江《告刘猛将军神文》为例："惟咸丰八年四月三日，湘潭县上十七都四甲，易俗乡善政里南岳丰宫保，信士县学生员罗江合境人等虔诚跪告刘猛大将军之神……诜诜蛰蛰爰集于林，嗖嗖趦趄患延夫竹，万竿僵立一叶靡留，清风不来绿云顿尽，刳之水泻地则笋稀。"③作者首先交代了祭祀的时间，参与祭祀的人员以及所祈求的天神；接着表达了蝗灾给植物带来的损害，蝗虫所到之处干净得就好像是被野火烧尽了。在如此严峻的形势下只有向神灵祈祷，祈求神灵的庇佑。这篇文章不同于前文所述的《祈雨文》是在灾害来临后，陷入困境的人们为了祭祀神明所作；而是为了防范灾害，通过夸耀神明的功劳，辅佐历朝历代驱除虫患，"惟神翊赞历朝剪除大患，拯亿万众以不死经千百载而如生"④表达了人们希望继续长时间得到神明的庇佑，这也流露出了人们对于免于灾害的渴望。

自古以来，湖南地区关于山岳神灵的信仰就十分发达。湖南地处云贵高原，是江南丘陵和南岭山脉向江汉平原过渡的地带，地势三面环山，这样多山的自然环境也进一步催生了人们对山神的崇拜。在湖南地区，与祭拜山神相关的祈神文中出现最多的便是《祭告南岳文》。经统计，《湖南通志》中记载的《祭告南岳文》就有十七篇；而在《湖南文征》中为数不多的为祭祀山神所做的祈神文中，大都是为了消除蝗灾，祈求安宁所作。如清代益阳文

① 罗汝怀. 湖南文征 [M]. 长沙：岳麓书社，2008：3604.

② 程俊英，蒋见元. 诗经注析：下册 [M]. 北京：中华书局，1991：673.

③ 罗汝怀. 湖南文征 [M]. 长沙：岳麓书社，2008：3607.

④ 罗汝怀. 湖南文征 [M]. 长沙：岳麓书社，2008：3607.

人曾绍孔《告山神文》记载："而吾乡少长咸集吹笙击鼓，再拜稽首以奉神欢，岂不曰庇我者尚有鬼神，顾谓神能已乎。顷嘉穀奋兴蟊蝗洊酷，初及苗叶蚕食加焉，蔓延转滋寔落如剪，罔有遏止稻无遗种，岂不殆哉。"① 还有周曜焜《告山神除毛虫文》言："圣皇欲昌之而毛蟲敢攘之，山神欲成之而毛蟲敢倾之。枚未伐而翠彤何自誉韩宣之树，叶非秋而黄落居然剪召伯之棠，彼其拂天地菡敷之意，负圣皇培养之心，干山神厉禁之典，即天地所不容，圣皇所必诛。"② 当然消除蝗灾只是人们祭拜山神的目的之一，求雨、保平安等也是人们祭拜山神的原因。如清代宁乡文人袁名曜《祭岳麓山神文》言："维神效灵滋兰秀芷，朝挺其英夕蒔而子，词藻联翩炁炁多士，迩者非族欲肆贪鄙，有穴而炭有薪而柸。"③

（二）祈神保安

以人为本，安全第一。保障人民群众的安全，稳定社会的安宁也是祈神文的具体内容。城隍爷是冥界的地方官，也是中国民间和道教信奉中守护城池之神，职权相当于阳界的市长。祭祀城隍神的例规形成于南北朝时；唐宋时，城隍信仰滋盛；宋代将其列为国家祀典；到了明清时期，城隍庙修建的数量增加。人们祭祀城隍神是为了守护本地的安宁，得到一片净土。

人们祈神保安除了维护社会整体的稳定安宁外，还有一个最为重要的作用就是，保障人民的生命财产安全。湖南境内"水则源潇湘而入大湖"，两条重要的河流湘江和潇水注入洞庭湖；洞庭湖可以说是湖南省境内最为重要的湖泊。明清之际，洞庭湖的面积继续扩展，"但是明代之后，由于围湖垦田、植被破坏，泥沙淤积，洞庭湖的水域面积已逐渐缩小，蓄水泄洪能力降低，水灾的发生次数和频率也大为增加。频繁的水灾也持续恶化着洞庭湖周边村镇居民的生存环境，造成了经常性的饥荒和大面积的人口死亡。为了能够生存下去，饥寒交迫的人们往往铤而走险，肆意抢掠一切可以维持生存的

---

① 罗汝怀. 湖南文征 [M]. 长沙：岳麓书社，2008：3555.

② 罗汝怀. 湖南文征 [M]. 长沙：岳麓书社，2008：3618.

③ 罗汝怀. 湖南文征 [M]. 长沙：岳麓书社，2008：3582.

物品。"①明朝末年，洞庭湖区成为著名盗区。因而，当地祭拜洞庭湖神的活动也愈加频繁，同时滋生了很多相关的祈神文。据清代廖志灏的《祷洞庭文》记载："惟庚午之中秋前三日，廖生以心香一炷清酿一勺，祷于洞庭之神而告之曰：某闻之帝命飞廉号锡巽女，嘘噫群生，呼呵六府，偏覆载兮休扬，假吹嘘为鼓舞，鹏搏万里之云，雁入重霄之渚，又如神禹治水绩导岷阳，至于衡岳过于九江，盖是川之封禅便吴楚之云航，商贾乐鸿毛之利，英雄快桂子之芳。"②通过向洞庭湖神祈祷，希望风调雨顺，来往商贾平安顺利。湖南境内河流众多，河网纵横。自屈原《九歌》中所记载，当时祀奉的神灵就有湘妃、湘夫人等水神的存在。所以，除了洞庭湖神，湖南地区还有很多的水神存在，如江神、海神等，也都是人们为了保护自身生命财产安全所祈求的对象。

陶澍，湖南安化人，道光朝重臣。其为官期间在抗灾救灾、兴修水利、治理漕运、倡办海运等方面都作出了杰出贡献。以他的《为水患礮击江潮告江神海神文》为例："惟神有职就下为墟，兹者洪水成灾鸠民失业，崩崖裂石长桥来吮血之蛟，溃岸穿堤矮屋有跳梁之蝈。历五旬而涨犹未退，迳千里而澜竟思回。竹箭无声卢灰莫止，但见洲荒一片浪捲云寒。"③一场洪水让百姓失业，河堤、房屋都遭到了一定程度的毁坏，希望能够得到江神海神的保佑，消灾保安。

河流众多也为当时的交通运输带来了极大的便利，所以人们通过祭拜神灵，祈求能够保佑交通运输的安全。漕运是我国历史上一项重要的经济措施，它就是利用水道（河道和海道）调运粮食（主要是公粮）的一种专业运输。明清时期比较重视漕运，陶澍《海运告海神文》中记载："伏以百川衍派，海滨当荟萃之区；千舶飞凫，江左值转输之候。庆广储于丰稔，米本如山；卜利涉于安平，波还似镜。凡此水道经由之所，胥赖神明护佑之庥。"④祈祷漕运能够得到神明的庇佑。

---

① 王日根，曹斌.由雍正洞庭抢米案看官府河盗治理的制度困境[J].井冈山大学学报，2014（1）：114.

② 罗汝怀.湖南文征[M].长沙：岳麓书社，2008：3545.

③ 罗汝怀.湖南文征[M].长沙：岳麓书社，2008：3586.

④ 罗汝怀.湖南文征[M].长沙：岳麓书社，2008：3585.

（三）祈神降福

据东汉许慎《说文》记载："祈，求福也。"①《礼记·月令第六》中也有提到："（季夏之月）令民无不咸出其力，以共皇天上帝、名山大川、四方之神，以祠宗庙社稷之灵，以为民祈福。"②所以祈神降福也是湖南文人祈神文的具体内容之一。在一定概念上来看，前面所述的求雨、求晴、求平安，也属于人们祈神降福的内容。而此处所说的祈神降福，则是将其简化，并不是在灾难来临或者预防即将要来临的灾祸时祈求神灵；而是把神灵当作一种日常信仰来祭拜，以求降福。湖南地区不管是在明清时期，亦或是追溯至先秦时期，祈神降福都已成为人们日常生活中必不可少的一部分。如明清迎喜神时的祝文："惟神位向离明，功宏兑说。相见为喜，随时有欣畅之情；体物乃神，到处普阳和之福。兹当履端口始，特隆迎喜之仪。瑞气祥风，拂旌旗而有卿。"③人们在正月初一迎接喜神，祈求新的一年福气多多，喜事频来。当然不仅可以在既定的日子祭祀各类神灵，还可以在官员到任、重修神庙等一些重要事务上举行相关的祭祀活动，其实就是想要通过祭祀祈求神明，降福于民。除了上文出现的风神、云神、刘猛将军、洞庭湖神、山神、江神等，还有许多为了祈求降福而出现在明清湖湘祈神文中的其他神灵。如清代长沙文人余廷灿《告扫竹庙神文》言："水清木华儒宫一亩，社护神呵涤荡群丑。"④希望神明能够守护好一方净土，清除邪恶的、不干净的东西，降福于民。还有其《祭井塘泉神文》言："爰告有神鞭笞蜷局，通气腾波化堵为沃。甽或汍出甽或沸伏，万穴汇流百泉漱寶。灵长霝濡黍稷或或，地不爱宝民实受福，敬荐蘋藻用冀优渥，惟神有仁尚鉴兹役。"⑤表达出了泉水源源不断地滋养土地和作物，让周围百姓都能受到天神给予的福祉。这些文字的出发点虽然源于天真的迷信，但从其内容中都能看出百姓对于各路神明赐福，普度众生的深切渴望。

---

① 赵武宏 . 新说文解字 [M]. 北京：大众文艺出版社，2010：346.

② 戴圣 . 礼记 [M]. 胡平生，张萌，译注 . 北京：中华书局，2017：324.

③ 刘采邦 . 同治长沙县志 [M]. 长沙：岳麓书社，2010：213.

④ 罗汝怀 . 湖南文征 [M]. 长沙：岳麓书社，2008：3571.

⑤ 罗汝怀 . 湖南文征 [M]. 长沙：岳麓书社，2008：3571.

三、湖湘祈神文的文学特色

（一）规则之外的变化

祈神文在文体上更偏向是一种应用型文体，其写作的动因和目的都十分明确，在格式体例和表达方面也有着一定的规则。比如开头一般习惯以"维"字开头，接着会说清祈神时间及所想祈求的神灵以及谁来祈。在结尾处，通常以"敢告""谨告"等来结尾，希望神灵在了解"我"所告知的情况后能够明鉴。祈神文有着一般祭文固定的格式体例，它相比于哀祭文的内容，会表现出对去世亲人的悼念之情带有抒情的性质，其内容更加带有目的的意味。正是由于其既有既定的格式，在内容上又饱含目的性，所以在文学文体研究中，祈神文这一文学体例并未引起人们足够的重视。

事实上，中国文学的两大经典源头《诗经》《楚辞》，都与祭神密切关联，尤其是屈原的《九歌》，就是在巫师祭词基础上加工而成的。①追溯历代的祈神文，虽然遵循一直沿袭的严正的格式体例，但是在遵守规则的同时，也存在着很多新颖的形式。历朝历代，很多著名文人的别集之中，都有着祈神文的存在。在文人们的加工之下，它的文学特色便又彰显出来。如北宋文人苏轼的《苏轼文集》中就收录了他大量的祈神文，其《徐州祈雨青词》言："河失故道，遗患及于东方；徐居下流，受害甲于他郡。田庐漂荡，父子流离。饥寒顿仆于沟坑，盗贼充盈于犴狱……水未落而旱已成，冬无雪而春不雨。"②相比于许多格式规整的祈神文，苏轼的文章中有四言、六言交替使用、骈散结合、语言自然。还有清代文人朱色《祈雨文》言："夫利物济匪某之职，抚时感事匪某之意，天道精微匪某所测，至诚感神匪某之德。"③连用四个排比，显得行文流畅，文采斐然。不仅彰显出了作者深厚的文字功底，也让祈神文的文学性显露出来。文人们让祈神文在固有的格式规则之外，赋予了它富于变化、自然简洁、骈散结合、表达方式丰富等多样的文学特色。

---

① 刘欢萍.试论中国古代祈雨文的主题特征及其文化内蕴 [J].文化遗产，2012（3）：74.

② 苏轼.苏轼文集 [M].孔凡礼，点校.北京：中华书局，1986：1903.

③ 罗汝怀.湖南文征 [M].长沙：岳麓书社，2008：3567.

（二）继承之中的创新

"乃知道光初季犹沿宋以来之旧"，明清时期的祭祀沿袭了很多前代的旧习。明清时期，湖南文人的祈神文在继承上成就斐然，很多都承袭了前代文人的特点，体裁上也是有骈有散，语言上简洁自然；而且为了增加祈神文的生动性和丰富性，还善用各类修辞手法，让祈神文的文学韵味更为浓厚。

明清祈神文的结构表达和其他朝代的祈神文有很多相似之处。拿一个比较鲜明的来举例说明，不管是明清还是其他朝代的很多祈神文中，都存在着文人的"自罪话语"。如唐代韩愈《袁州祭神文三首》言："维年月日，袁州刺史韩愈谨告于城隍神之灵：刺史无治行，无以媚于神祇。天降之罚，以久不雨，苗且尽死。刺史虽得罪，百姓何辜？宜降疾咎于某躬身，无令鳏寡蒙兹滥罚。"①清代道州文人何绍祺《祈雨文》言："绍祺捧檄此方扪心尤愧，念奉职之无状，伤氓庶以何辜。窃惟神武有不杀之心岂阖邑尽宜饿殍，而愆罪无分尤之理只微躯合受灾殃。"②两人都把自然灾祸归结于自己的无能和无作为，希望通过自省让天神不要伤及无辜，体现出了官员为民着想的诚意。一面是继承，一面是发展创新。明清祈神文的创新动因很大程度上来源于当时的社会政治思想的影响和制约。这不仅让祈神文带有一定的时代特色，也显示出其为当时时代的产物。很多文人在祈神文中真实地描述了自己对灾情的所见所闻，倾注了自己真切的感情，创作出了具有现实内容的作品。明清时期的散文流派越到后期，便愈加关注社会群体的利益，突显出它的实用价值，这也是它创新的一个特点。祈神文亦是如此，这也为研究明清历史文化提供了更多的参考材料。

四、湖湘祈神文的创作动因与地域特色

（一）创作动机兼具功利性与无私性

从祈神文的创作意图上看，祈神文的创作，直观上是为了祭祀、为了祈求神灵消灾降福。为了这一意图执笔书写和宣读祈神文的，大部分都是有地

---

① 韩愈.韩愈全集[M].钱仲联，马茂元，校点.上海：上海古籍出版社，1997：231.

② 罗汝怀.湖南文征[M].长沙：岳麓书社，2008：3705.

位的文人或者地方官员；同时他们是受到了天子的指令和委派，所以这一切的主导权都掌握在天子手中。天子指国王或皇帝，是受天命而立，因此称为"天的儿子"。子曰："唯天子受命于天，士受命于君。"[1] 只有天子是能够直接接受上天指令的。东方强调神界和人界的秩序性、等级性和神性的显著特征决定了中国人神对话的有限性或对立性。人神的有限对话是依靠人界的统治者和神界的对话来实现的。"所以从根本上来说，人与神是不能达到真正意义上的对话的。祈神文只是统治阶级借此来强化皇权，加强自身统治的一种工具。祈神文的撰写是为统治者所祈求，为自己的官场利益所求，带有明显的功利目的。

从创作动机的利他性这个角度来看待祈神文的创作意图，是官员们体恤下民，为了帮助百姓消祸灭灾所作。让处于困境中的平民百姓能够在看到官方撰写的祈神文后，感受到统治阶级为了帮助他们摆脱困境所做的努力，由此得到一定的心理慰藉。体会到上层阶级是"乐民之乐，忧民之忧"的，如黄本骥《代谢风神文》言："合境民苗皆大欢乐。"[2] 还有陈鹏年《祈雨文》言："庙堂频忧旰食，且江淮、兖豫之间，民气耗竭。"[3] 如此一来，面对明清时期频发的灾害，盗贼猖獗以及动荡不安的社会，祈神文的出现对稳固民心，维护社会的安宁和稳定起到了一定作用。这样来看，祈神文是为了百姓所祈求，这是大公无私且高尚的。所以，即使它的目的带有功利性，也正因如此让它做出了一定的贡献，产生了积极的现实作用。这不仅可以看出它具有一定的实用价值，也可体现出它在精神上的影响。

（二）祈文内容反映民间信仰的多样性和地域特色

从内容上看，明清时期湖南文人的祈神文从各个侧面反映出了当时湖南地区的民间信仰、风土人情和思想意识。从《湖南文征》中所记载的祈神文可以看出，当地人们的信仰呈现出多样性的特征，各种各样的神灵信仰出现在当时的社会中。《同治·长沙县志》也有记载："酌照部行各府州县于风云雷雨坛致祭，合祀社稷、先农之神。祭日，迎各神牌安设坛内。若因旱

---

① 孔子.四书五经全本第 4 册全本详解版 [M].北京：北京联合公司，2017：1845.

② 罗汝怀.湖南文征 [M].长沙：岳麓书社，2008：3604.

③ 罗汝怀.湖南文征 [M].长沙：岳麓书社，2008：3547.

而雩，则依仿唐制，每七日先祭界内山川，次祭社稷。不雨。仍祈祷如初。再，外省求雨，先祭海神、龙王，诚以海为水府，龙为水神，礼以义起也。"当时，仅仅是为了祈雨所祈求的神明都是多样的，由此可见湖南地区民间信仰的多样性。

而在丰富多样的信仰中体现出来的地域性特征，也是湖湘祈神文与其他地区祈神文相比体现出的不同之处。探析《湖南文征》中留存的明清时期湖南文人的祈神文，横向地与其他省份祈神文比较，它呈现出来的民间信仰既具有普遍性特征，也有着鲜明的湖南地方特色。比如湖南境内山地面积较大，主要山脉有雪峰山、武陵山及南岭山脉，多山的地理环境滋生了如山神崇拜等信仰。而在各地普遍存在的山岳崇拜中，湖南地区本就拥有本土香火的南岳神信仰和岳麓山神信仰等；湖南境内河网密布，流域面积较大，导致旱涝灾害频发，人们对于各种风神、水神等的崇拜也非常兴盛，加之湖南境内又有着比其他省份本就特有的湘妃、洞庭湖神信仰等，体现出了湖南地区的地理环境与民间信仰的相互关系。这样，我们从不同区域的祈神文中，既可以探析不同区域的民间信仰，又可以从不同的角度去发掘当地特有的自然环境、风俗习惯等。

明清湖南文人祈神文为后人了解当时的湖南提供了重要的材料。祈神文颇具文学与社会学研究价值，直至近现代，即使在科学相对普及、神灵信仰动摇的很多地区，它仍旧被传播。而通过对明清湖湘祈神文的探析可以看出，在明清时期，湖南自然灾害频发时，人们因出于对自然的敬畏，祈求神灵，撰写祈神文，以求消灾降福；可敬畏并没有使灾害绝迹，祈神文也不能保证人类的安全，它反而成为统治阶级维护统治、控制人们的工具。同时，研究明清时期湖南文人祈神文，不仅有助于深化对此独特文体及具体作品的认知，还可进一步观照明清时期湖南的社会风貌、民间习俗、时人心理等。

第三章
文化事件与湖湘文学

第一节 《石笋山房图》①及其题咏研究

十九世纪末期，清朝政府在多场战争中失利，只能与诸国签订各种丧权辱国的不平等条约，导致半殖民地半封建化程度不断加深；内忧外患，江山日暮，清朝统治岌岌可危。战败后的清政府对国内言谈仍然进行严格管控，在林则徐辑录的《软尘私议》一书中描述道："议和之后，都门仍复恬嬉，大有雨过忘雷之意。海疆之事，转喉触讳，绝口不提，即茶坊酒肆之中，亦大书'免谈时事'四字，俨有诗书偶语之禁。"②文人们多有忧国忧民之情怀，对大清的未来充满了迷茫和惶恐。虽心怀天下，为民政担忧，但奈何清政府的严格管束，为避离麻烦只能谨言慎行。感慨时政荒乱、国家衰败；深知自身位卑言轻也无力回天，只能通过聚集雅游、饮酒作乐等方式来逃避现实对个人心绪的影响。

湖湘文人吴德襄在醴陵石笋山房雅集聚会，并以石笋山为中心绘制《石笋山房图》。因为此事件，其图画生发出一批题咏诗文，图文并茂，含蕴丰富；记录了这一事件，展示了文学生成场景、地域景观；也反映了当时湖湘文人的心态。

一、《石笋山房图》的创作背景

清朝末期，国内形势恶化、趋于危急，社会问题层出不穷。许多文人欲畅谈时事，抒发对时政的看法，在清政府给予的压力下被迫谨言慎行。虽心怀天下却深知无力回天、悲凉感慨，但仍有部分文人继续举行诗文集会，结成文人社群。忧国忧民却又小心谨慎，只能托物言志，寄情于山水。吴德襄的《石笋山房图》及其题咏作品就是在这样的文人集会中创作出来的。

---

① 另一版为《石筍山房图》。"笋"即"筍"，为统一格式。本书中的"石筍"均用"石笋"表示。

② 雷颐.走向革命：细说晚清七十年 [J].编辑之友，2011（3）：71.

《石笋山房图》的图主为吴德襄。吴德襄，字称三，醴陵东乡塘冲人，号笋樵。曾任宝庆府学教授、永州府学教授、渌江书院山长。工于行、楷。尝师事何绍基，书法益进。擅诗文，著有《石笋山房诗抄》《徐鑫龄稿》等。《人物志》均有记载。清同治年间（1862），他三十四岁时，膺拔萃科。同治六年（1867），吴德襄被选取为城步县教谕。他到任之后，大力提倡学习，振兴当地文风，工作颇有成绩。后任渌江书院山长，虽已是高龄，但毅然负起重任，决心为桑梓文教事业奉献余热。到光绪三十一年(1905)，科举制度被废除，书院改为新式学堂，他也结束了任职。虽然他任职山长的时间只有短短两年，但全心致力于书院的教学工作，并培养出一批后来投身于辛亥革命的优秀学生。这些学生中，有曾加入同盟会和"南社"的刘谦；有民国之初和蔡锷遥相呼应、参与"护法讨袁"的袁家普、萧昌炽等。其中最出色的是有"吴门三杰"之称的宁调元、傅熊湘和卜世藩。吴德襄培养出的这些优秀学生，是他漫长教育事业中最值得骄傲的。

《石笋山房图》中所描绘的石笋山，位于湖南醴陵王仙镇。石笋山虽不是名动天下之景，但在湖湘地区也算得上是风景秀丽之地。该山有两块大石头，形状酷似"石笋"，故名为石笋山。吴德襄一生好学爱书，薪俸多用于购置书籍，藏书近五万卷，且多有校勘批注，另收藏金石墨拓数百种。吴德襄晚年带着收藏的近五万卷书籍回到醴陵。他的儿子吴新祐知父亲爱书如命，就在醴陵王仙镇的石笋山下建了藏书楼一座和住房数间送给父亲。其中的藏书楼就是石笋山房，为吴德襄的书房，其后其著作皆因此书房命名，如《石笋山房诗抄》六卷、《石笋山房文存》《石笋山房尺牍》《石笋山房题咏集》和《石笋山房同人唱酬》等。吴德襄将此秀雅之地作为朋友聚会之所，书房的藏书也是吸引友人来此交流聚会的原因之一。

郭嵩焘的《石笋山房记》①中描写了石笋山风景的清逸旷远，独擅其胜。其文写道："有亭翼然，有溪澄然，峻坡巨岭，蟠旋曲抱十余里，而郛其外，窅然驯具一丘壑，有类其言文者。岳者，山之极，降而以山名，而知其几千万也，狭长疏密以自擅其胜为奇。"在文中景物由小及大，先写"有亭翼然，有溪澄然。"再写"岳者，山之极，降而以山名，而知其几千万也，狭

---

① 郭嵩焘.郭嵩焘全集：第15册[M].长沙：岳麓书社，2012：653-654.

长疏密以自擅其胜为奇。"先描述近处的凉亭溪水，再描述远处的崇山峻岭。展现了石笋山周边风景之山川秀美、奇峰罗列，也表达了作者身处石笋山美景之中享受山水放松的愉悦之情。

同治初年，吴德襄任职渌江书院山长期间，常与友人在石笋山雅集欢聚，流连山水，享受文酒之乐。一面诗情高雅、名流雅集；另一面又随性饮啖、自哂疏狂。石笋山景色绝美，秀丽的自然风光美不胜收，诱人流连忘返，成为吴德襄与友人们抒情言志的绝佳场所。晚清名流中，如郭嵩焘、何绍基、罗汝怀、王先谦、魏仲青等人，均与吴德襄私交甚密。郭嵩焘以善于识鉴人物著称，极为推崇吴德襄的人品，说他"作官数十年，绝无干谒趋奉者，前有邓湘皋，后唯吴称三而已。"①面对当时动荡的局势和社会的危难，郭嵩焘、何绍基、罗汝怀、王先谦、魏仲青等人均感有心无力，想要施展抱负，却深感力有不及；只能借雅集结社交流忧虑，抒发心声。吴德襄约魏仲青等七友于邵阳城步县作消寒之会，众人于集会中诗酒唱和、行文赋诗。或感叹时事艰辛，或表达人生未来迷茫。

吴德襄在石笋山房雅集之时，创作了《石笋山房图》。《石笋山房图》以图记事，借由图画这一体裁，使其成为一种分享与传播文学社群风雅愉悦与构建文雅形象的途径；以图抒怀，蕴含身居山野心忧天下，却只能寄托山水的心绪，以及不满社会现状却只能无奈感慨的情绪。

二、《石笋山房图》的题咏本事

吴德襄创作出《石笋山房图》后，不少亲友应其邀请，一同游览风景并鉴赏所画之图，先后进行了题咏。其中为吴图题咏的文人们，与吴德襄多是挚友或同僚，对其人格品性和行事风格有一定的了解，故乐意为其图题咏，这亦可视为一种文人雅趣，或是借以抒志达情。魏仲青、何绍基、罗汝怀、郭嵩焘等人均与吴德襄多次集会交游，温酒行乐，为吴德襄《石笋山房图》题咏。王先谦曾于同治十二年（1873），在京城为《石笋山房图》题咏。②

---

① 熊大庆，夏曙霞.私人藏书家吴德襄和他的石笋山房藏书 [J].图书馆，2007（3）：127，73.

② 王先谦.王先谦诗文集 [M].梅季，校点.长沙：岳麓书社，2008：462.

何绍基，字子贞。清末有名的书法家，与吴德襄为师生关系。吴德襄曾向他请教书法，水平日益精进。何绍基也曾邀吴德襄、罗汝怀等一同游玩，并作《荷花生日荷池精舍作，同周韩臣阁学、周幼庵太守、吴称三广文，主人则罗研生舍人也，又字梅根居士》记录此次交游。

罗汝怀，字廿孙。与何绍基相交甚密，且与吴德襄一样，都曾在城步县当过山长，是吴德襄在城步县任职的前辈，与其有同事情谊。他曾为《石笋山房图》题咏，作《吴称三广文石笋山房图》。

郭嵩焘。在官场中认识了吴德襄，对吴德襄的品性大有推崇，与吴德襄是同道挚友。二人之间常互相切磋学问、砥砺气节，并在吴德襄告老还乡后也常有联系，并作《石笋山房记》《石笋山房诗为吴称三作》。

吴德襄的雅集挚友魏仲青，字春皆。祖籍湖南邵阳，与吴德襄同为湖南老乡，两家人交往密切，吴德襄的儿子吴新祐还曾作《春皆刺史以双清亭雅集图属题，敬用家大人原韵》寄赠魏仲青，诗云："角巾未上李膺舟，读画浑同物外游。如此江山归管领，好镌新句榜矶头。二水潆洄曲似弓，绕亭竹树影璁珑。坐间定有文通笔，风景凭谁写镜中？烟霞逸趣士之耽，几辈招邀懒敏庵。昨夜蘧蘧身化蝶，梦中松径五台谙。小舟载酒暗香来，新吸荷筒尽百杯。可是晚风钟杵动，夕阳高树鸟飞回。"[1]由此可见两人关系之好。魏仲青还常与吴德襄一同聚会交游。在一次消寒集会上，他们一边饮酒一边谈起当时的局势，难抑心中友人相交的喜悦与现实惨淡的苦难相交织的情感，作《乙未冬月，吴称三学博约作消寒之会，刘清臣军门有诗嘱和步原韵，作此即呈同集诸公》，其中写道："时局怕谈苍狗幻，新诗还当雪鸿留。尽堪饮啖同行乐，自哂疏狂共结俦。多感群公期许意，何年壮志快相酬。"[2]一面表达了对时事变化之快的措手不及之感，另一面表达了对友人同啖行乐的快意疏狂之乐。

清朝末年是一个动荡的时代，时代的变故使借由图画进行的题咏具有了更多的历史性。文人们想要抒发自身对社会现状的评论，害怕因言获罪，所以只能寄情于山水，进行题咏，含蓄地表达了自身对国家的担忧。其题咏作

① 张翰仪.湘雅摭残 [M].曾卓，丁葆赤，校点.长沙：岳麓书社，2010：354.
② 魏仲青.清代诗文集汇编（792 册）[M].上海：上海古籍出版社，2010：145.

品多为描述石笋山及其周边自然景象，具有描绘山水风光和借此景此物抒发个人情怀的特点。图画与题咏者们的创作心态受到清末时期国家身处危难的时代背景的影响，因此图画成为清末湖湘文人交流心怀的中介与寄托心绪的载体。文人们以图像作为出发点进行抚今伤昔，感触更增，围绕画作创作的诗文皆有。诗歌题咏如罗汝怀的《题吴称三广文石笋山房图》，著文记录如郭嵩焘的《石笋山房记》。

三、《石笋山房图》题咏的内容

《石笋山房图》的题咏，是题图文学中的一种。文人通过自己对历史事件的看法与了解，结合自身所受教育和地域文化背景的影响，有感而发。其创作出的题咏内容既反映了题咏作品与图画之间的联系，也反映出了题咏作品与时代背景的联系。按照题咏作品的内容分类，包括写景纪实、寄情于图和称颂图主、知音相赏等。

（一）写景纪实、寄情于图

围绕吴德襄《石笋山房图》所作的题咏作品，内容有关景物的题咏较多，有郭嵩焘的《石笋山房记》、罗汝怀的《吴称三广文〈石笋山房图〉》、王先谦的《题吴称三〈石笋山房图〉山在醴陵浏阳之交与大沩山相接》、朱应庚的《题吴称三〈石笋山房图〉》等。题咏者在对吴德襄的《石笋山房图》的题咏作品评析中，抒发了自己的清雅情趣。石笋山在醴陵、浏阳之交，与大沩山相接，风景秀丽，且山外的文人墨客、官贾富商、才子佳人觉得此地灵气之盛，常游幸于此。在这类作品中，无明显谈论时事政治的内容，也无直接对现实民生的点评。题咏者们多是描述了一个使人心情愉悦之地，并寄托自己对恬淡雅致生活的喜爱与向往，也表达了对吴德襄能常年身处这样环境的羡慕。

王先谦的《题吴称三〈石笋山房图〉山在醴陵浏阳之交与大沩山相接》、释敬安的《题吴称三〈石笋山房图〉》和朱应庚的《题吴称三〈石笋山房图〉》，分别从各自的角度书写了石笋山周边的秀丽风景。其中王先谦的"雪峰隐隐秋云横，明兰寺前溪水清。格是灵岩美风景，故应高士殊心情"①，以冬日里的石笋山为对象，描绘了冬季石笋山顶的隐隐白雪和缓缓流动不冻结的清水溪流的图画；释敬安的"风定樵声近，林昏树影重"②，以石笋山林中的各色景物为描写对象，描绘了山林中树影层叠婆娑的美丽图景；朱应庚的"鄰鄰石笋辟天关，时见空林放白鹇"③，作者由远及近，描绘了远处石笋山峰嶙峋矗立、直指天穹，和在寥寥无人的山林中自由翱翔的洁白鹇鸟，以及近处幽静的山房与三亩耕地。王先谦等友人对石笋山及其周边景色的描写，展现了一副远离世俗喧嚣的理想环境：澄静清澈的溪水流淌，俊美秀气的山峰耸立，静谧丛林的繁茂生长，灵动白鹇的自由翱翔。除了展现这些迷人景色外，也将题咏作者们与吴德襄享受山水间的闲情逸致包含其中，展现了文人们享受山水之乐时轻快欢愉的心情状态，也可以看出吴德襄品性的淡泊高洁和对此美景产生共鸣的文人们清雅的人格特点。

除描述自然山川景象的诗文作品外，有的题咏作品侧重通过描写景色来抒发自身心绪。在题咏创作的过程中借景抒情，将作者自己的情怀寄托于山水，表达了作者丰富的情感。文人喜欢带着强烈的主观情感去描写景物，并以此将自身所要抒发的感情、表达的心情都寄寓在景物中。在清末"免谈时事"的社会背景下，文人心中所思所想无处释放，于是部分文人只能借助场景事件和自然景物抒发情感。这些作品蕴含着诗人强烈的情感，或展现了文人对现实叹惋或、对前途迷茫的复杂心境；或表达出对时事或喜或忧、喜忧参半的感情；或借景物抒发闲情逸致的悠然心境和高洁品质。

郭嵩焘借石笋山交游，寄山水愉悦之情和与友人交游赏景之乐于山水之景。吴德襄游玩过程中言曰："韩氏愈之文，李白、杜甫之诗，实始尽变古人之体例，而以才自放。继此数百年，能者六七人耳，皆以才自放而极体制之变者也。其余才性之所近，依类求合焉。皆足以取名于时，而其久而益光者，必其能自变化者也。故其成有大小，其才力之所及有难易，要归于能自树立，不苟同于人。"④郭嵩焘深表认同，并由此生发题咏作品《石笋山房

① 王先谦.王先谦诗文集 [M].梅季，校点.长沙：岳麓书社，2008：462.
② 释敬安.八指头陀诗文集 [M].梅季，校点.长沙：岳麓书社，2007：83.
③ 李翠平，寻霖.历代湘潭著作述录·湘乡卷 [M].湘潭：湘潭大学出版社，2019：64.
④ 郭嵩焘.郭嵩焘全集：第 15 册 [M].长沙：岳麓书社，2012：653-654.

记》，并将此言增入作品中，记录此次游玩间的所见所想。

（二）称颂图主、知音相赏

在《石笋山房图》的题咏作品中，还有一类作品侧重称颂图主吴德襄的品质、才干和审美情趣。在众多诗文作品中，文人们借用各种历史人物，如晋代的陶渊明、唐代的裴休、北宋的米芾来映衬、隐喻吴德襄的品格高尚。他们的称颂，或是为友情的联系；或是为社交而酬唱；或是为互相间的标榜，虽然目的各不相同，但都包含了对吴德襄才情志趣的了解与赏识。

罗汝怀借题咏作品表达对吴德襄高洁品格的赞赏。罗汝怀通过对《石笋山房图》进行文学创作，生发出作品《吴称三广文石笋山房图》，其诗有云："头角峥嵘如子弟，米颠一见却呼兄。兰溪溪水半山来，两面青山相向开。可惜唐时裴太尉，石霜无碍着莓苔。君今振铎向都梁，叠嶂连冈野竹香。静里读书闲课士，又看玉笋出班行。"①题咏作品借古人古事进行吟咏以做铺垫。在"头角峥嵘如子弟，米颠一见却呼兄"一句中，头角峥嵘原意是比喻突出显露出的才能和本领，后尤指形容青少年气概不凡、才华出众。米颠是北宋书画名家米芾的别号，这里使用了"米芾拜石"的古人古事，借用典故的暗示，表达吴德襄乐于待在石笋山一带的偏僻山林之中的高尚情怀和傲岸不屈的刚直个性。而后"可惜唐时裴太尉，石霜无碍着莓苔"中，提到了裴休与石霜寺的故事。裴休为唐朝名相，曾下令建造了石霜寺。晚年致仕后，他在湖南沩山一带居住养老，常常会经过山后的石霜寺。借用裴休和石霜寺的历史典故，不仅是怀咏为人正直、有坚定操守的能人；同时将吴德襄类比裴休，暗含了对选择相同地方居住的吴德襄的高洁品性的赞赏以及对他担任山长的行政能力的肯定。

郭嵩焘借题咏作品，表达对吴德襄高雅情志与审美品位的肯定。郭嵩焘的题咏作品《石笋山房诗为吴称三作》有云："三绝郑虔犹薄宦，一官元亮已华颠。何时载酒溪潭石，醉踏明兰寺阁眠？"②诗歌中"三绝郑虔犹薄宦"，借用郑虔和他的三绝进行吟咏；结合"犹薄宦"用为谦辞，喻卑微的官职之

---

① 罗汝怀. 罗汝怀集 [M]. 赵振兴，校点. 长沙：岳麓书社，2013：733.
② 郭嵩焘. 郭嵩焘全集：第 14 册 [M]. 长沙：岳麓书社，2012：159.

意，暗示图主吴德襄虽身在这个处境每况愈下的社会中，但坚守清高之志的决心。下联"一官元亮已华颠"，以陶渊明最后一次出仕时头发已然有了雪色的历史事件为依托，用陶渊明的典故喻吴德襄与之共鸣，放情于山水的雅趣；表达对吴德襄在乱世背景下仍独善其身，不同流合污的高贵品质；同时暗含了与画图者有着类似心境的题咏者自身，也是一个高洁淡雅、清廉正直的文人雅士之意，表达了自己同样拥有高雅的审美情趣和高风亮节的美好品德。郭嵩焘《石笋山房记》中有："予往来醴陵，乐其山水清夷旷远，时出雄秀，意必有奇人杰士生其郭。及吾身求之，而固未见也。"①醴陵山水秀丽，借山水之景与人杰之地，寄托对吴德襄的赞赏之情。因此地是孕育奇人杰士之地，而今认识了吴德襄，就此表达对晚年得以与吴德襄相识的喜悦之情。再如"夫山水蕴奇，效用于人。一成之丘，一卷之石，贤人君子流连寄意，而凭吊歌思者无穷。称三汲汲足诗文以表其居，忧遂湮灭。吾见称三文行日高，此山将益显。后有语醴东山水之胜，低徊景慕，征其地增重者，非此山房也欤。"②言山水之奇力效用于吴德襄，喻吴德襄此等贤人君子在吸收了山水奇力后，对山水流连忘返，以及其在此涵养情志，提升文才。不仅表达了对吴德襄闲情逸致、诗文之才的欣赏与对居住在此风景秀丽之地的羡慕之情，也送出自己作为知音的美好祝福。

四、《石笋山房图》题咏的特色分析

图画的题咏，由于题咏者们身份各异，人生经历各不相同，所以在对同一幅图的理解和题咏中，会各自倾向于寻觅自我心灵深处产生共鸣的某一点进行创作，因此他们的题咏内容和特色会有所偏重。题咏者们在诗文中表现出的情感常具有强烈的主观色彩，倾诉了对《石笋山房图》及其相关人、事、物的具体感慨，也产生了由历史现象而引发的深刻思索。

（一）描写细致，手法多样

从古至今，文人使用的描写手法风格多样、特色鲜明。诗歌风格多有不

---

① 郭嵩焘. 郭嵩焘全集：第 15 册 [M]. 长沙：岳麓书社，2012：653.
② 郭嵩焘. 郭嵩焘全集：第 15 册 [M]. 长沙：岳麓书社，2012：654.

同，有的清新明快，有的凝练含蓄，有的质朴简洁。在《石笋山房图》的题咏中，题咏作品注重细节的刻画描写，并在诗句中暗含作者想要表达的情感。关于景物的描述十分细致，将石笋山的秀致景色一一展现在诗中，令人无限感慨。

郭嵩焘在题咏作品中，用清新明快的手法详细描写了石笋山的景色。郭嵩焘的题咏作品《石笋山房诗为吴称三作》中有云："石笋高高青插天，青山如带枕林泉。流云冠盖高阳里，细雨溪桥好畤田。"①诗歌风格清丽，用轻快的笔墨展现出石笋山山势之高和森林翠绿，连绵的青山仿佛丝带一般枕着林间的泉水。环境描写细致入微，引人入胜。景色细节的描写中也运用了夸张的修辞手法来烘托游玩时的气氛，例如"石笋高高青插天，青山如带枕林泉"这一句就运用了夸张的修辞手法。石笋山如青绿的竹笋一座座直插云霄的景象，立马就浮现在人眼前，让人浮想联翩、心驰神往。作者从视觉角度入手，着重描写了石笋山青翠的颜色，出神入化地展现出高天之青和山泉之净。用清丽的语言营造出优美的意境，使人仿佛置身于石笋山的迷人山景中。同时用"高阳里"借指贤士的居所，用"好畤田"暗喻隐居耕种的田园，表达了对吴德襄这位淡泊明志之贤人君子的赞美。

罗汝怀在题咏作品中用凝练简洁的手法，详细描写了石笋山的景色。罗汝怀的题咏作品《吴称三广文石笋山房图》中写道："白板三间一把茅，天然结构醴浏交。年年春社才过后，竹笋青青出树梢。就中两笋四时荣，逦峭由来石结成。"②诗歌语言简洁凝练，用朴素的语言在诗歌的第一句就清晰交代了石笋山房和石笋山的背景，直接描写了石笋山房是由三间未刷漆的白板茅屋房构成，石笋山的地理位置则位于醴陵与浏阳的交界处。第二句写年年春社节日才刚过，春笋生长迅速，有的甚至高过了小树梢。竹笋的长势喜人，用白描的表现手法平淡自然地衬托出春日中的生机勃勃。后用"四时荣"来表现石笋山内植物强大的生命活力，再由"逦峭"指出屋柱曲折的状貌引申为吴德襄是一个有高雅风致的人。不仅表达了对吴德襄的赞美，也起到了吸引文人读者到石笋山来一览风光的作用。

① 郭嵩焘.郭嵩焘全集：第 14 册 [M].长沙：岳麓书社，2012：159.
② 罗汝怀.罗汝怀集 [M].赵振兴，校点.长沙：岳麓书社，2013：733.

（二）类比映衬，典故频出

在十九世纪末的清朝社会，文人们深知谈论时事的禁忌，如果想要抒发心中所想，只能借助写作。诗中如有不便直述的内容，便借典故之暗示，据事以类义，婉转道出作者之心声。

邓辅纶在诗中使用"篛龙""谢公屐"的典故，表达对吴德襄品格的赞誉。邓辅纶，字弥之，湖南武冈州大甸湾人。咸丰元年（1851年）副贡生，毕生致力于诗歌创作，文学结晶为《白香亭诗集》。其题咏诗《石笋竹为吴称三学博德襄赋》云："篛龙拔地几千尺，遥看成笋近成石。可怜君家得胜觌，与可欲画愁嵤峍，闻君几年资上客。寻源懒著谢公屐，官舍何人扫粉墨。为君移家倚青壁，石霜烟钟荡暮色。眼中孤亭明落日，松橚欲青枫欲赤。从君读记眩奇获，青根槎枒影射席。天风昨夜吹汝宅，双角觺觺破雷蛰。居然龙变世莫测，迸出撑空秀可食。老坡馋眼咒不得，请君卧游遣岑寂。"[1] 整首诗情感流露自然得体、文辞典雅，情意深挚恳切。诗中引用《寄男抱孙》中"篛龙"一词，运用夸张的手法表达出竹笋生长的旺盛和体格的粗壮，使人读起来如感身临其境，体会此处风景的清秀自然。诗中意境秀丽脱俗，意思简洁凝炼，增添了感染力。"闻君几年资上客，寻源懒著谢公屐"中，运用"谢公屐"的典故，以吴德襄类比谢灵运，暗示吴德襄为人性情散漫，恬淡无欲的个性。"官舍何人扫粉墨，为君移家倚青壁"中，"倚青壁"寓意着吴德襄扫清凡尘琐事，远离官场纠葛。不仅从侧面称颂了吴德襄品性中的淡泊名利、清雅高洁，同时还在"老坡馋眼咒不得，请君卧游遣岑寂"两句中，蕴含了对友人能够脱离是非之争得以归于平淡生活的祝愿和羡慕之情，以及即使分离也想邀请对方一起在草木深茂之处消遣作乐的不舍。

罗汝怀在诗中使用"裴太尉"和"石霜寺"的典故，表达了对吴德襄能力的肯定。其题咏诗《吴称三广文〈石笋山房图〉》云："可惜唐时裴太尉，石霜无碍着莓苔。君今振铎向都梁，叠嶂连冈野竹香。静里读书闲课士，又看玉笋出班行。"[2] 此诗没有雕琢繁缛的词句，语言朴素自然，对山中景物的描写生动形象。诗中诗句如"可惜唐时裴太尉，石霜无碍着莓苔"，使用了

① 邓辅纶.白香亭诗集·抱碧斋集 [M].曾亚兰，校点.长沙：岳麓书社，2011：65.
② 罗汝怀.罗汝怀集 [M].赵振兴，校点.长沙：岳麓书社，2013：733.

裴休和石霜寺的典故。这里使用裴休裴太尉的典故，蕴含着作者希望在这样动乱的历史环境下能出一位像裴休一样有才有能的人物，带领大家改变时局。同时，在对吴德襄图画的题咏中引用此典故，也暗含着对吴德襄人格魅力的认同和对其精明才干的肯定。"可惜"二字又寓意着裴休已经去世多年，石霜寺前的纪念碑已布满青苔，引申出作者对时下社会危急、局势紧张的历史现象生发而心忧。吴德襄居住在石笋山房这般幽静之地，远离纷扰，象征着他的人格魅力如裴休一样，才会选择相似的地点居住。罗汝怀虽短暂地参加过湘军，但成就他的却是满腹经纶。罗汝怀与吴德襄都曾在醴陵的渌江书院当过山长，罗汝怀还在他的《留别》诗其二中写道："陂陀鸟路出峰腰，纵乏亭台景自饶。细草春深红拂墓，长虹晴偃渌江桥。青山入户人先到，凉月窥林暑易消。一带江干好风景，惜无人种柳千条。"[1]状写西山山水风光的迷人和怀念育人教书的曾经。《吴称三广文〈石笋山房图〉》的最后两句诗，暗示了时代背景下文人们的处境：无力改变现状又不能言说，便选择以培养人才的方式来献力。这具有一定的普遍意义，其中深意能让人咀嚼良久。

五、《石笋山房图》及其题咏的地域意义

在浩瀚的历史长河中，文人结社会友、以图纪史、以图绘事的例子比比皆是。图主作者在文人雅集的图画完成之后，为了进一步传播事迹、交流情感、扩大影响，常常会邀请其所在的交游圈、文学场域内的文人一同欣赏、评价、创作，进而引发文人对图画的题咏。此外，湖湘地区的历史名人与乡贤志士的事迹，带给湖湘文人无尽的缅怀与感慨、光荣与激励，引发他们强烈的认同感与模仿倾向。

（一）有益于湖湘山水人文的展现和宣扬

在分析《石笋山房图》题咏作品的同时，发现了诗文内容涵盖湖湘山水景色与文人精神的特点，主要分为展现湖湘文人生活、描写湖湘山水状貌、体现湖湘文化精神这三方面内容。

首先，《石笋山房图》及其题咏综合记录了晚清湖湘文人的生活。图文

---

① 罗汝怀.罗汝怀集[M].赵振兴，校点.长沙：岳麓书社，2013：621.

一体，是一种历史的记录，展现了清末湖湘文人真实的交往生态，以及表露了清末湖湘文人复杂纠结的心态。作为湖湘地区的文人，吴德襄及题咏作者们，对湖湘的地域山水有一种高度的归属感和自豪感。文人之间经常举行雅集聚会，并相互激励、互相祝颂、休闲娱乐、友朋尽欢，充分展现了湖湘文人们的闲情雅致。这放旷风格的文酒之乐和恬静风格的清欢之趣，正是文人们集会所追求的常态主旨，反映出清末湖湘文人真实的交往生态。对《石笋山房图》进行题咏，是文人们受到图画的触动，并结合现实生活中的个人体验，然后基于整体感悟进行的创作。文人们怀着不同的心境对《石笋山房图》进行题咏，抒发不同的情怀，表达对时事的担忧。他们既表达了渴望改变的野心，又展示了想要逃避的懦弱，以及复杂纠结的心态。

其次，《石笋山房图》及其题咏展现了湖湘的山水状貌，体现了湖湘地域的文化特色，其也成为一种文学艺术性的地方标签。郭嵩焘、罗汝怀等文人作为湖湘文化、湖湘文人群体的一部分，对《石笋山房图》所描述的石笋山景色进行题咏，是对湖湘地域特色文化的理解和认同。湖湘山水温和柔美，透露出南方地区的景色特质。郭嵩焘多次围绕《石笋山房图》进行题咏创作，作品如《石笋山房诗为吴称三作》和《石笋山房记》等，其中"湘流九折，环屈其前，望之而若迷，挹之而若绝"[1]等句，都在有意无意间融入了具有湖湘地域特色的意象与典故，展现出湖湘地区山与水之景的独特魅力，从而使作品包含湖湘地方特色的韵味。

最后，《石笋山房图》及其题咏呈现了湖湘文化的精神，记录了湖湘文人的精神风貌。"经世致用"的入世精神是明清湖湘文化中最突出的精神特质，体现了"以天下为己任"的价值取向。当湖湘文人面临清朝末期社会动荡、局势危急的局面时，并不是一味消沉度日，而是渴望建功立业，实现自己的理想和野心。文人们将心中所思所想寄托于文学作品，在对《石笋山房图》的题咏作品中表达对时局的担忧，展示自己施展才华抱负的决心，体现出湖湘地区文人坚韧不屈的精神品质。

---

① 郭嵩焘. 郭嵩焘全集：第 15 册 [M]. 长沙：岳麓书社，2018：653.

（二）有益于湖湘文学作品的创作与传播

图画题咏是基于图画而存在的，图画则依托于地方历史、文化内涵而产生，《石笋山房图》及其题咏也因此带有浓重的湖湘地域特色。图画题咏是图与文的结合，通过湖湘地区的秀山丽水、明园丽景，既激发了画师的灵感，也激起了文人的创作欲望。图画拥有比语言和文字更强的传播性，作为一种推动力，一定程度上推动了湖湘文学的创作，使其更容易进行传播。

山川展翠，流水清俊，石笋山地理环境优越，让文人才子受到了灵山秀川的滋养以及地域空间的育化。地域文化是指特定区域源远流长，独具特色，且发挥重大作用的文化。它在一定的地域范围内与环境相融合，具有地域的独特性。当一方文人聚集成社行文时，无疑会带有当地山川的气息和地域文化的痕迹。这种痕迹来自当地的地理环境，亦来自当地的人文传统，成为一种特有的，区别于其他地区的地域性标志。如此一来，图画与诗文的结合，不仅进一步强调了湖湘文化的特色风格，还让文学创作成为文人之间互相认同、相互交往的有效方式。通过这种认同感，激发起文人们的创作热情，加强文学作品的传播效力，使他们可以通过多种方式诉说、描述他们依托的空间与寄情的话语。

图画与题咏结合的文学创作是诗文与绘画的完美融合，同时也是绘画文化与地域文化相结合的产物。郭嵩焘、罗汝怀、王先谦等人都是湖湘文人中的代表人物，作品如《石笋山房记》和《吴称三广文石笋山房图》等。他们在自己的领域中各有所长，创作风格也十分多元。以文为诗，化俗为雅。湖湘文人是不同地域中的文人集会的一个符号，他们不是孤立的，而是与其他地方文人社群遥相呼应，一同构建图像的史料价值和文化意义。这些文人作为一个文学群体生发出的艺术作品，其中除了包含属于湖湘文学特有的创作实践经验外，也会以此为基点影响其他文学团体。通过这些令人深思的词句和作品，加上题咏与图画的结合，湖湘文化及其基本精神能够经由题咏者和图主作品的影响力被更加广泛地传播开来。

"书斋图作为一种特殊的题材，在产生之初便与先哲的人生典范和丰富的文学意象交织在一起，并因此而具备了鲜明的人格指向和象征意涵。"[1]《石

---

① 张毅清．书斋图的功能与意涵——以浙江省博物馆藏品为例 [J]．艺术品，2020（8）：84.

笋山房图》作为书斋图，既包含了吴德襄对现实生活的写照，也有借先贤以自励标榜的目的。一方面是游山玩水，增进与友人的情谊；另一方面则是表达对时局状况的看法，进一步将这些对时局的观点和心绪通过含蓄的表达宣传出去，在文人圈内引发共鸣，推动湖湘文人创作氛围的变化。他的友人中不乏一些在晚清具有社会影响力的人物，如郭嵩焘、罗汝怀等人。他们或与吴德襄是志同道合的挚友；或与吴德襄是师生关系；又或是与吴德襄有同事情谊，在对其人格品性和行事风格有一定的了解后，乐意为《石笋山房图》题咏。文人们的集会题咏，是一种闲情雅致的体现，能加强石笋山房的影响力和宣传石笋山当地的景色，以及通过借景抒情的形式含蓄地表达对社会时局的观点。"文学是一种时间艺术，绘画是一种空间艺术。"①图画因题咏作品拥有了时间的延展性，题咏作品也因图画有了更为直观的审美体现。图文一体的结合方式让两种艺术进一步延续了湖湘醴陵地区文人的地方风雅习惯，一定程度上也可以说明图画与文学具有相互印证、相互对应的关系。

---

① 米歇尔. 图像学 [M]. 陈永国，译. 北京：北京大学出版社，2012：123.

第二节　焚稿群像中的典型个案

焚稿行为是一种在极为特殊的情景下发生的文学事件，罗时进先生在《焚稿烟燎中的明代文学影像》《清人焚稿现象的历史还原》两篇文章中对这种现象进行了深刻的剖析，其中也提到了不少女性焚稿现象："较早的女性焚稿事迹见于唐代……至明代，其特定的崇尚程朱理学的人文生态使得女性焚诗成为寻常之事，而有关清代女性碍于礼教闺范而焚稿的记载几乎随处可见。"[①] 本节以王玢的烬馀诗为研究对象，对其文学价值以及情感世界进行分析，从焚稿的角度观照王玢流露出的复杂心理。

一、湖湘女诗人王玢与其《湘影楼烬馀诗》

在文学史中，焚稿本是常见的个人事件，但又是一类非常特殊的文学现象。在文学作品形成固定文本的过程中，"必要的删选、改写往往代表了作者对更高艺术标准的追求，而对手稿的焚销则是最激烈的删选表现，该行为的发生时常超越作者对作品本体的要求，而在所处的现实环境中获得触发的契机。"[②] 焚稿既是一种个人行为，也往往与政治、文化环境有着密切的关系。

早在秦代，秦始皇曾下令焚书坑儒。除非"博士官"，天下不敢藏有诗、书、百家语者。同一时代的韩非子也曾在《五蠹》言"儒以文乱法"。可见，文人作品的传播、文人结社是会在古代社会造成一定影响的。为了对群众的思想进行管制，焚稿禁言这种裁夺行为不断地被各朝掌权者所采用，更有名的是清代的"文字狱"，"持续时间之长、文网之密、案件之多、打击面之广、罗织罪名之阴毒、手段之狠，都是超越前代的。"[③] 这种来自政府层面的、自上而下的对书籍的焚弃，是古代文化专制政策的一部分。而在文化专制严

---

① 罗时进.清人焚稿现象的历史还原 [J].文学遗产，2017（5）：122.

② 穆浩洲.明清文人焚稿现象初探 [D].苏州：苏州大学，2015.

③ 胡奇光.中国文祸史 [M].上海：上海人民出版社，2006：124.

重的历史时期，文人也往往会选择"自觉地"焚毁自己的文字，以对这种思想上的钳制做出反应。"焚稿，无论出于内在抗拒心理，还是被胁从，都成为减轻压迫感和走出紧张社会关系的一种选择，因此明清易鼎之际直至康熙初年，是清代文人焚稿的高峰期。"①在这种情况下，文人焚稿是出于对政治高压的恐惧而做出的一种被动选择，或者说是消极抵抗。更多的时候，焚稿是一种复杂心境下的个人行为。虽历代文人多有此举，但在明清之际，这种激烈的行为被记载得最多。以清代"两朝领袖"钱谦益为例，曾自述幡然大悔之下焚去旧稿，从此致力于古学。这种焚稿是对过去创作理念的一种告别，文人从此拓宽自己的创作生命，可以视之为新生；另一种焚稿则是创作生命的休止符，文人自此放弃书写。可见，幸运者二三，能残留一卷在人间，更多的则是就此消失在时间长河中。后者常见于女性文人群体。

明清两代，大量优秀的女性文人涌现。明末竟陵派钟惺曾取古今宫闺篇什，编撰成《名媛诗归》。清代女性文人创作更为活跃，胡文楷《历代妇女著作考》21卷中给予15卷载目，超过了历代的总和。"且在孤立的个体写作之外，更有雅集酬唱、选集转播诸端，与以往相比，形成了层次远为丰富的文学活动样式。但同时，与令人瞩目的创作、批评活动相伴而生的是数量庞大的焚稿记录。"②虽然明清之际已经出现了个性解放的声音，但对于社会性别的歧视依然存在，女性文人无法通过政治、经济活动立身。因此女性文人的创作文本几乎等同于个人存在的价值，她们对诗稿的焚弃行为，也因主体身份的特殊有了不一样的内涵。她们的烬馀文字往往不是辗转抄录于他集，而是由关系密切的男性亲属进行整理和出版，未在社会上引起较大反响，很难流芳后世。

女性文人兼具诗才横溢和焚稿行为的案例，其实际数量或许更多，能够进入研究者视野的样本仍属少数。这当然与其焚稿诗传播渠道窄小、文本获取不易有关。晚清女诗人王帉可称得上其中的代表。

王帉，字帅芳，湖南湘潭人，湖湘诗杰王闿运第四女。同治七年（1868）九月六日诞于衡阳石门；光绪十一年（1885）嫁给浙江海宁钟文虎，

---

① 罗时进．清人焚稿现象的历史还原 [J]．文学遗产，2017（5）：120.
② 穆浩洲．明清文人焚稿现象初探 [D]．苏州：苏州大学，2015.

病逝于光绪十二年（1886），在世十八年。王帉诗才聪敏，擅长以古体抒写至情，亡逝前曾将大部分书稿焚去，仅余留其夫钟文虎所收集的些许诗作。五十多年后，钟文虎将其余存诗作辑为《湘影楼烬馀诗》。

身为王闿运极为钟爱的女儿，王帉幼年即颖悟异常，过目成诵。善吟咏，工六朝小品。学小篆于独山莫友芝先生，为入室弟子。[①]王帉幼年时，跟随王闿运在衡阳石门山居过着武陵桃源般的日子。移家长沙后，八九岁的王帉，最喜登跃湘绮书楼，独自眺望远处湘江的归帆。光绪初，随王闿运入川，作入峡《咏怀》八首，流传一时。虽然《咏怀》仅在王闿运的悼词中有所载目，但依然可以想象少女王帉在青山绿水间行舟赋诗的快意。川中时人将王帉、曾季硕、易玉俞并称为"三才女"。

王帉亡故后，王闿运十分伤怀，"九日闻钟氏妹帉之丧。妹为府君笃爱，伤之甚深。十一日为位成服。十二日改定《庄子叙》，以写悲怀也。"[②]同年秋叶纷飞之时，五十五岁的王闿运补作《帅芳哀词》[③]，题序中寥寥几字，老父孤坐伤神之态近现眼前。其中叙写自己扶着栏杆痴痴远望，攀着梅花枝头，苦苦等待亡女孤魂归来的句子实在催人泪下。在这首诗中，王闿运提到了"何卷然之弱女，亦见忌如芝兰？""福过声浮，誉高殃起。"可见，从主观出发，王闿运认为女儿才高而见忌于夫家，为外人所不喜。当然，在这首哀词中，王闿运更多地追忆了王帉的昔年活动，"遨嬉能几，《葛覃》成体，入峡题诗，升堂习礼""雁峰参佛，石室希贤。琵琶写韵，绢素驱烟。怀此六艺，同归百年。《哀郢》九章，《咏怀》八怀。"从中足见王帉不仅博学能文，还精通音律，是一位多才多艺的闺秀。王闿运后来又为她写了《帉女新逝，再作吊之》和《重悼帅芳》，前者用朦胧的诗境来追忆王帉在瑶窗素月下的音容笑貌，后者则更直白地表达了自己的思念之苦：

初月无端入玉棍，露痕如白又如青。不成眉样依明镜，遥想啼痕染素馨。

自是长愁甘解脱，未应多慧语娉婷。文姬死后知音少，吟尽伤心只自听。[④]

---

① 参见周柳燕 . 王闿运的生平与文学创作 [M]. 长沙：湖南大学出版社，2010：249.

② 熊治祁 . 湖南人物年谱（四）[M]. 长沙：湖南人民出版社，2013：524.

③ 王闿运 . 湘绮楼诗文集：第一卷 [M]. 长沙：岳麓书社，2008：169.

④ 王闿运 . 湘绮楼诗文集：第四卷 [M]. 长沙：岳麓书社，2008：387.

王闿运视帅芳为"王家才女"，比之为东汉蔡邕之女蔡琰，彼此间不止是父女，还是知己。白发人送黑发人，王闿运对于王帅早逝的惋惜不仅仅出自血浓于水的亲情，还抒发了世事无常、知音难觅的难解情绪。王闿运的所有悼念之词具是一字一泪，可见他确实钟爱这个女儿。

　　王帅在出嫁前，一直被王闿运带在身边，父亲的交游是她窥见世界的一扇窗户。比之一般的闺阁儿女，身为王闿运的女儿，王帅可以同游白帝城，可以行舟伴父点《楚辞》、校经史，平日里王闿运也会带着儿女荷锄移花、临溪赏鱼，提倡读书养气，行事自有不羁多情的一面，这是王帅之幸。

　　王帅深受父亲和家人的疼爱，又才慧过人，但充斥在《湘影楼烬馀诗》里的仍是她心中化不开的哀愁，很少能摆脱那若隐若现的悲意，这也许和她自幼病弱有关。可以查到的记录来自光绪十年（1884），"五月二日至成都，帅妹病困，医诊经月"①"六月抄政和《本草》，帅妹复病。"②像这样因病扫兴，不知发生过多少次。更详细的记载在王闿运所写的《湘绮楼日记》中，光绪十年（1884）八月二十七日，"帅寒疾，复吐血，夜半闻门步声，而寂无人语，方讶问之，乃云婢妪怯出，求水不得，可伤也。为呼人起，燃镫小坐，啜茗而眠，遂不得安，若醒若梦。"③白日里王帅听从王闿运的吩咐去往伍宅，想必精神还不错，但夜间寒疾反复，竟到了咳血的地步。在古代，秋时的疟寒疾是十分可怕的传染病，伺候王帅的下人感到骇人不敢接近，也属情有可原。病中王帅乏人问津，只能自己起身倒茶，反而因此失眠。由于生理和心理上的双重压迫，眼前的一切如梦似幻，王帅似醒还梦。王闿运的日记并无添油加醋，从中可以了解到王帅身体上的不健康是一种常态，也能更好地理解王闿运断言她短命早徵的悲哀。

　　王帅的婚姻大事属于传统的父母之命、媒妁之言。据《湘绮楼日记》光绪十年八月十日载："周叙卿来说媒，前见钟子似可，昨见杨生较胜，尚未定也。姻缘前定最可信，若早一月，必定钟也。"④这可以看作是王帅姻缘的开始。钟文虎是浙江海宁钟肇立的儿子。钟肇立，字簠庵，号梦叟，善绘事。

① 熊治祁.湖南人物年谱（四）[M].长沙：湖南人民出版社，2013：522.
② 熊治祁.湖南人物年谱（四）[M].长沙：湖南人民出版社，2013：523.
③ 王闿运.湘绮楼日记：第五卷[M].长沙：岳麓书社，1997：1363.
④ 王闿运.湘绮楼日记：第五卷[M].长沙：岳麓书社，1997：1358.

其时正在四川做官，与王闿运熟稔，故有缘结为儿女亲家。在王妢死后，王闿运仍有书信通与钟肇立，直到时世艰难阻绝了两家之间的消息。因为王闿运的日记有所缺漏，所以我们看不到钟文虎是如何获得青睐，从备选人中脱颖而出的，只知道婚后不满一年，王妢在产有一女后香消玉殒。据钟文虎的题跋："丙戌春，余赴浙考试，肄业诂经未归。夫人是秋因产后病误于医，竟不起"①，早慧而又体弱的王妢没有抵挡住病魔，就此病逝。病中王妢将诗稿全部焚去，仅余抄留行箧及寄浙唱和诗三十五首，词五阕，名曰"烬余"，"弆藏五十余年。吉光片羽，恐易散失，冠以固始吴季龙女士题辞，付仿宋聚珍印，俾子孙永宝之。"② 这些被抢救整理的作品便是《湘影楼烬馀诗》，钟文虎用铅字印刷本永远地凝住了王妢的一道倩影。

二、愁结难解：王妢烬馀诗的内容分析

王妢焚稿时，钟文虎在外求学、赶考，也因此保存下他平日里抄下的王妢旧作和王妢寄去的唱和诗。《湘影楼烬馀诗》收录的仅仅是这一部分作品，有诗三十五首以及词五阕。第一大类当属酬赠良人，其中包括了闺中酬唱，王妢独守空闺，笔底有不少幽怨，主要是用诗抒写对丈夫的思念，表达出惆怅与相思之情；第二大类为即事写景，王妢将敏感的才思投入四时环境和阴晴圆缺的描绘中，体现出强烈的生命意识；第三类为悼怀亲友，王妢伤感的思念神态背后是孤独寂寞的哀叹，这一类亦是以情动人。钟文虎没能收录王妢更多其他题材的作品，实在是一种遗憾。

（一）思妇愁结

王妢曾连写三首《寄夫子》给远方赶考的钟文虎，将她新妇的闺怨倾诉出来：

郎乘江上舟，妾作江中水。江水东复西，处处随郎止。
郎似杜陵花，妾似章台柳。但得春风来，年年自相守。

① 王妢 . 湘影楼烬馀诗 [M]. 铅印本 .1937（民国二十六年）.
② 王妢 . 湘影楼烬馀诗 [M]. 铅印本 .1937（民国二十六年）.

长夜不曾眠，明月何皓皓。辗转枕席间，思君令人憔。①

　　思妇形象最早见于《诗经》，如《卷耳》中期待丈夫归来的少女。并在《古诗十九首》中得到继承和创新，更是融入了自我的孤独感受，也抒发了千百年来思妇们共同的相思情怀。

　　思妇怀人是一个难免从意象到内容都重复的模式，这首诗却仍体现了王帉的奇思妙想。第一句的主意象为送舟离别的水。水看似流动不止、自由自在，实则只能循着规律从东到西。这水代表着女子心中的情意，一直追逐着舟中的心上人，只为情而止。这里的舟一改被水推着走的窘迫，显得自由洒脱。第二句中的典故用得很有意思。"杜陵花"和"章台柳"都出自"大历十才子"韩翃的诗作。"杜陵花"在原典中代指妓女，"章台柳"代指的是负情之人。典故都不具有美好的意思，反而充斥着沦落风尘后求而不得的悲哀。王帉将它们安在相爱的男女身上，并让它们在和煦的春风中异地相守，也许是为了表达虽身不能至，但心却能克服诸般磨难、携手共进。最后一首用白描的手法写出刻骨思念，在无数个分别的夜晚，明月的光芒似乎太过刺眼，让人彻夜难眠，乃至憔悴不堪。早在千古名篇《关雎》中就已经有了"辗转反侧，寤寐思服"的可怜人，可见这样的等待最是具有普遍性。

　　至于被列在"诗余附"里的《春日偶作五阕寄夫子》，更是因为词曲体裁本与诗歌不同，便于铺陈叙述和抒情，因而更显动人，有情韵兼长之美。王帉将不便诉与旁人的深切思念用这五阕词表露出来，显得真实生动。

　　第一首《金缕曲》，主人公"愁重人轻慵整花，冠新睡起一襟幽"②，虽有"感春"的小标题，但全篇略过春天的美好，始终在描写一位红闺少女对于玉郎归来的殷切期盼。及至《清平乐》《浪淘沙》，也都是用婉曲的笔致写出了隐秘的相思之苦。接下来仔细看一首情绪浓烈的《思佳客》：

　　粉蝶无踪午梦沉，绿窗春思托琴心。可怜半幅绡红袖，尽是啼痕与唾痕。

---

① 王帉. 湘影楼烬馀诗 [M]. 铅印本 .1937（民国二十六年）.
② 王帉. 湘影楼烬馀诗 [M]. 铅印本 .1937（民国二十六年）.

金屋静，玉闺深，莫寂帘桃独自吟。数遍碧桃枝上燕，销魂先语立花阴。[①]

已是暮春，粉蝶象征着消失无踪的美好时光，王衅以此起兴，引出一个窗内茕茕孑立的销魂人影。第二句里的情感尤为浓烈，王衅不写自己穿着衣服无人欣赏，反而写绡纱红衣沾上了泪痕和涎液，实在是可惜这件好衣服了。但作为读者，最先联想到的是她哭泣的样子。也许，她是思念到疲累而睡着了。男性诗人借用女性口吻写诗时注意不到的细节，对于王衅这样每日都沉浸在思念情绪中的人来说只是一种日常。

而任何一种情绪都有高潮处和低回处，《生查子》中的王衅已经变得极为清醒：

廿四花信风，三五春闺月。只道永相亲，那悟成轻别。
罗衫怯夜寒，红烛愁心减。欲诉苦离情，不遣旁人说。[②]

"只道永相亲，那悟成轻别。"这样一句词说来平淡，实际上却藏有极大的苦楚。潜台词是自己没有珍惜过去的日子，又或是还不够珍惜；而现实中已经是孤单一人，从此日日思君不见君。想必钟文虎收到妻子这样的诗词也会不忍卒读。这是她生命的悲歌，离别带给她的伤痛久久不能忘怀，因此她写了一首又一首，夜不成眠。

（二）闺中唱和

在王衅唱和诗作的标题中主要有两个对象，其一是"夫子"，其二是"真一子"。前者明确是指丈夫钟文虎，并常常用原韵和诗。能与异地的丈夫互通近况、互诉衷情无疑是令王衅愉悦的，她甚至写出"从来名士与佳人，只惜鸳鸯不惜身。九死岂辞双比目，三生犹幸万回轮。"[③]这样用语决绝，带着山盟海誓般深情的诗句。这样的唱和诗感，感情色彩单一却浓厚。因为唱和是一种有来有往的行为，王衅寄托的感情便不会白白流逝，这让她的抱怨也

---

① 王衅 . 湘影楼烬馀诗 [M]. 铅印本 .1937（民国二十六年）.

② 王衅 . 湘影楼烬馀诗 [M]. 铅印本 .1937（民国二十六年）.

③ 王衅 . 湘影楼烬馀诗 [M]. 铅印本 .1937（民国二十六年）.

显得深情，并非一种绝望的哀叹。

后者"真一子"的指称则有待进一步推敲。

钟文虎的题跋中已说明他保留的是王妢和自己的唱和诗作；再者，清朝时期的深闺女子不太可能在婚约当前的情况下以诗会友，同别的男性保持联系；钟文虎更不可能珍藏王妢与其他男子的情诗，由此可以确定"真一子"是王妢对钟文虎的另一个称呼。

在写作风格上，《和真一子春风曲》与《和真一子》都和其他作品有较大的区别。烬馀诗几乎整本都是婉转的哀曲，而这两首却透出少许的浪漫和轻盈。这两首诗写作的时间没有定论，也许是出嫁前的作品，又或是王妢初为人妇时写下的。总之，王妢的所有情绪都是因为丈夫钟文虎才出现的。先来看《和真一子春风曲》：

> 春风来，春花开，花市有人去复回。春风归，春花飞，花由寂寂流莺啼。世间繁华皆如此，请君付与东流水。玉女看春不解愁，驾鹤乘风几千里。①

春风和春花是王妢常用的意象，但在这里显得更为开阔。想要一解芳愁的玉女看遍熙攘的花市，得出"付与东流水"的结论，最后快慰潇洒地乘风归去。看似繁华的人世间和驾鹤乘风的神幻世界形成了对比。玉女就是指仙女，她是王妢理想中的化身，表达了她对自由的一种向往。再来看《和真一子》：

> 人间聚散本如星，偶伴芝兰在谢庭。
> 瑶岛无霜仙露迥，江南江北草青青。②

此诗用了"人间"和"瑶岛"这种笼统却意蕴深厚的意象，形成了一个对比。在人间，人们聚散无常，偶尔才能拥有"芝兰"和"谢庭"代指的那种高尚品格下结交的深情厚谊。于是，她想象天上的瑶岛虽然仙露迥然不

---

① 王妢.湘影楼烬馀诗 [M]. 铅印本 .1937（民国二十六年）.
② 王妢.湘影楼烬馀诗 [M]. 铅印本 .1937（民国二十六年）.

同，但只要异地同心，即便是"江南江北"也能共着同样的春色。王衱在一贯婉转的曲笔之下透露出了心情的明朗，不见愁怨，甚至带着一种总会相见的笃定。这两首唱和诗少了一些纤细敏感，多了一些洒脱。而这些少了沉淀后的感情的作品，明显也流于表面，这也是其缺点。

（三）悼怀亲友

在悼怀的作品中，《春日感怀大姐作春风词四首以悼之》值得最先拿出来探讨。光绪八年（1882）壬午，"五月十六日大姐娥芳卒于家"[1]，当时王衱年仅十四岁。大概四五年之后，王衱还能在某个天朗气清的春日写下这篇作品，足见其与大姐的感情深厚，兼有引以为知己的那种欣赏：

春风起兮百草，春雁南翔兮飞碧云，兰可佩兮色可亲，临高台兮怀故人，湘月盈兮湘水寒，望佳人兮何能忘，悲生离兮不可晤，抚幽琴兮断人肠，临风眺兮徒烦伤。

紫阁开兮岁月弥，望佳人兮迟迟，倚阑干兮独立，涕横流兮谁思，天路陷兮不可至，临长川兮悲别离，望春风兮慕远，乘玉轪兮何之，欲从去兮无所止，聊逍遥兮自娱嬉。

临高台兮有所思，望佳人兮音信迟，芳菲起兮春已尽，夜将晓兮星汉方。抚幽琴兮长叹息，道路阻兮何可期，愿为鸿兮去千里，共翱翔兮随所之。

春色岚兮春草新，露浓露兮翡翠匀，哀时尽矣难永茂，愿千秋兮与子亲，望灵波兮感余心怀。故好兮久湮沈，将余泪兮留此地，托离鸿兮寄知音。[2]

毫无疑问，王衱深受其父的影响，好用古体写欢情。王闿运主张论诗从拟古入手，提倡"尽法古人之美""熔铸而出之""自成家数"。可以说，在潜移默化之中，王衱也接受了这样的拟古诗观。她的四首春风词，一句一个"兮"字，明显可以追溯到楚骚文学。郭建勋先生认为："'兮'字具有特别

① 熊治祁.湖南人物年谱（四）[M].长沙：湖南人民出版社，2013：518-524.
② 王衱.湘影楼烬馀诗[M].铅印本.1937（民国二十六年）.

强烈的咏叹表情色彩，构成诗歌节奏的能力，并兼具多种虚词的文法功能，衍化派生其他句式的造句功能，它作为一种文化存在，还反映了荆楚民族的自由浪漫精神和屈原的悲剧精神。"①"兮"字在句中起到了其他虚词所无法替代的作用，从而构成一种独特的意味。

不仅仅是"兮"字句的应用，王岲还继承并发挥了《离骚》中的芳草美人意象。"芳草"象征着佩戴它的人品格高洁，再用"佳人"代指自己亡逝的大姐。第一首中站在高台临风远眺的主人公显得十分哀伤，她弹着幽幽的琴声，开始细想发生过的那些事，不仅是曾与佳人共度的时光，还有佳人不在身侧的孤独。佳人去了一个很遥远的地方，她们之间隔着漫漫天路，艰险山河，这时候主人公开始希望他们能共乘暖人的春风。主人公想要拥有华美的宝车，这样就可以自由自在地同佳人一起嬉戏。经过长久的孤独等待，主人公的情绪失落到了极点。"夜将晓兮星汉方"，这里点出了时间的变化。夜幕降临，天空中繁星低垂。"芳菲起兮春已尽"，春天的美还是一如既往，但是主人公丧失了感知的能力。到了最后，主人公生出了一些哀怨。她眼中的景物是沾着露珠的、簇新的春草，可是到了第二天清晨，这样的美好只会让她联想到盛景不再，并感叹为何令人喜悦的都无法长久。要是千秋万代都能与佳人相亲相爱，该是何等幸事，于是泪洒高台。其中的"鸿雁"意象，一时为王岲的化身，一时为她心情的传达者。至此，情感的强度逐步递进，最终伤痛欲绝，难以自控。

王岲这类怀人之作，全部显现出了离群索居的萧瑟感，有着语淡情深的艺术风格。逝去的大姐，抑或是活着的好姐妹，这些人都是能理解她切实处境的女人，所以她能对自己的朋友易玉俞写"离局已历旬，终日独伤神"②这样毫无掩饰的诗句。《冬日病中怀诸姐妹》中也是一样，最后一句"各勉日新志，庶以慰远怀"③，显得那样无奈。

不管年少时有多么无忧无虑，现在都已经"各在天一涯"④，王岲自己也知道远水不解近火，即便消息相通也于事无补。这些美好的回忆能带给病中

① 郭建勋.略论楚辞的"兮"字句 [J].中国文学研究，1998（3）：29.

② 王岲.湘影楼烬馀诗 [M].铅印本.1937（民国二十六年）.

③ 王岲.湘影楼烬馀诗 [M].铅印本.1937（民国二十六年）.

④ 王岲.湘影楼烬馀诗 [M].铅印本.1937（民国二十六年）.

的她以宽慰，并且让她有一丝盼头：等待某个春天重聚。怀人作品的背后，隐藏着王玢对现实的不满以及无奈，表达出她是极度孤单的。

（四）即事写景

随着时节的变化，日升月落，王玢总能用她的笔捕捉到某一个令她心颤的画面，浮想联翩。在这一类写景抒情的作品中，能感受到的最表层的情感是王玢闺中的寂寞难耐，这令她看山不是山，看水不是水，景物都侵染着她的主观情绪。同样是一轮明月，《新月》中表达出的是昂扬向上的情绪：

> 已别苦寒月，春宵见一钩。
> 红梅看艳艳，绿柳映柔柔。
> 宝鸭烟初袅，瑶阶露欲浮。
> 团圆期不远，应上最高楼。①

"苦寒"是一种极度的严寒；"一钩"是指月初的蛾眉月，形似姣好的眉毛。季节的变换，不仅是指时间的流逝，同时也带来了一丝希望。王玢用春天的花红柳绿来点缀这首诗，使其变得多彩，这里的"红梅"和"绿柳"都寄托着她愉悦的心情。王玢以花的视角来看万芳争艳，靠柳枝的触觉来感受柳条轻软，而没有直接借景抒怀，反而显出了几分俏皮。最后写自己伴着扶摇上升的袅袅香烟，走上玉阶登楼远眺，期盼着团圆的一天，感情质朴真诚。

《见月有感》则表现出难解的哀愁：

> 小院春深花满枝，东风掩映露痕稀。
> 后庭空挂秦时镜，不照愁心与别离。②

虽有满园春色，但"东风"这个意象并非催放春花，而是风干了白露的

---

① 王玢.湘影楼烬馀诗 [M].铅印本.1937（民国二十六年）.
② 王玢.湘影楼烬馀诗 [M].铅印本.1937（民国二十六年）.

痕迹，令人想到阵阵东风毫不停歇地穿过院落，暴露在冷白的月光下，一切景象显得格外冷清。颈联中高悬的秦镜和明月一样都是穿越时空的事物，代表了相思的无穷极。王盼盼望"不照愁心与别离"，是因为她正经历着这样的痛苦。

良人久不归，王盼因此体会到时间的残忍，催生出红颜易老的嗟叹。在这些写景抒怀的作品中，最值得注意的也是这些表达时光易逝的诗作，其中王盼对于描写春天无疑是情有独钟的。她不常描绘那些美的瞬间，多是在感叹盛景不再，例如《春日》：

> 连朝新燕报春来，紫缬红芳偏地开。
> 却忆去年残月夜，流莺百转梦初回。①

颔联一个"偏"字暴露了王盼的真实心情，群芳没有出现在人们的视线中，只得孤芳自赏。紧接着就是回忆过去，《春莫》中也同样提到了"流莺"这个意象，并且措辞更加激烈。"春来春去转眼间，流莺自觉唬春久"，流莺就像是春天最佳的代言者，可春天是会过去的，流莺不能永远的"唬"住本该消失的美好。不是流莺贪恋春天的温暖，而是王盼期望可以回到新婚燕尔之时，不必忍受分离之苦。

再来看另一首把流莺意象写进去的《夏夜不寐》："孤鸟翔云中，流莺宿花隙。启户入清风，开轩引明月。"②这是一种怎样的愁苦，才会让人夜不能寐。感觉自己像是离群的鸟，永远孤孤单单地飞翔在云中。"清风"和"明月"都是王盼假想中的客人，如同李白写"对影成三人"那样，并没有显得热闹，反而衬托出孤寂。

时间同样给了王盼沉淀心情的机会，诗作中渐渐露出如同旁观者的冷静，这是她在享受清醒着的孤独。以《夏夜》这首五言古诗为例：

> 炎日多间暇，花阴纳晚凉。

---

① 王盼.湘影楼烬馀诗 [M].铅印本.1937（民国二十六年）.
② 王盼.湘影楼烬馀诗 [M].铅印本.1937（民国二十六年）.

流萤点阶草，鸣虫绕洞房。

清宵起遐思，屡屡出长廊。

中庭寂无人，初月窃飞光。

积阴亦已久，江涨阻津梁。

延望局幽步，思与轻风翔。①

　　天气炎热，茂盛的花丛下却藏着丝丝阴凉。能看见萤火虫点缀在台阶前的草丛间，那些鸣叫着的夏虫好像绕着洞房在嬉闹，一切都显得那么安宁。王妢也是在这样一个有着虫鸣的夏夜嫁给了钟文虎。我们可以猜想，也许这首诗是作于新婚不久。可她在第三句便笔锋一转，驱使主人公走出长廊，来到空寂无人的中庭；前面的喜乐只是背景板，主人公的视线飘到了空中，此时正是月初，月亮闪着朦胧的光芒。"积阴亦已久，江涨阻津梁。延望局幽步，思与轻风翔"，最后两句的想象非常有跳跃性，从月光过渡到了涨潮的江水、受到冲击的桥梁，将两句一起欣赏的话，整个画面变得十分有动态。就像是王妢在这里布置了一个危局，而她指引着主人公迟疑地回看这样的困境，最后极度盼望能和清风一样自由飞翔。这首诗炼字纯熟、音韵朗朗上口、画面晦暗，意境营造得十分轻盈，远胜她单纯地借乐景抒哀情。叶嘉莹曾经在论及李商隐的《燕台》时道："他的作品跟卡夫卡的作品一样，是真实的生活在他梦魇般的心灵之中的反映。而就是在这种经过反射的变态的印象之中，我们可以赋予它不同的意思。"②王妢自然不能与这样的大家相比，但她于诗中体现出来的真实与虚幻的交织，反射出了她内心的期盼，"思与轻风翔"听上去十分浪漫，仔细一想，却像是在说人间永远给不了她这份自在。

　　时间就像一条无法回头的直线，站在一头遥望彼端。王妢在诗中所表达的感伤正是这样一种难以满足的，充满审视意味的生命意识。"人的生命意识，在早就特定运动维度的景物面前，格外的强烈而波动不已，引发出一种

──────────

① 王妢.湘影楼烬馀诗[M].铅印本.1937（民国二十六年）.

② 叶嘉莹.从西方文论看李商隐的几首诗[J].陕西师范大学学报，2005，34（4）：48.

光阴不在的惜时叹逝感，不满于生命自身的现实存在形式。"①和消逝的春天相对应的是女人年龄的增长。王旐在写这些诗的时候不过十七八岁，按照嫁过去不满一年并育有一女来推算，如果不是早产，那么她婚后的大部分时间都怀有身孕，此时丈夫却不在身边，感情上的打击十分沉重。王旐从待字闺中的小女到初为人母，即便没到美人迟暮的地步，岁月也已经在她身上产生了不可逆转的变化。思念与怨恨交杂，她用诗歌写出了心中的惶恐与不安。

王旐遗留的这些作品看似毫无义理，不关心社会民生，实则如同对其言传身教的王闿运，拟古并不是为了"装新酒"表达见解，而是书写自己心中的情理。只是王闿运是有选择的，而王旐和与她境况相通的女性文人则没有选择。

王旐是千千万万心灵敏感压抑的闺秀少女的缩影，所幸的是她有一个旷古烁今的名父；有一个与她琴瑟相鸣的良夫。王闿运对她的影响不必多说，而钟文虎能在她去世五十多年后，将抢救收藏的王旐旧作赋之出版，情意也是显然可见的。从留存下来的唱和诗作来看，钟文虎不仅没有打击过王旐的诗性，并且是她灵感的重要来源。

有这样一个较为开放的生活环境，今天才能存留《湘影楼烬馀诗》这册典型的女性闺秀文人的焚稿诗作。王旐得以书写的是心向往之的一种至情，不用绮艳辞藻堆砌、无病呻吟，每一首都是情感的自然流露，而拟古是她诗作的表现手法。

河南固始的吴季龙女士为王旐的《湘影楼烬馀诗》题辞四首，说自己挑灯夜读以后不能成眠，需要焚香静心后细细品读，并说"于今想象成私淑，悔我迟生十二年"②，恨不能和王旐生在同一时代，然后当她的学生。显然，吴季龙女士为王旐的锦绣诗词所折服，对其评价非常之高，并且提到了另一位世外仙姝：

桃花春色词同艳，风雨秋窗意转慵。

---

① 李朝芬.试论美人迟暮、伤春悲秋的文化心理内涵 [J].安徽理工大学学报，2003，5（4）：81.

② 吴季龙.读湘影楼烬馀诗题辞四首：湘影楼烬馀诗 [M].铅印本.1937（民国二十六年）.

借问前身谁得似，绛珠应否即渠浓。①

"绛珠"的典故出自曹雪芹的《红楼梦》，一般指代林黛玉。虽然这只是一个古典小说中的人物，但在中国文学史上，她已经成为了一种缺憾美的化身。林黛玉和王玢有很多相似之处，同样有焚稿的举动，同样是病美人；她们的生命短暂，才不容于世，只得一缕香魂在人间飘摇。吴季龙女士会想到将王玢比之黛玉，颔联中揭露了其中一个原因，那就是王玢曾用原韵拟写了黛玉的《秋窗风雨夕词》，足见她本身是熟读并喜爱红楼梦的。在原典《红楼梦》中，黛玉病中读《乐府杂稿》，见有离愁别恨的怨词，不禁有感而发，遂拟张若虚《春江花月夜》的词格做下《代别离·秋窗风雨夕》。这情景是如此相似，不怪王玢在林黛玉身上找到了共鸣，"秋风飒飒秋叶黄，迢迢秋夜漏初长。已教肠断拼秋雨，那觉孤吟怯夜凉！秋从心上来何速？阶前细雨频断续，怅触幽怀静掩门。湘帘窣地摇华烛，华烛摇摇照眼明。一窗秋影助离情，谁家少妇愁风入。何处愁人听雨声，锦衾自擘娇无力……"②

王玢的《秋窗风雨夕词》采用的是直接拟写的方法，秋雨频频风萧瑟，一窗孤影，小院冷寒，这一系列的景物将王玢的惆怅、寂寞、哀怨全都淋漓尽致地表现出来。黛玉在贾府举步维艰，心中悲戚，王玢又何尝不是因为离别而助长了悲观的情绪，没有信任依赖的丈夫和亲人在身边，孤独感如骨附蛆。在秋天，草木摇落走向衰败，这样的盛极而衰，应和了王玢从初为人妇的欣喜到日日思君的悲怨。

三、王玢焚稿心态探析

王国维在《人间词话》中说："主观之诗人，不必多阅世。阅世愈浅，则性情愈真，李后主是也。"③王玢一生步履限于闺阁，所作诗多愁怨，说明她是一个性格极为主观、敏感的诗人。这样一位女诗人，从钟情创作到尽焚诗稿，必定经历了曲折的心路历程。其心态的转变，虽因作品的散佚而难以勾

① 吴季龙 . 读湘影楼烬馀诗题辞四首：湘影楼烬馀诗 [M]. 铅印本 .1937（民国二十六年）.
② 吴季龙 . 读湘影楼烬馀诗题辞四首：湘影楼烬馀诗 [M]. 铅印本 .1937（民国二十六年）.
③ 王国维 . 人间词话 [M]. 北京：台海出版社 6：19.

勒全貌，但通过对《烬馀诗》所存残帙的勾稽，再结合其短短的人生经历，仍可见一斑。

（一）物伤其类

根据题跋，"亟时，以聪明反易促寿，将诗稿焚去，不欲遗其女。"①换言之，王粉认为自己的聪颖也是导致其短命悲剧的重要原因之一。不将诗稿遗留给女儿，在她看来是一种爱护。

焚稿期间，王粉病魔缠身，已是奄奄一息的状态。当她回想起自己的才华，脑中跳出来的不是亲人的赞赏和爱护，这只能说明她的生理和心理非常脆弱，对自己曾引以为豪的才华产生了怀疑，一味地否认自己。王粉好强又敏感纤细的性格，让她极易受到外界的触动，这当然有益于写出感情真挚的作品；可稍有差池，便会走入心理上的误区，让人郁郁寡欢，这对身体是毫无益处的。如同王闿运记载的那样，王粉会陷入一种自我折磨的梦魇，也是心理影响生理的范例。

思考本身是一件极度伤神的事，初时的王粉感受到的可能是天地的广阔，随着她跟从其父学到了很多先贤大儒的道理，渐渐发现有些时代的局限是个人力量所不能改变的。而王粉只是一个普通的闺阁儿女，没有那么多发泄心情的渠道，才华便像是最无用的一种装饰品了。

从题跋的这几句话也可以看出，王粉不希望爱女将来同自己一样，因好强和纤细敏感的性格而受到伤害，遭受生理和心理上的折磨。王粉更希望女儿能平凡又幸福地过完一生。

（二）人言可畏

封建社会中女性文人的作品从出版到传播多半依靠男性文人的提携，这样不对等的地位，让她们的写作从根源上很难受到主流的认可，极易被拥有政治话语权的男性文人以偏概全地认为是闲适之作。王粉留存的诗作真实动人地再现了其至情至性的一面。有些内容在当时的情境下不宜为外人知道，传播出去只会被外人嘲笑，被好事者扭曲。如果诗作会被外人以有色眼光看待，不如一开始就把它藏好，或者直接焚毁。

---

① 王粉.湘影楼烬馀诗[M].铅印本.1937（民国二十六年）.

社会大环境仍然苛求女性遵守旧道德。有条件让女儿读书习字的家庭，给她们定下一个"知书达理"的要求。这个"理"，是程朱理学的戒规，而社会上对于才女亦有"德才兼备"的要求；这个"德"是"妇德"，是为人妻、为人母的良好操行。王昐的身外有两重环境。其父王闿运和其夫钟文虎没有给她太多这方面的压力，甚至营造了宽容的小环境，她却不得不为这些至亲考虑，以免牵连对方。大环境则充满恶意，夫家不一定乐见儿媳是只懂摆弄文墨的女人，钟文虎"肄业诂经未归"，他是背负着家族期望在外求学，而王昐寄渐唱和的这份闲情极易被人认为是在耽误丈夫上进，不够本分。北宋时，陆游休妻足以证明封建社会对于士子重功名轻私情的统一看法，即便夫家不置微词，清代的大环境也谈不上宽容。

　　王昐病重之时，选择以焚稿的形式来打消外界的评说，也许是因为无人阻拦、一时冲动，更有可能是长期思考而得出的悲观结论。从表面上看，烧掉自己的东西是为了身后不再为人所忌，实际上这只是一种无奈的举动，伤痛自知的行为。

　　弥足可惜的是，王昐诗作留存太少，大部分都已经随着焚稿的余烬消失在历史的长河中，以致后人无法对其焚稿时的心态与动机做进一步的分析。王昐在出嫁前，舟行至三峡，曾作有题为《咏怀》的作品，这个在《帅芳哀词》中得到了王闿运的承认，只是苦于没有原文留存。这一类作品能够体现王昐在情爱之外的胸怀；另外，王昐极有可能创作过大量闺中酬唱的诗作。《烬馀诗》中已经有了写给易玉俞的和诗，那王昐有可能同其他女诗人也有唱和互动。王昐在世时没有刊刻过别集，那在她才名确立的过程中，除了同境况相通的女性诗人进行唱和，还有可能在公开的场合也做过应酬之作。这一类作品也许中正平和，能体现出王昐诗歌的创作技巧。除了诗歌，王昐还长于作文。钟文虎评价其妻："善吟咏，工六朝小品。"[1]那么，王昐一定也焚去了不少形式自由的小品文。这些作品可能包括悼念大姐娥芳的杂感；也可能包括清新隽永的山水游记；或者充满生活趣味的日常琐记。小品文是一种外延十分广阔的文学形式，能够包容不同的题材和体裁。王昐愿意写它，是因为能更好地记录生活。从这些形式、风格多样的作品的焚弃，大体可以推

① 王昐 . 湘影楼烬馀诗 [M]. 铅印本 .1937（民国二十六年）.

断出王玢在生命将终之际对人世的绝望，以及"质本洁来还洁去"的决绝。

总而言之，焚稿是一种极端的方式——把本可以在身去后长久证明一个人存在的文字统统抹去。王玢的焚稿举动恰恰印证了她那复杂的心理，既渴望人肯定，又不屑于人肯定。同时还有着自我否定的倾向。王玢的焚稿更像是带有祭奠意味的仪式，她要将最热忱的东西付之一炬，全盘的否定并非向外界屈从，而是无声的抗议；然而这种抗议并不能给别人造成影响，只能让自己黯然神伤。这岂不是最大的悲哀？薄薄一册烬馀诗无法展示全部的王玢，可如果连这样的一册都没有，那么王玢就只能存在于他人的回忆文字中，而无法自己给自己做注解。烬馀诗最大意义的就在于此。

王玢体弱多病，短命早徵，本节通过叙述她的生平、研读其诗作中的内容，从中体会到一种凝炼纯粹并接近自然的真情。这种真情体现在题材上不免狭隘，主要集中在思妇和写景抒情两种模式上，这是由于钟文虎收集整理得不够全面，以及社会大环境的局限性造成的。尽管写作的主题容易重复，可不能否认的是王玢善于将亲身体验熔铸在拟古的诗歌中，从而写出了深刻的感情。

作为一位清代的闺秀诗人，王玢的成就从侧面体现出明清女性文人创作的繁荣和诗作的优秀。而站在焚稿研究的视角，本节浅谈了王玢焚稿心理的两种猜测，一是王玢诞下爱女，在物伤其类的心态下不愿爱女走上相同道路；二是王玢的才华为他人所不解、忌惮，她心有不忿却无力辩解，所以毅然焚稿。如今，焚稿诗研究未成体系，烬馀诗作为珍贵个案，给明清女性文人焚稿的相关研究提供了依据，在推动焚稿文学的研究上具有一定意义。

第三节　明末清初竟陵派与湖湘文学

　　明代后期著名的文学流派——竟陵派深受湖广地域自然环境、人文环境的影响，开辟出了幽深孤峭的风格，自成一派，独树一帜。同时，竟陵派文学又反作用于明末湖广地域，启迪并推动了湖广文人的创作。[①]周楷、刘侗是竟陵派的追随者，他们广泛继承了竟陵派的诗歌风格和审美倾向；而刘友光、胡统虞"虽自托于竟陵而不全堕彼法"，推进了竟陵派的语言风格；杜濬独辟蹊径以杜陵为师；明清之际的王夫之则对竟陵派进行了最激烈、最严苛的批判。康熙年间对竟陵派的评价逐渐公正，王岱展现出自觉的拨乱反正意识。针对湖广文人对竟陵派的不同接受进行研究，将地域与文学流派联系起来，有助于拓宽我们研究竟陵派的思路，更好地认识诗坛动态。本节将延续与竟陵派作家相关的种种影响与比较研究，探讨竟陵派在湖广的接受与传播。拟从明末清初湖广地域不同文人对竟陵派的继承与跟随、推进与创新、反对与批评三个方面展开，研究明末清初时期湖广文人对竟陵派的接受情况。

一、湖广文人对竟陵派的继承与跟随

　　竟陵派，明代后期崛起的一个文学流派，因其领袖钟惺、谭元春都是湖广竟陵人而得名，又称竟陵体或钟谭体。竟陵派首倡一种幽深孤峭的风格，

[①] 关于竟陵派的研究，在历来的文学史和诗学研究著作中，已经有学者涉及，研究人数较多且研究深入。20世纪80年代，竟陵派研究重新兴起。新世纪以来，更多的竟陵派研究者涌现出来。学术界这些年发表的论文里，有不少是对竟陵派的接受情况进行论述的。如，王玮、李质繁的《清代前期竟陵派的接受情况论略》探讨了清代前期诗坛对竟陵派的接受变化并对变化原因进行了分析；曾肖的《论复社对竟陵派的诗学批评与接受》论述了江淮等地的复社成员对待竟陵派复杂而微妙的态度；还有张旭光的《清初竟陵派研究》对清初竟陵派的影响进行了探究。这些学者精心选取不同的角度，探讨研究竟陵派的接受情况，最终有所发现并作了一些论述，拓宽了竟陵派研究的视野。

对公安派的弊端加以匡救。竟陵派的文学理论在文学史上具有重要意义，其诗风在明末乃至清初都十分盛行，影响深远。特别是明末清初的湖广文人由于和钟、谭二人同属一个地域而受其影响最大，对竟陵派有各自独到的认识和见解。

"湖广"一名源于元朝所设置的一级行政区——"湖广行省"。元朝时，湖广辖今湖南、广西、海南及湖北、广东及贵州等省部分地区。明洪武九年（1376），将原来的"湖广行省"拆分为湖广、广东、广西三布政使司，湖广省境基本稳定，大致与今湖南、湖北两省地域等同。"湖广"起初专指两湖之地。清康熙三年（1664），分湖广布政使司为湖广左、右二布政使司。清康熙六年（1667），湖广行省解体分为两湖，正式定名为湖北省、湖南省。

明朝后期，万历皇帝荒怠朝政，致使皇权进一步旁落，党争激烈，政治日趋腐败。在权力斗争中，不少志士文臣丧命，晚明时局进一步恶化。在发现公安派的主张已经不能适应文人抒发内心的需要之时，众多文人从公安派主张的自然率真，抒写闲情逸致的创作中脱离出来，走向了对文人内心世界的探索。重视作家个人性情流露，提倡学习古人精神，立幽深孤峭为宗的竟陵派乘势而起，迅速风靡诗坛。

钟惺强调"势有穷而必变"[1]，提出了"读书养气"的说法。他通过与谭元春评选《诗归》，宣扬竟陵派的文学主张，把理论落实到了实践中。钟、谭主张文学创作应该抒写"性灵"，反对拟古之风，正契合了末世文人敏感脆弱的心理。而评选《诗归》这一做法也将竟陵派的文学主张推向了社会，引领了人们对诗歌内涵的理解和创作方法的把握，获得了广大士子的认可，竟陵派因此备受读书人推崇。

（一）诗歌风格上的继承

钟、谭二人是湖广作家，"他们的创作准备及最初的文学思想大都是由家乡的土壤所赋予和滋养"[2]。他们在受楚风影响的同时，也反过来影响了一批和他们同处于一片土壤上的湖广文人。

---

[1] 钟惺.隐秀轩集[M].李先耕，崔重庆，标校.上海：古籍出版社，1992：254.
[2] 陈广宏.竟陵派研究[M].上海：复旦大学出版社，2011：131.

清人陈田在《明诗纪事》中就曾多次提到"楚诗多为竟陵所染"，这一句话虽然是对楚诗的批评，但我们可以从中看出竟陵派对湖广文人诗歌创作的影响之深。《沅湘耆旧集》的编者邓显鹤在编选诗歌，就所选诗歌及其作品进行评价之时，也在很多地方提到"楚诗多染竟陵习气"。这个时期，湖广文人自觉或非自觉地跟随竟陵派是很常见的。就连公安派领袖袁宏道的儿子袁彭年以及中年以后激烈抨击竟陵派的王夫之都在"诗染竟陵"这支庞大的队伍里。

蔡复一、周楷、熊士鹏、刘侗等人都是竟陵派的追随者，他们广泛继承了竟陵派幽深孤峭的风格。但在这些追随者中，蔡复一的地位和影响又是与众不同的。蔡复一，字敬夫，号元履，福建省同安县人。[①]他既是竟陵派的追随者，又是竟陵派理论的建设者。蔡复一虽然是闽地人，但他的诗歌受竟陵派影响，楚风更为明显。在学习竟陵派的过程中，蔡复一的诗歌风格经历了从清脱清冷到清幽孤冷的转变。他本人也为竟陵派的发展做出了巨大贡献。万历辛亥年（1611），蔡复一出任湖广参政，分守湖北，这为他广泛接触当地的文人墨客提供了机会。万历四十二年（1614），公安派衰落，竟陵派逐渐兴起，时任湖广参政的蔡复一利用自己在湖广地区的影响打压公安诗风，扶植竟陵诗风，扩大了竟陵派在湖广地域的影响。

受竟陵派影响，诗作中幽深孤峭诗风较为突出的有周楷。周楷，一作周圣楷，字伯孔，湘潭人。钟惺、谭元春的诗作多为写景抒情诗，诗中大多吟咏幽林古渡、苍松明月、荒烟鸟鸣和秋水寒冬，并且常用"寒""孤""幽""荒""冷"等意象，通过这些意象组合在一起营造出凄清幽冷、幽渺险诡的意境。周楷在意象的选取和意境的营造上与竟陵派一致，诗歌风格与竟陵派诗风一脉相承，诗歌语言奇崛，风格冷僻苦涩。其《渔歌》如下：

幽思茫茫看江水，何处渔歌江上起。
一叠凄清愁未终，几声断续肠相似。

---

① 张廷玉.明史 [M].北京：中华书局，1974：6459.

南天归雁亦悲鸣，不到潇湘无此情。①

这首诗正如题目，写的是渔歌。江面上传来的渔歌哀凄婉转，令闻者断肠；同时大雁悲鸣，渲染了秋天萧瑟的气氛。周楷把"江水""渔歌""归雁"几个意象组合在一起，用"幽思""茫茫""凄清""断肠""悲鸣"来形容意象，营造了凄清悲凉的氛围。再观其诗《宿已公岩》：

已公岩下水溅溅，石老云黄记往因。

一夜溪声听不得，游山真愧住山人。②

这首诗写的是诗人夜宿已公岩的所见所感。"老""荒"都是竟陵派诗歌中常用的字眼，作者以一夜未歇的"溪声"衬托出了山林的幽静，描绘了一幅寂静清幽的山林画卷，意境深远。

清代熊士鹏也是竟陵派坚定的追随者。熊士鹏，字两溟，竟陵人。他尤嗜钟、谭诗歌，他的许多诗文皆是模仿钟、谭而作。从他的《同星海月壁五溪登阳春台玩月》《秋夜玩月》《荒署》等几首诗里都能看到竟陵派诗风的影子。

除周楷、熊士鹏以外，诗染竟陵习气的湖广文人还有许多。如：孟登、杨嗣昌、周侯、严首升等，他们的大部分作品都被收录于《沅湘耆旧集》中。通过他们的诗歌，我们可以看到：竟陵派几乎影响了天启、崇祯年间整个湖广地域的全部文人。

（二）审美倾向上的跟随

竟陵派除了在诗歌创作上取得了较大成就以外，在小品文创作方面的成就也不容小觑。竟陵派小品文在晚明文坛曾经影响甚大，"海内靡然从之"。在竟陵派的一众追随者中，散文方面最有成就的当属刘侗。

刘侗，字同人，号格庵，湖广省麻城县人。刘侗与谭元春是同乡，谭元春既是刘侗的前辈，又是竟陵派首领，与刘侗亦师亦友。二人志趣相投，交往甚密，刘侗便自然成为竟陵派中人。刘侗和于奕正合撰的《帝京景物略》，

---

① 邓显鹤.沅湘耆旧集：第 2 册 [M].欧阳楠，校点.长沙：岳麓书社，2007：851.

② 邓显鹤.沅湘耆旧集：第 2 册 [M].欧阳楠，校点.长沙：岳麓书社，2007：860.

全书共八卷，记录了北京城的风景名胜、风俗民情，附以诗歌、杂咏、碑刻，具有较高的文学价值。《帝京景物略》是竟陵体语言风格的代表作，它是竟陵派幽深孤峭文风在地理游记著述中的具体运用。刘侗在行文过程中，文笔简洁凝炼。采用独特新颖的语言描摹景物，描绘细腻，生动形象、冷隽深刻，体现了竟陵派求奇求新的审美倾向。刘侗有意识地把钟惺、谭元春幽深孤峭的审美风格发挥到了极致，《帝京景物略》可谓是"无读不峭""无折不幽"。

《帝京景物略》在语言上体现了竟陵派散文的特点。除了摹景状物有竟陵之风外，刘侗在《帝京景物略》的遣词造句上也用尽心思，句句纤巧、字字珠玑。他的语言文字与钟、谭散文相比，显得纤巧吊诡，更具个性。

《帝京景物略》中的很多篇目都讲究布局谋篇，打破常规。句式灵活多变、富于变化，一改沉闷繁复，通过变换句式增强了语言的表现力。如《三圣庵》《崇国寺》和《宜园》，这些篇目句式多样，读起来生动有趣。刘侗在语言方面刻意雕琢，造句奇崛，追求新奇，文字凝练；有些篇目寥寥数语，便勾勒出景物特色，意境尽显。如《雀儿庵》：

　　雀儿庵，在潭柘后山五里。在千峰万峰中，在四时树色四时虫鸟声中。庵，方丈耳，一灯满光，一香满烟。然佛容龛，容供几，僧容席，容榻，容厨，客来客坐，庵矣。[①]

　　雀儿庵藏于云山深处，重峦叠嶂、郁郁青松、四时常绿、虫鸟常鸣，环境幽深静谧。一篇不满二百字的小品文，就把一小庵，写得有声有色、形象生动，意境渲染尽显竟陵派幽深孤峭之风。再如《观音寺》《聚燕台》，这两篇都是短短一二百字，就形象地描绘出这两个地方的特色，细腻生动，令人称绝。刘侗在行文里还多用排比、对偶等修辞手法，刻意追求艰涩苦奥的文风。如《汤泉》里："未至泉数十步，其气爩爩，其声洶洶，即之静若鉴，投钱池中，翻翻若黄蝶，百折而下，至底宛然钱也。"[②]

① 刘侗，于奕正.帝京景物略 [M].孙小力，校注.上海：上海古籍出版社，2001：462.
② 刘侗，于奕正.帝京景物略 [M].孙小力，校注.上海：上海古籍出版社，2000：545.

刘侗追随竟陵派,其作品如《帝京景物略》等所展现的清僻奇苦的风格,与竟陵审美趋向明显是一致的。不可否认的是,他对竟陵派的后续发展有一定的推动作用。在这个推动过程中,刘侗更倾向于追求形式上的孤峭奇崛,扩大了竟陵派的弊端,难免步步牵挂,陷入绝境。吴承学先生所言"《帝京景物略》追求奇峭而过于刻意,时时弄到造作的地步;而过于追求突破语言规范,寻常的意思,有时却令人难于考索。其佳妙之处,如曲径通幽,别有洞天;而其劣处给人的感觉则"如衣败絮行荆棘中,步步牵挂。"①正是说明了这点。

　　需要特别强调的,正是得益于竟陵派的兴起以及包括蔡复一、周楷、刘侗在内的追随者的推动,湖广地域才能在晚明时期稳坐文化核心地位不动摇;竟陵派才能够风行天下拥有不可磨灭的历史意义。在这一时期,湖广作家人数达到顶峰,钟、谭成为明代文坛的领袖人物,担负起了革新文坛的责任。

二、湖广文人对竟陵派的推进与创新

　　钟、谭诗歌主要表现出清幽、寂静的艺术风格。他们常常选取具有孤、幽、清细等特点的景物,如山林、古寺、寒江等,用"寒""孤""静""枯""冷""凄""鬼""森"等幽深冷僻的诗歌意象,使本来具有孤、清、幽寂等特点的景物更加幽深冷寂,营造出一种凄清、幽寒、冷僻的审美意境。一方面,竟陵派追求"灵"而"厚"的创作境界,在具体创作中往往体现出的却是幽冷寒僻的诗风。"灵""厚"皆未达,反而陷于"幽"而不能自拔;另一方面,竟陵派诗歌语言奇峭,多用虚字,语言艰涩古奥、思维僵化、题材狭窄,这也是束缚竟陵派创作发展,使其走向极端文风的一个重要原因。而绝大部分追随者为了跟上前人的脚步,发展前人之所述,往往会对眼前的事物不假思索、全盘吸收,最终画地为牢,走入绝境。

　　明清之际,明王朝风雨飘摇,社会变动异常激烈,诗坛风气也发生了巨大变动,湖广文人的创作风格随之改变。他们在创作中大都注重反映社会生

---

① 吴承学.《帝京景物略》与竟陵文风 [J]. 学术研究,1996(1):76.

活，强调诗歌反映现实的作用，使创作展现出浓郁的战斗气息，具有强烈的现实主义倾向，这就有别于竟陵派的空疏。

（一）语言风格上的推进

虽然大多数湖广文人都受到了竟陵派的影响，但仍有一部分湖广文人在诗歌创作中表现出了不落竟陵派语言文字，摆脱刻意求奇求新的进步之处，比如刘友光、胡统虞等。与蔡复一、刘侗不同的是，胡、刘也受到了当时竟陵诗风的影响，在创作上不自觉地践行竟陵派的诗学思想，可他们却不是完完全全的竟陵派追随者。

刘友光，原名自煜，字杜三，又字渔计，湖南省攸县人。在诗歌创作中，刘友光仍然保持了竟陵派诗作偏重心理感受的特点，他不再过多地追求形式上的新奇，且有意识地避开奇字险韵、拗句僻词，因此幽深之风尚存，但冷僻苦涩的诗境被清新、晓畅所代替。"杜三诗凄切婉秀，善于言情，与竟陵交，而不全堕彼法。早岁师吴梅村，亦不袭其风调。"[1]正如王夫之《南窗漫记》中所说："刘杜三自煜，虽自托于竟陵，而不全堕彼法，往往有深秀之句。"[2]刘友光与王夫之作为诗友，有着深厚的友谊。清代罗正钧在《船山师友记》中曾有介绍："杜三诗凄切婉秀，《耆旧集》录至一百三十首，一时故臣遗老多有酬赠之作。"[3]刘友光与王船山多有诗歌酬赠，书信往来。清顺治八年（1651），刘友光赴福建就任，途经衡阳，夜宿前溪，作《将入闽寄故人王而农》诗赠王船山：

> 飘零吾久矣，离乱欲何之？
> 愁绝遥天碧，哀余斫地时。
> 南音同在耳，西爽独支颐。
> 相见情无限，何能尽所思？[4]

---

① 邓显鹤．沅湘耆旧集：第3册[M]．欧阳楠，校点．湖南：岳麓书社，2007：19.

② 罗正钧．船山诗友记[M]．湖南：岳麓书社，2010：78.

③ 罗正钧．船山诗友记[M]．湖南：岳麓书社，2010：78.

④ 徐世昌．晚晴簃诗汇[M]．北京：中华书局，2018：643.

刘友光来到衡阳，不见王船山，哀思绵绵，写下这首"何能尽所思"的诗作寄给王船山。这首诗起笔于"飘零吾久矣"，随即引出诗人在长期孤苦漂泊里的一腔旅恨。"我"的愁思一直蔓延到了天空渐暝的暮色中，心中的悲痛愤慨难以释怀；熟悉的楚音就在耳边，而"我"却还是一个人。在"楚音"的映衬烘托之下，更显出诗人当时处境的凄凉、内心的沉痛；"独支颐"描摹出诗人独自静坐的姿态，兀自神伤。寥寥二笔，却将诗人独坐时的心绪、姿态展现得淋漓尽致；最后在"何能尽所思"的感叹中结束，把难以释怀的心理和无限苦楚展现得淋漓尽致。全诗围绕着浓浓的哀思，细细品读，让人如何能不为之动容？所以王船山见到刘友光的诗后，称赞其诗"固自恻恻，警人不昧"。这首诗里的"愁""悲""独"都是竟陵派常用的诗歌意象，刘友光在延续竟陵派诗歌凄冷的审美意境的同时，避开了奇字险韵，写得自然浅畅，毫无雕琢奥涩之感。诗歌虽然全篇都在写诗人内心的哀愁，但是不冷涩苦僻。

刘友光的其他诗作里也有不少清雅之句，如《寄方密之》："桐向秋辞碧，门临溪转清。月明思汝别，舞袖遍琴筝。"[1]这四句诗融情于景、以景写情，淡化了愁绪，显得格外清新雅致。再如《寄旧令朱汉臣》："莲勺秦时月，水色碧于玉。"[2]诗人把水里的莲叶喻作秦时夜空中的明月，还说水的颜色比碧玉还要清透澄澈，比喻和对比的手法显得生动且富有趣味；读起来音韵和谐、雅静秀丽。此外还有"黄金锁断薰风起，青草年年面上生。"[3]（《挽画僧采石》）"树凉蝉命促，虫苦阴荫寒。蒿里观狐穴，桃花忴钓竿。"[4]（《秋阴寄王山长》）几句也写得清新自然、清净雅致。

除刘友光外，胡统虞在诗歌创作上也批判地继承了竟陵派的创作思想。诗学观较竟陵派有所改变，与钟、谭二人诗作比之有几分宁静致远的意味，诗歌境界更上一层楼。胡统虞，字孝绪，号此庵，湖南省常德府武陵县人。[5]胡统虞诗歌清净幽远、宁静恬淡、不落窠臼。作《渡沅水》：

① 徐世昌.晚晴簃诗汇 [M].北京：中华书局，2018：643.

② 徐世昌.晚晴簃诗汇 [M].北京：中华书局，2018：642.

③ 徐世昌.晚晴簃诗汇 [M].北京：中华书局，2018：643.

④ 徐世昌.晚晴簃诗汇 [M].北京：中华书局，2018：642.

⑤ 徐世昌.晚晴簃诗汇 [M].北京：中华书局，2018：687.

滩浅声如泻，人行逐影流。

歇鞍休病马，掬水戏浮鸥。

古渡横西岸，江关截上游。

莫言乡国远，襟带在扁舟。①

这首诗主要写诗人在渡过沅水时的所见之景，以及观景所引发的思乡之情。前两句写水声、行人，沅水河滩较浅，水流声音很大，人们在岸上行走，影子映在水里就像在随水而流。"我"把马鞍取下来让走了许久的马休息，"我"也到水边撩起水戏逗沙鸥，悠闲自得、心情愉悦。郊外的渡口，只有空舟随波纵横在西岸，江关拦截在江水上游处。不要说家乡离这太远，它就在我的心里。此诗写的虽然是平常的景物，但经诗人的描绘渲染，一幅意境幽深的画面就浮现在我们眼前。诗歌有声有景，流露出的情绪若隐若显。伴随景物的描写，诗人恬淡的襟怀和忧伤的感情便自然地流露出来。整首诗清新自然、恬淡闲适、意境清幽又不失活力，并没有陷入竟陵派生涩孤僻的弊端之中。

刘、胡在继承竟陵派诗学思想的基础上，诗歌创作讲求有感而发、随心自然，与竟陵派刻意追求古奥奇僻的文学审美情趣显然不同。他们避开了竟陵派诗歌创作中故作深奥，文风冷涩苦僻的弊端，扩大了文学表现的视野范围，语言创作更加自由；诗歌既有竟陵派的"幽深"，又浑然自成、清新自然。

（二）创作倾向上的创新

崇祯年间，社会愈发动荡不安，具有鲜明政治性质的文学团体——几社和复社登上诗坛。他们的兴起，扭转了竟陵派的某些弊端，如诗歌题材单一、内容有限、意境狭窄、只注重个人性情的流露，缺乏深厚广阔的社会内容等。

刘、胡二人除了是学习竟陵派的后继者之外，同时也是复社成员。实际上，竟陵派的后期领袖谭元春也是复社成员之一。竟陵派与复社，都是在末

---

① 徐世昌.晚晴簃诗汇 [M].北京：中华书局，2018：687.

世中沉浮的文学组织，身处相同的时代，其文人心态或多或少有相似之处。竟陵派诗歌中流露出的末世心境，注重内心抒情，这也是复社文人所追求的；而复社文人在创作中注重反映社会生活，流露出强烈的现实主义倾向，也对竟陵派文人后期的创作产生了一定的影响。

竟陵派在影响复社的同时，也受到了复社文人的影响。谭元春后期的诗作以及刘、胡二人的创作就是最好的证明。如刘友光所作的《寄旧令朱汉臣》：

> 迈勺泰时月，水芭碧于玉。中有焚鱼人，临轩涩双足。
> 兰芽宛中央，妙技能刻鹄。溯洄望蒹葭，凄怆乱心曲。
> 我有一亩宫，三径殊局促。君昔抱琴来，亲见山水渌。
> 桑麻藉轮蹄，箫管转华烛。桑扈托晨风，翱翔啄我粟。
> 塘壑何萧条，蚕盆亦不浴。丁男鬻已尽，寡妻犹岸狱。
> 安得旧雨来，击鼓洗桎梏。①

这首诗从第一句到"亲见山水渌"，都是在回忆往昔美好的田园生活。通过清丽活泼的田园环境描写渲染了欢快清雅的氛围；紧接着笔锋陡转，"桑麻藉轮蹄，箫管转华烛。桑扈托晨风，翱翔啄我粟"，现在早已物是人非，有恶鸟青雀啄食我的稻谷，田野一片萧条，眼前只见百姓家破人亡，妻离子散，陷入水深火热之中。什么时候才有一场雨，来洗刷这些冤屈呢？作者在这里批判了迫害农民的赋税制度，表达了对底层劳动人民的深切同情。这首诗也是当时明末社会的真实写照，具有强烈的现实主义倾向，这正是竟陵派诗歌所缺少的；也是刘友光之于竟陵派的进步与创新之处。

而在一众湖广文人皆诗染竟陵风气的情况下，有一个人不得不提，他就是杜濬。杜濬，原名诏先，字于皇，号茶村，黄冈人。②他是明朝遗民，明亡后避世不出。杜濬独以杜陵为师，诗学杜甫，诗多寓兴亡之感。

杜濬的代表作《关山月》："上有关山月，下有陇头水。月照行人不记年，

① 徐世昌.晚晴簃诗汇 [M].北京：中华书局，2018：642.
② 赵尔巽.清史稿 [M].北京：中华书局，1977：13859.

流水无情流不已。月凄清，水呜咽，非秦非汉肠断绝。"①这是一首边塞诗，描绘了征人戍边的景象。"关山月"和"陇头水"都是中国古代边塞诗里常用的意象；"陇头流水"还化用了唐代于濆《陇头水》中的诗句。杜濬通过"陇头流水"与"关山月色"结合的艺术审美手法，勾勒出一幅边塞征战苦寒图，将悲凉的历史感慨和人生喟叹融为一体，抒发了诗人对戍边战士的同情以及对战争的反思。

此外，杜濬的《晴》《闻子规》和组诗《焦山》等诗歌也大都是描写民族战争，抒发兴亡感叹的作品。他的诗作托物寄兴、吊古伤今，敢于正视现实，充满着伤时感事的思想感情，具有鲜明的遗民色彩和现实意义。

崇祯年间，竟陵派由盛转衰，逐渐走向衰败。湖广文人的言论表现出楚地士人强烈的地方意识，文学创作中现实主义的部分有所增加。

三、湖广文人对竟陵派的反思与批评

明代后期，文坛、诗坛给予了竟陵派很多肯定与推崇。随着晚明时局的进一步恶化，竟陵派幽深孤峭的创作风格不再适应广大士人的精神需要。实学思潮开始影响文人的创作，从而取代竟陵派成为明末诗坛的主流，甚至连竟陵派领袖谭元春也走向复社文人集团。到了清初，竟陵派的地位和声誉更是随着明朝的灭亡一落千丈。在这个过程中，竟陵派的形象与定位发生了变化，学界对竟陵派的态度也随着社会局势发生了转变：由一开始的追随者众多到文人学士有选择地学习；再到明末清初学者给予竟陵派激烈的贬抑批判、全盘抹杀；最后到清朝前期评论者的自觉反拨。人们对竟陵派的接受，历经了热捧追随到极度贬斥再到较客观公正的过程。

（一）激烈的批判

竟陵派后期陷入空疏闭塞的误区，不再适应当时文学和社会发展的需要，加上明末王朝倾覆，实学思想成为明末诗坛的主流。明清之际贬抑竟陵派的言论风行一时。

对竟陵派进行竭力批判不是湖广文人独有的。事实上，其他地域抨击竟

---

① 徐世昌.晚晴簃诗汇[M].北京：中华书局，2018：525.

陵派的人同样很多。这里面当然不乏一些对同处一个地域的竟陵派"爱之深，责之切"的湖广文人，亦有一些出于文学以外的原因而对竟陵派持否定态度的非湖广籍文人。

钱谦益便是后者，同时也是带动评论界对竟陵派极尽攻讦之事的始作俑者。他在《列朝诗集小传》中称："而寡陋无稽，错缪叠出，稍治古学者，咸能挟策以攻其短。《诗归》出，而钟、谭之底蕴毕露，沟浍之盈于是乎涸然无余地矣。"①数年之后，所撰《古今诗归》盛行于世，承学之士，家置一编，他指责钟、谭二人学问不厚，才疏学浅、惹人讥笑。他还批评竟陵派诗作为亡国之征兆，他说："余尝论近代之诗，抉摘洗削以凄声寒魄为致者，此鬼趣也；尖新割剥以噍音促节为能，此兵象也。鬼气幽，兵气杀，眚见于文章，而国运从之。以一二轻才寡学之士衡操斯文之柄，而征兆国家之盛衰，可胜叹悼哉！"②家国情怀可以理解，但把明朝灭亡的罪责全部归到竟陵派头上，未免过于偏激，有失公允。

他对竟陵派严苛而偏激的批评，奠定了清初学界批判和反对竟陵派的主旋律。在他之后，王夫之的声音也尤为激烈。作为湖广籍文人，王夫之早年文字曾受竟陵派濡染，但中年以后却对竟陵派深恶痛绝，对其极尽攻击之能事。他在《古诗评选》中说：

> 而竟陵唱之，文士之无形者相与敥之，诬上行私，以成亡国之音，而国遂亡矣。竟陵灭裂风雅，登进淫靡之罪，诚为戎首。而生心害政，则上结兽行之宣城，以毒清流；下传卖国之贵阳，以殄宗社。凡民罔不憝，非竟陵之归而谁归耶？③

他同样视竟陵派诗歌为亡国之音，将亡国罪名加之于竟陵派，指责其"灭裂风雅"。又说竟陵派是祸源根本，大肆诋毁竟陵派。而王夫之的言论在当时影响重大，加剧了贬抑竟陵派的风气，竟陵派一时间声名狼藉。

---

① 钱谦益.列朝诗集小传：下册 [M].上海：上海古籍出版社，2008：570-571.
② 钱谦益.列朝诗集小传：下册 [M].上海：上海古籍出版社，2008：571.
③ 王夫之.古诗评选 [M].上海：上海古籍出版社，2011：113.

王夫之曾自述承认自己早年深受竟陵派的影响。可是在对明代众多诗歌流派的批评中，他对竟陵派的批判却是最严苛的。王夫之为什么会这么做呢？一方面，王夫之要借批贬竟陵派以表达遗民情绪，抒发爱国情怀。王夫之一直主张诗歌必须为政治服务。作为遗民诗人、前朝臣子，面对明朝的灭亡，王夫之进行了深刻反思。他试图从诗里找到明朝灭亡的原因，所以便不可避免地把矛头指向了带有明显时代色彩的竟陵派；另一方面，是因为竟陵派虽然高举"性灵"的大旗，但实际上却导致了"空疏""幽深"的风气，许多文人只是一味地抒发个人性情，追求幽情孤行，最终导致了文学创作内蕴浅俗，雅正的诗学传统瓦解。因此，王夫之为匡正竟陵派学风，力挽大雅的诗学传统，其批评否定竟陵派就势在必行了。

除了王夫之，顾景星对竟陵派也持反对态度。顾景星，字赤方，号黄公，蕲州（今属湖北蕲春县蕲州镇）人，清代文学家。[1]他在评价以陈子龙为首的云间派时说："当启、祯间，诗教楚人为政，学者争效之，于是黝色纤响，横被宇内。云间诸子晚出，掉臂其间，以大樽为眉目，追沧溟之揭调，振竟陵之衰音。"[2]他提到天启、崇祯年间，竟陵派把持诗坛，当时整个诗坛文人的创作都被竟陵派所危害。他认为竟陵派之诗是"衰音"。直到云间派成员出现，他们力矫竟陵习气，荡涤了当时流行的萎靡浅露的诗歌风气，才使诗坛展现出新的面貌。从这段话中，我们可以看出顾景星对云间派是推崇的，对竟陵派则是不加掩饰地贬斥。

（二）客观中允的评价

康熙年间，部分文人对明清之际全盘否定、批评竟陵派的风气进行了反思，推动学界对竟陵派的评价回归到了客观理性的状态。他们认为竟陵派诗风虽然存在弊病，但并不是一无是处，仍有可取之处。或是为了争夺在诗坛和文坛的地位，或是为了推行自身的诗歌理念，又或是出于沽名钓誉的需要，漠视客观事实而一味攻讦贬抑竟陵派的行为是不妥当的。

与激烈的批判一样，对贬抑竟陵派拨乱反正给予客观的评价的不止是湖

---

① 徐世昌.晚晴簃诗汇 [M].北京：中华书局，2018：1754.

② 顾景星.白茅堂集 [M].济南：齐鲁书社，1997：667.

广文人，还有许多其他地域的文人，如江苏丹阳的贺裳、江苏吴江的朱鹤龄等。相较于前人，这部分文人的评价更加全面理性，如：

> 钟氏《诗归》失不掩得，得亦不掩失。得者如五丁开蜀道，失者则钟鼓之享鹪鹩。（贺裳《载酒园诗话》）①

> 自万历之季，海内尸祝钟谭，人挟《诗归》一笑，其教以幽深孤峭为宗，直取性灵，不使故实。一时附和之者往往入于僻涩无理，以俚率为清真，以晦蒙为奥异，诚如说者所讥。然则幽深孤峭，唐人名家多有此体。譬诸屠门大嚼后，啜蒙顶紫茁一瓷，无不神清气涤。此种风味，亦何可少？今人以《诗归》流弊，群然集矢于竟陵，而并废唐人之幽深孤峭。于是伪王李之余波宿烬复出而乘权于世，岂非持论者矫枉而失其平之过耶？（朱鹤龄《竹笑轩诗集序》）②

他们认为竟陵派在发展过程中确实存在一些问题，这是不可否认的。但有些问题并不是竟陵派崛起以后才有的，要辩证地看待竟陵派的优点与缺陷，不能矫枉过正。

湖广文人王岱在审视竟陵派的时候也提出了自己的见解。王岱，字山长，号了庵，清初湖南湘潭人。③他与顾炎武、王士祯、施闰章等人交好，这些人对竟陵派的批评也是比较公正的。其《答友辩诗》说："王李之弊如庙中木偶全无生□，公安因以趣救之，然牛鬼蛇神打油钉铰出焉；竟陵又以高洁简贵救之，其声愈下矣。虽然救弊终是攻人，攻人莫若自攻，盖性情不朽之物，随时变通，惟识自己真性情，然后历古今之变，而料酌损益之，以成一家言。"④在这些话里，王岱分析了公安竟陵两派产生之因及其弊端，他并不赞同对一味攻击贬抑竟陵派。王岱看到了竟陵派被抨击的客观原因，这里面伴随着自觉的拨乱反正意识，提出补救措施，这也是竟陵派在康熙年间的评

① 郭绍虞．清诗话续编 [M]．上海：上海古籍出版社，1983：270.

② 朱鹤龄．愚庵小集 [M]．上海：华东师范大学出版社，2010：186.

③ 罗正钧．船山诗友记 [M]．湖南：岳麓书社，2010：170.

④ 王岱．北京图书馆古籍珍本丛刊第112册（集部·清别集类）：了庵文集 [M]．北京：书目文献出版社，1999：803.

价渐趋公允的原因之一。而且王岱由诗派兴衰联系到了楚地诗风的改变，并以此为己任，其《楚诗汇序》言："吾楚之诗屡变，无所依附于天下，而天下风曾常依附之，以致于坏楚。即如竟陵今日之流敝，是救楚以救天下者，必仍吾楚人焉。"①

　　竟陵派的文学理论与晚明时代特征相吻合，带有鲜明的时代色彩，影响了明清之际一大批文人的创作。特别是与其领袖钟惺、谭元春同地域的湖广文人，受其影响最大。湖广涌现了一大批竟陵派的追随者，他们继承了竟陵派幽深孤峭的诗风和求奇求新的审美倾向。之后明王朝风雨飘摇，一部分湖广文人创作风格发生了改变；他们对竟陵派的语言风格和创作倾向进行了推进和创新。明末清初，学界对竟陵派的评价发生了翻天覆地的改变。学界兴起了贬抑竟陵派的风气，王夫之竭力批判竟陵派，言语有失公允。直到康熙年间，评论者对竟陵派的评价才转向客观理性。总的来说，通过研究明末清初湖广文人对竟陵派的接受变化，有助于我们更好地认识、了解明末清初湖广地域的文学动态。

---

① 王岱 . 北京图书馆古籍珍本丛刊第 112 册（集部·清别集类）：了庵文集 [M]. 北京：书目文献出版社，1999：653.

第四章
仕宦事件与湖湘文学

第一节 遗民诗人的文学创作——以车以遵、车鼎黄为例

湖湘文化源远流长，博大精深，具有浓厚的地域色彩，是中华文化宝库中极为重要的一部分。湖湘地域广阔，各地区文人作品呈现出异彩纷呈的内容，也在一定程度上展现了不同地区的文化特色。任何文化现象的出现，都可以从一些当时的代表人物身上，读出它出现的原因以及背后所暗含的社会状况。围绕着湘江、洞庭湖的文化繁荣地带，当今学者做了很多的研究。而湖湘地区的一些相对较小的文化板块，相较于那些高山大川、雄都名邑，远未受到应有的重视。邵阳就是其中一例，作为湖湘文学版图中的一员，值得挖掘研究，以见湖湘文学的广博厚重。邵阳车氏在明清两代，文人迭出，是邵阳文学风气繁荣的一个缩影。明清交替之际，由出仕转向退隐的过程中，车氏家族中的车以尊、车鼎黄，以及在"曾静投书案"中受牵连被捕的车鼎丰、车鼎贲等，其作品内容相对丰富，特色亦更为突出。

一、邵阳车氏家族

车氏家族为邵阳望族，自明初粤西迁居以来，代有名人。车大任之吏治，车万育之忠直，车鼎黄之高节，炳耀寰区。文章品行上，车氏在当时也是非常著名的。车鼎晋在福建视学之时，推崇正统之学，罢黜异端之学，毁淫祠，升祀勉斋、北溪于两庑，以朱子之教，倡朱子之乡。车氏在学术品行上的这份坚持是难能可贵的，对当时以及后世的影响也是十分深远的。车氏在明清革鼎之际，门下才子之盛，几乎能与眉山苏氏相媲美，而车氏的后代子孙更是青出于蓝而胜于蓝。车氏在明朝世代为官，且在其位用心谋其政。明朝离乱之后，车氏渐渐远离政治舞台。

说到车氏，不得不提的便是雍正五年（1727），重大的"曾静投书案"中受牵连而被捕的车鼎丰、车鼎贲兄弟。"曾静投书案"发生之时，随其父亲车万育住在江苏金陵的车氏昆仲，因刊有《吕氏评语》受到牵连被捕入

狱。鼎丰、鼎贲在入狱五年，著述不缀。车鼎丰著有《语类哀圣录》，车鼎
贲则著有《惜宝录》。雍正十一年（1733）十一月二十六日，双双被杀害。
自车鼎丰、车鼎贲因文字狱而遇害后，车氏历代著述六七十种或被焚烧、或
毁版，或深藏不露，或仅余残篇。

车氏家族在时间上跨度广大，每个时期都有代表人物。明朝的众车之祖
车大任，明清两朝交替之际的车鼎黄，"曾静投书案"中受牵连被捕的车鼎
丰、车鼎贲等。在他们的作品中，往往充溢着丰富的内容与思想，特别是历
经了朝代变更的作品，其特色更为突出。关于车氏一门的著述，以刘达武所
辑《邵阳车氏一家集》收录最为全面。据统计，其包括车氏的十三部集子，
共四十五卷：

车大任著《参政集》，并附有其子车以达诗三首，孙车万合诗二首。

车以遵著《逸民集》，并附有其子车万含诗二首、文一篇，子车万启诗
十一首。

车泌书著《教授集》，并附有其子车万备诗五首，子车万有诗二十三首，
子车万藻诗二首，孙车鼎立诗文各一首，孙车鼎诠诗六首，孙车鼎篆诗五
首，曾孙车闲诗文各一首。

车万育著《都谏集》，并附有其女车梦馀诗一首、绝笔辞二则。

车万期著《饮宾集》。

车鼎黄著《隐君集》。

车鼎晋著《督学集》，并附有其子车敏来诗一首。

车鼎丰著《双亭集》，并附有其弟车鼎贲诗七首、文六篇。

车无咎著《贡士集》。

车照著《孝廉集》，并附有其子车钟衡诗一首，子车飞诗四首、文一篇。

车元昺著《广文集》，并附有其子车毓春诗三首、文三篇，孙车进诗
一首。

车望湖、车寅庆合著《双秀集》，并附有车柄离、车新寅断句。

车玉襄著《别驾集》，并附有其子车赓诗二十七首。①

　　总体来看，车氏家集在时间上跨越了明清两朝至民国二十二年（1933），内容上涉足广泛，数量上也是庞大的。南社成员卜世藩在为《邵阳车氏一家集》所作序中云："明清之际，邵阳车氏，自参政至别驾，凡七世，以诗文名者若干人，集都若干卷。癸酉之岁刘子粹叔编之，颜之曰《车氏一家集》。浩矣，博矣！古未有也。"②对邵阳车氏的文学成就给予了很高的评价。这些作家作品在不同的历史时期中也体现了车氏家族的家族变迁史。从其族人的思想变化，也可以读出社会的另一面。

　　本节所论的车以遵、车鼎黄，均为车氏家族在明清之际的代表人物。明末清初，面对四分五裂的政治环境，有人顺应潮流，奋起反抗；有人屈于压力，做了新朝官员。但是在这样一个艰难的岁月里，更有一批节烈之士用自己的行为来完节明志，他们或是为大明殉身，牺牲在抗清前线；或是明亡后始终怀念故国，坚拒新朝，用不屈的意志来守护高洁的人格。如张煌言、陈子龙、杨文骢等，他们被执不屈，大义赴死，其人格道德足以让后世敬仰；又如顾炎武、黄宗羲、王夫之等，他们用血泪写成的诗篇，或悲思故国，或讴歌贞烈，或谴责清兵，或表白气节。感情真挚，体验深切，用诗文来反映易代之际文人志士的社会心理。明代遗民是一个队伍庞大、实力雄厚的群体，他们的诗作是元明两代的徘徊沉寂后出现的中国古典诗歌的又一次旋律激昂的强音。明末清初遗民诗人的存在，造就了清初诗坛悲壮强劲的先声，引领整个清朝的诗歌走出了一条与前代不同的道路。无论是诗歌的思想内容，还是艺术精神，都远远超出了前朝各代。遗民诗人在那个特殊的年代，以独特的审美眼光和人格气节，创作出了大量优秀的诗文。易代之际，为国殉义的大明豪杰，江浙皖赣、湘桂闽粤之士占多数。在江浙，以徐石麒等为代表；闽粤地区则出现陈邦彦、陈子壮等士子；湘桂则以王夫之等人为代表。

---

①车大任，车以遵，车万育，等.邵阳车氏一家集[M].易孟醇，校点.长沙：岳麓书社，2008：1-2.

②卜世藩.邵阳车氏一家集·卜序[M].长沙：岳麓书社，2008：卷首5.

车以遵，字孝则，号劬园。晚年自号禅隐老人，又号痴禅。参政大任之子，湖南邵陵（今邵阳）人。明崇祯年间，两被荐举，均未赴召；入清，屡经荐举，亦不应。因此，车以遵终身为布衣，隐居山野。著有《声香阁草》《高霞堂诗文集》《镜花阁填词》《贝叶记》《邵乘胪句》等。入清后，自视为逸民，有隐逸、遗民之意，故改诗文集为《车逸民集》。车以遵生于文学世家，父亲车大任诚朴好学，因在宝庆（今邵阳）做官，乐其风土，于是定居于此。车以遵从小耳濡目染，弱冠即有诗名。陶汝鼐谓以遵"才大不遇，而行无纤瑕"，又谓"读以遵诗，不复知有竟陵。"①此外，车以遵和王嗣翰、王嗣乾、刘应祁结社古桃花园，以文会友，联络同道。车以遵常年避世于邵陵山野，隐居于高霞观，又交友广泛，因此他以山水田园诗、酬赠诗、禅理诗为主，又兼以咏怀。明亡后，他一直隐居躬耕，拒不出仕，在避世期间创作了大量优秀诗文。由于清代文字狱的兴起，很多诗文惨遭失毁，今存不多。车以遵的诗歌创作具有很强的艺术功力，并颇具个人特色，他是一位文学修养和佛学修养兼具的遗民诗人。目前为止，关于车以遵诗作的探讨并不是很多，笔者现以车以遵的《车逸民集》为研究文本，以此来探究车以遵诗中的人生理想和文学思想。

车鼎黄，字理中，号匪莪，晚号乳舁道者。出身湖湘名门望族——车氏，湖南邵阳人。车鼎黄的祖上都是高官显达，曾祖父车大任，为明万历八年（1580）进士，官至福建布政使司左参议（布政使属官）。父亲车万合，也是天启辛酉时期湖广乡试第一。车大任和车万合都满腹才华，但天妒英才，早早离世。崇祯十五年（1642），车鼎黄副榜充贡，但未赴廷试，国变后高隐不出。著有《还雅堂诗集》四卷、《邵陵风雅集》十卷，后人辑其遗稿为《隐君集》。

车鼎黄少负异才，博闻强识。自丧乱以来，凡是有关故家旧族以及遗文逸事，都广泛搜罗，整理成辑，并对这些旧文故事能娓娓道来，郡中推举他为"掌故"。当时主事之人看重他的名望，多次郑重地聘请他来修辑《湖广通志》，但他敬谢不敏，皆辞不就。车鼎黄作为名家子，在明朝乱离之后，

---

① 车大任，车以遵，车万育，等.邵阳车氏一家集 [M].易孟醇，校点.长沙：岳麓书社，2008：188.

以一身肩文献之重，甘愿过着像陶潜隐逸后的贫贱生活，而无悔吝。故金堡赠以句云："由他新贵鳞鳞甚，名世文章总壮观。"[①]陈公禄云："人称文献堪征信，身历沧桑祇故常。"[②]王嗣翰云："笑人徒欲杀，君可慰生平。"[③]而他诗落笔幽隽，蕴藉自如，没有任何狂楚怨悱的毛病。黄当湖在《还雅堂诗集·序》中称他："缔忠孝之至情，写方外之高想，其幽隽者，王摩诘侫佛之效，而绛云在霄，舒卷自如者，陶靖节亦未能独擅其美。"[④]遗憾的是，鼎黄所遗诗文，今仅存五十余首。

二、车以遵诗歌艺术探析

（一）遭逢国变，浩歌远引

孟子有言："天下有道，以道殉身；天下无道，以身殉道。"[⑤]"天下无道"是车以遵面临的实际情况，避世便成了他保全自我和追求道德的途径。避世是其出于现实的考虑，为避免与新朝的牵扯，隐居山野成为最为有效的方法。隐居并不是苟且偷生，而是对个人品节的完美追求。车以遵政治立场坚定，数次荐举均拒，可以看出他的忠贞与清高。车以遵追求的是纯粹无暇的道德人格，这种追求还表现在他甘于寂寞、甘于贫苦。这可能与传统文化中把苦难当作道德砥砺的思想有关。从车以遵很多诗作中都可以看出他的贫苦，如《夏畦》（其一）：

> 北窗自不卧，早起视南亩。秀实恐无成，残禾正拾取。
> 草心不为人，禾命托于雨。雨不思我禾，又不思我圃。
> 以此无一事，我生何弗苦。邻言岂独贫，贫者十之五。

① 车大任，车以遵，车万育，等.邵阳车氏一家集 [M].易孟醇，校点.长沙：岳麓书社，2008：188.

② 黄当湖.车隐君集：卷一 [M].长沙：岳麓书社，2008：503.

③ 车大任，车以遵，车万育，等.邵阳车氏一家集 [M].易孟醇，校点.长沙：岳麓书社，2008：503.

④ 黄当湖.车隐君集：卷一 [M].长沙：岳麓书社，2008：503.

⑤ 朱熹.孟子集注 [M].杭州：西泠印社出版社，2008：109.

富者得意时，贫者在旁数。仓箱岂不高，翻为争夺府。
我与翁虽饥，饥亦天所与。努力听天命，式慎尔谈吐。①

以上是车以遵隐居田园从事劳作的亲身体验。早视南亩，关心禾苗，实景实情生动逼真。在农耕生活的描写背后，也可以看出车以遵隐居生活的贫困。可是他没有抱怨，相反，他乐于这种生活。他的这种精神无论何时都是值得后人学习的。

避世的另一个意义便是提供相对安宁的生活环境。车以遵居住在高霞观长达四十余年，远离人群，远离尘嚣。道观一向清净，在这里，诗人可以排除杂念，通过隔断世俗来自我净化，也可以通过观察自然来忘却亡国之痛。如《采莲曲》：

采莲塘上风，莲花含睇笑。素腕出娇羞，不惜临波照。
婀娜意不然，心为阿谁妍。歌采莲，莲叶何田田。
莫教持履欲飞去，仙乎仙乎绝可怜。
吴侬摇首胡然天，罗敷自倚使君顾，未及目成嗔路边。②

这首诗是诗人为数不多的意境清新幽美，富有诗情画意的诗作。诗人通过描写采莲女的神态、动作，表达了自己恬淡自适、悠然自得的心情。诗人以自然之美来表现其人格美，不仅吸收了佛家涤除凡事来达到心灵平静的理念，还通过寄情山水来忘却亡国之恨。

此外，隐居生活也抚慰了车以遵的情感。他认为只要坚守自己的节操，就算在穷困的生活中也能得到满足。通读《车逸民集》可以发现，车以遵多次提到陶渊明，诗集也有许多"饮酒""村居"之作。诗人从陶渊明身上发现了许多人格的闪光点，对陶渊明虽隐居而不忘故国、不臣服新朝的人格特征大加弘扬。如诗《日复一日行》中："悠然见南山，我梦与同趣"，可以

---

① 车大任，车以遵，车万育，等．邵阳车氏一家集 [M]．易孟醇，校点．长沙：岳麓书社，2008：211．
② 车大任，车以遵，车方育，等．邵阳车氏一家集 [M]．易孟醇，校点．长沙：岳麓书社，2008：200．

看出陶渊明自适于乱亡之世的生活方式和人生态度都为车以遵所向往。隐居在邵陵山水间，和自然的亲近，常常使车以遵进行情感抒发，如《看僧种花木》：

> 经济山林有别材，林疏路绕是新栽。
> 劝僧莫卷双荷叶，为听数声黄鸟来。①

看到自然的生机，诗人的心灵获得了暂时的宁静与愉悦。这种心情对饱经忧患的车以遵来说，虽然短暂，却非常重要。因为人的一生，除了对纯粹精神的追求以外，还需要有幸福的体验。暂时的舒缓能减轻人生的重负，如果沉醉其中，就是消极避世，车以遵非常明白这一点。他跟陶渊明追求的意义并不一样，因而在他的诗中时常能感到沉重、抑郁、悲凉之情，这也可能跟他的心态有关。相对于为国殉身的节烈之士，车以遵不免有"苟且偷生"的道德负疚感。在《康济庙前路》里，诗人叹"潭水碧无际，巉岩树影森。鸟虫声不复，古路自伤心"②，无论眼前山水多好、景色多美，诗人只觉伤心。"山水依旧在，鸟虫声不复"，意旨隐晦。明清易代，纵使隐逸，诗人落寞自伤的情绪还是无法排解。这是车以遵人生理想矛盾之所在，也是其高尚之所在。

车以遵虽不愿做官，但是他却热心公益事业。崇祯十六年（1643），应太守陶紫阆之邀；康熙初年应县令杨次羲之请，两度主编《邵阳县志》。明朝灭亡以后，很多遗民诗人都将故国之思寄托于史书的编撰，车以遵也不例外，他记录了明末清初为国殉身的英烈豪杰，如《挽刘默庵先在次田素施韵》。纪念故国英烈一般为新朝所忌讳，车以遵冒着风险记录了刘默庵、李振珏等人的事迹，为了尽保豪杰事迹之责。更重要的是，车以遵认为这是关系文化价值观存亡的大事。这些诗作记录了在时代变迁下的个人命运以及他们所表现出的精神，也体现了车以遵对原有文化的自我阐释与保护。

---

① 车大任，车以遵，车方育，等.邵阳车氏一家集 [M].易孟醇，校点.长沙：岳麓书社，2008：303.

② 车大任，车以遵，车方育，等.邵阳车氏一家集 [M].易孟醇，校点.长沙：岳麓书社，2008：297.

清初时期，相当一部分人迫于各种压力，出仕新朝，可车以遵始终坚持自己的人生信念。那么，是什么原因使得车以遵并未在强权下低头呢？因为车以遵有明确的自我意识，他非常清楚自己的真实需求，以出仕为辱；始终追求贞洁如兰的人格，拒绝与新朝合作，努力保持自己清白的名声。其明确的自我意识使得其有强烈的自尊。他宁可过着清苦贫困的生活，也无法违背自己的良心去服务新朝，更何况他身边的亲朋好友大多是情志高洁的故国遗民，如唐袖石、车理中等。因而车以遵能从种种世俗中解脱出来，独立于流俗。车以遵虽隐居邵陵，却因自我封闭而显得郁郁寡欢，可他以一种坚韧的方式体现了其强大的内在精神，其诗《十八日雪》：

> 江天弥浩荡，一雪倍当思。与佛无言处，如人既老时。
> 诛茅居未就，谋食望安之。独可闭门卧，吾衰必有为。①

首联充满感慨，思念故国，但是也只能对雪空叹；尾联"吾衰必有为"，体现的是诗人的一种安静的执着。无论世事如何变化，诗人依然坚持自我，不为外界所动。不离弃现实，却超越世俗，这是车以遵人格力量最为强大的表现。

面对明清鼎革，车以遵只能从山水田园中追求心灵的宁静与和谐。明亡后，清政府采取各种手段，强迫文人士子出仕，使他们的灵魂经受了前所未有的拷问。车以遵正是在这种复杂的政治环境中，完善自我人格，坚守道德节操，以这种方式诠释了其高洁的人格魅力。

（二）寄情山水、禅悦自省

1. 山水田园诗

车以遵的山水田园诗描写了山野生活的简朴，表达了诗人隐居时的心态。或游玩，或登高，或读书，或田间劳作，或与朋友谈心，部分诗作描写了诗人在高霞观中的生活起居。双清亭景色优美、远山近水、清风明月，文

---

① 车大任，车以遵，车方育，等. 邵阳车氏一家集 [M]. 易孟醇，校点. 长沙：岳麓书社，2008：231.

人墨客喜聚于此。车以遵在《逸民集》中就有八首诗歌提及此地，但是诗人在游玩此地时，在不同时期亦有不同心境，如《双清亭》：

> 秋日旷何期，秋水宕如涤。以我欲游心，耆年转幽激。
> 登临不厌高，亦量力与敌。奇石砥奔流，日与空明去。
> 草草几亭台，理事关休戚。去之三十年，避喧乃得寂。
> 当时箫鼓音，红妆凭槛觌。数见靡不鲜，情境各取适。
> 客星照江干，人似从大历。纵观九疑眼，俯视独周历。
> 意欲起山川，丹铅为九锡。是日蔬茗闲，微言亦可摘。
> 未夕散孤丹，绵邈声如滴。馀霞沾人衣，山郭明似的。
> 带此潺湲音，悠然在帷壁。①

诗人描述了双清亭的山高石奇。写景清奇瑰丽，山、水、落日、余晖浑然一体，给人一种空旷高远的感觉。诗人心境平和，显示出隐逸生活的安乐与自适。但是在《次许子和颜孝叙双清亭韵》中：

> 千尺澄澜几曲亭，最高云树合成青。不愁桑海翻为陆，何必沧浪自可听。
> 岸火照鲦舟点点，天风吹老鬓星星。双凫着去谁临眺，若问琴声更窈冥。②

表现的是一种雄浑、悲壮、孤独之感，抒发了作者山河依旧、物是人非的悲凉之情。诗中"双凫着去谁临眺，若问琴声更窈冥"表达了作者的故国之思和亡国之恨。

车以遵的田园诗着重描写了躬耕的生活体验，也反映了自己的穷困和农

---

① 车大任，车以遵，车方育，等.邵阳车氏一家集 [M].易孟醇，校点.长沙：岳麓书社，2008：215.

② 车大任，车以遵，车方育，等.邵阳车氏一家集 [M].易孟醇，校点.长沙：岳麓书社，2008：271-272.

民的疾苦，如《桃花洞》："桃花旧有三千树，乱后迥无一叶存。"① 通过这首诗可以看到在战乱和灾害中农村的面貌。车以遵是明清易代的经历者，因此他和生活在社会底层的普通百姓一样，对民间苦难有着深刻的了解。他有许多诗真实细致地反映了明末清初的社会现实，对车以遵来说，他不承认满清政权，也就没必要去考虑当权者的心理接受能力，因而他的记录就更为真实、尖锐。

2.酬赠抒怀诗

生活在社会中，或多或少要与人交往，因此车以遵诗作的主要题材——酬赠诗应运而生。那为什么他会有这么多的酬赠诗呢？这是因为他与朋友之间的相互交往，能加强其自我认同，酬赠吟咏能释放压抑之感。避世独居的遗民很容易堆积愁闷，因此渴望寻求志同道合之人，同时从互相往来的赠答酬唱诗中寻找精神安慰和支持。易代之际，选择以遗民作为生存方式的文人，都不可避免地产生了巨大的孤独感和失落感，这种感受会使个人的生存分外艰难，因此意识到同类存在是特别幸运的。由此，车以遵的诗中有很多是写给亲朋好友的，从他的酬赠诗中可以看出他对友人的敦厚，对亲人的爱戴。酬赠是古已有之的传统题材，如嵇康的《赠秀才入军》展示了洒脱的情趣；刘祯的《赠从弟》表现了高洁的品格。车以遵的酬赠诗有他自己的特点：以其真挚的感情、朴实的语言、隽永的意味，来表现他跟亲朋好友的深厚关系。但不管是表现亲情还是友情，诗人都不忘抒发在易代之际的独特感受。如《赠李子将》：

过眼莺花不数春，独吟江岸总无邻。若非玄晏无能序，自是青莲有后身。

久客已忘江上老，思君欲作画中人。何须芳草迷前路，自觉椒兰气逼真。②

---

① 车大任，车以遵，车方育，等.邵阳车氏一家集 [M].易孟醇，校点.长沙：岳麓书社，2008：277.

② 车大任，车以遵，车方育，等.邵阳车氏一家集 [M].易孟醇，校点.长沙：岳麓书社，2008：283.

这是一首赠答诗，以"我"和"君"的关系展开。首联写诗人的形单影只，可见二人的交情；颔联出现的"玄冥""青莲"都是宗教之物，可见二人情志相通；颈联表达对友人的思念之情。前三联虽然都是以对方为中心，但尾联的"自"，表明诗人内心的真正想法。实际上，诗人对友人的勉励就是对自己的鼓励，对友人的赞扬就是车以遵内心的自我期许，赠答的过程其实就是车以遵自我意识表达的过程。如《寄威溪章辰、梦白》：

阮啸嵇琴可共陈，而今肝胆第求真。同为逸老偏怜我，未读新诗亦卖人。

当日著鞭都悔晚，衰年饮酒即思醇。白香湖满花盈岸，二仲逍遥又一春。①

章辰和梦白都是明末遗老，晚年偕隐威溪。从诗中可以看出，诗人和章辰、梦白志同道合。首联以阮嵇之情来形容他和朋友的关系；颔联写出隐逸生活的贫困，颈联追忆当年、感怀伤逝。但是诗人并没有因此消沉；在尾联勉励朋友，同时也是勉励自己要守志保节，可见情志之相通、友情之深厚。

3. 禅意诗

诗乃艺术，禅乃宗教。在车以遵的笔下，诗禅相溶，所以他的禅意诗又别具特色。车以遵是一个悟性极高，在诗中参透禅理的诗人。他在诗歌创作过程中十分注重禅悟与灵感，融进其对人生的感悟、对佛理的思考，让其佛性禅意在境界幽深的诗文中折射出来。车以遵一生与梅为友、和雪作伴，在白雪红梅中坚守自己的节操，如《雪夜闻雁声》：

雁自不知夜，翩然遗数声。一年分去住，几字忽纵横。

---

① 车大任，车以遵，车方育，等. 邵阳车氏一家集 [M]. 易孟醇，校点. 长沙：岳麓书社，2008：261.

得照无岐感，虽寒比月明。犹将馀爪认，落处莫纷更。①

疏影斜月、夜雪飘飞、万物静寂，唯有雁自南飞。从诗的字里行间中，我们可以看出诗人内心世界的凄苦悲凉。这是一种发泄，是一种抒怀。车以遵身经国变，困难重重的人生经验使得他对人生有着深刻的理解，又加上他平时喜欢与僧人交往，所以日常生活一些平常景致活动都可能突然触发车以遵某种佛家思考与领悟，如《坐看》：

舟楫趋前向远峰，一僧却起忽鸣钟。
归心不似江流急，坐看沙汀月几重。②

诗人游船于江中，突悟禅理。文人体悟禅道，往往以水月为意象。在这首诗中，诗人内心静止，坐看月夜，韵味绵长，心境超脱。这种幽情冥思，源自于诗人淡泊悠远的隐逸心态与无欲无求的禅学修养。

4. 咏怀诗

咏史和咏怀有很多相似之处，两者都是为了抒怀。明清换代，文人志士难免会产生落寞自伤的情绪。车以遵也不例外，尤其是以"初度""元日"等为题的诗文表现得更加明显。诗人对时光易逝的感叹也尽在诗作中，如《初度在庵，余年六十八矣》，感慨人生苦短，追忆昔年，带来的是痛苦；回到现实，在一番自省之后，得出的是生命悄然流逝，理想未能实现的人生悲哀。这也可以说是车以遵自我价值在现实人生中不能实现所产生的低沉与伤感，而这种低沉与伤感是诗人自己无法排遣的。车以遵的咏怀诗多写秋景和雪景，秋景诗多借其凋零来寄托亡国之人的哀怨凄楚，如《七夕分咏》：

秋光如小叶，野色自相沾。秃树危栖鹊，深潭薄写蟾。

---

① 车大任，车以遵，车方育，等.邵阳车氏一家集 [M].易孟醇，校点.长沙：岳麓书社，2008：232.
② 车大任，车以遵，车方育，等.邵阳车氏一家集 [M].易孟醇，校点.长沙：岳麓书社，2008：303.

云扶将老石，风落欲欹檐。今夕云何夕，天河人卷帘。①

　　绿叶离根失所，只剩秃树，芳华不再，这正是车以遵的心态写照。自然界的凋零败落激起诗人的悲怆之情，从而发出"今夕云何夕"之感，"秃树""深潭""风落"对车以遵来说，象征着生命无所归依的伤感。雪景让人很自然地就会想到梅花。车以遵一生与梅为友、和雪作伴，在白雪红梅中坚守自己的节操。以《梅庄十咏》为例：

同条各荣瘁，老梅不我欺。已谢成花日，兹乃结实时。叶垂敷中外，青阴森满枝。有何荣瘁分，而不重本枝。食梅如食蔗，看尔正累累。②

　　此诗虽咏梅，但是梅花并不是诗人关注的重点，而是作者移情的寄托。"枯"暗示故明，"荣"则指代满清，梅花象征车以遵守志不改的道德追求。与其说是描写梅花，不如说是诗人心境的象征。
　　从诗歌内容来看，车以遵并没有过多台阁气十足的诗歌，而是倾向于田园山水、禅理自省、朋友酬唱等题材。这不仅因为他是布衣诗人，更因为他是一位遗民诗人，通过一山一水、一草一木，朋友唱和去吊古伤怀、表节明志。

（三）沉郁孤高、风格多变

　　在意象选择上，车以遵倾向于象征道德操守、洁净情怀或失落处境的意象。在《逸民集》中，我们常可以看到以下几类意象：一是表现诗人精神信念的，如梅花、野鹤等。象征诗人高洁不屈、清雅自适的气节。《逸民集》就有六首运用了"梅花"意象，如《春照堂红梅》《梅庄十咏》《雪赋八首》等。"梅花"与"野鹤"等意象，与佛教也有很大的关联。梅花是纯洁清正的象征，野鹤是性情高雅的象征，文人雅士把梅花、野鹤等视为洁净的化

_____

① 车大任，车以遵，车方育，等.邵阳车氏一家集 [M].易孟醇，校点.长沙：岳麓书社，2008：303.
② 车大任，车以遵，车方育，等.邵阳车氏一家集 [M].易孟醇，校点.长沙：岳麓书社，2008：238.

身。这些意象清澄优雅，与佛性相通，而与世俗相违。诗人运用梅花等意象不是要宣泄感情，而是想要经受洗礼，使心灵得到净化。此外也经常用到庵观、渔樵等意象，表达诗人洁身自好、隐居避世的志向。车以遵大量的诗篇都提到了庵观，如《庵早》《庵雪》等。写庵中的生活及其周围环境，就是希望心灵能够安定，涤除世间烦扰，过一种平静自适、淡泊名利的生活，这种生活态度与禅学所追求的无欲无求是相通的。二是表现诗人人生困境的，如孤雁、江湖、流水、落叶、白发等。多表达其岁月蹉跎、易代换朝的惆怅失落之感。如《雪雁闻雁声》："雁自不知夜，翩然遗数声"，《白铭石先倡别诗，属和四首》："秋声既已近，鸿雁亦已翔"等。"雁"在中国传统文化中有思乡之意。在车以遵的诗文中，其意旨隐晦，暗显怀念故国，呈现出悲凉凄婉之意。

自我表达方式方面，车以遵的自我表达是其诗歌最重要的主题。自我表达的方式又可分为两个方面：第一个是偏重于"情"，围绕"国变主题"感慨悲叹。"诗主性情"一直是我国诗学批评的古老传统。从先秦的"诗言志"到公安派的"性灵说"，都是强调诗人情感在诗文创作中的重要作用。作为明代遗民，车以遵无力改变残酷的现实，只能竭力维护自己的清白，以孤傲的姿态存活于人世。但是易代的创伤，使车以遵常常处在压抑的情绪之中，这种心灵的自我封闭也体现在他的诗文中，就是偏好幽独之境，如《夜寒》：

未了三秋日，同言今夜寒。僧看残竹影，萤照旧衣单。
村近便归梦，家饥报减餐。无人知岁暮，霜鬓倚江干。①

让本来凄清的秋夜经过僧看残烛后更显悲凉、苦寒，更觉刺骨寒意，形成一种孤峭之感，这与竟陵派有异曲同工之妙。但是与竟陵派不一样的是，他并没有刻意表现异乎寻常的自怜自伤。诗文中体现的还是孤傲落寞，并没有厌弃世事。虽然车以遵内心无欲无求，但是很容易由一些常见的事物联想到故国灭亡，进而在情感上激起巨大的波澜，如《山夜忧》：

---

① 车大任，车以遵，车方育，等.邵阳车氏一家集[M].易孟醇，校点.长沙：岳麓书社，2008：231.

山夜忧，忧何名。不可知，心无平。水鸟嗷山君行。鬼啾啾，来试听。
衣恻恻，霜华声。谁为之，古今心。忆君昔，伤我今。昔为花，今为萍。
萍浮浮，因复流。春既竭，秋以道。昼疑夜，谁为谋。①

诗人怀念故国，感怀伤逝，其悲思故国之情令人动容。第二个是偏重于
"志"，围绕"守志"这一中心，以中国传统道德规范和伦理标准为基础，不
仕二朝。诗人在眷怀故国时，常常表达自己于国亡家破的悲愤处境中的不屈
志节，其品质主要表现为坚贞、刚健、独立。在车以遵的诗中经常表现这方
面的情志，或慷慨昂扬，或悲壮凄凉。总的说来，车以遵诗中所体现的思想，
是他从忧患困境中总结出来的，给人一种强烈的尊严感。

车以遵诗作的风格变化无穷，陶汝鼐序云："故其为诗，时而秀月白琼，
时而崩云涌雪，时而极玄遥之想……"② 由此可见，车以遵的诗作风格迥异。
或空寂悠远，或绵绵不尽，或振衣长啸，或沉雄有力。具体说来，车以遵诗
作有以下特点：

秀丽温婉与质实坚苍兼具。作为一名湖湘诗人，车以遵深受湘楚文化的
陶冶和熏陶，故而他的诗作常常彰显湖湘独有的神韵和风格，如《周伯孔帆
园》中的"江岸随流水，湘花载笑声"③，《怀益阳罗直夫》中的"益水虽无闻，
资水亦净嘉"④等。如果说上引各诗优雅清秀、清新明丽地描述了湖湘风光的
话，那么《白铭石倡别诗》中"至今零陵陬，潇水落人泪"⑤和《江上歌声》

---

① 车大任，车以遵，车方育，等 . 邵阳车氏一家集 [M]. 易孟醇，校点 . 长沙：岳麓书社，
2008：200.

② 车大任，车以遵，车方育，等 . 邵阳车氏一家集 [M]. 易孟醇，校点 . 长沙：岳麓书社，
2008：189.

③ 车大任，车以遵，车万育，等 . 邵阳车氏一家集 [M]. 易孟醇，校点 . 长沙：岳麓书社，
2008：234.

④ 车大任，车以遵，车方育，等 . 邵阳车氏一家集 [M]. 易孟醇，校点 . 长沙：岳麓书社，
2008：207.

⑤ 车大任，车以遵，车方育，等 . 邵阳车氏一家集 [M]. 易孟醇，校点 . 长沙：岳麓书社，
2008：213.

"昨夜尚喧巫峡雨，何年张乐洞庭秋"①等，则从更深的层面上描写了湖湘风光。诗人借湖湘特有的意象，如湘水、洞庭、资水等，隐喻着三湘大地的凄切悲凉。诗中融入诗人遭遇改朝换代的哀痛和对现实生活的哲思，其诗风或雄浑，或悲壮，或凄切，有着湘楚之地独特的骚怨之风，同时呈现出质实坚苍的特点。车以遵的很多诗作都抚今追昔，伤逝悼亡，借眼前山水景物、田园风光抒写心中亡国之痛。如《采莲曲》，其意境清新，富有诗情画意，但是字里行间却流露出些许伤感。诗人以山水移情，以情移山水。将人情移之山水，才能产生动人心魂的作品；把山水移之人情，才能达到纯美温婉的艺术境界。车以遵是明代遗民，就算避世于山水，心中还是无法做到彻底忘却烦恼。与主流社会的疏离，使得他常出现压抑、孤独、愤懑的心理状态，所以他的很多诗又具有质实坚苍的特点。身经国变后，车以遵便将沉郁愁闷融入诗歌中，这在他的山水田园诗中表现得尤为明显，从他的诗中能感受到一颗守志清高，同时又凄切忧愁的诗心，如《秋花入瓶》：

> 岭上谁非树，瓶中岂不花。还如伴愁思，亦自异村家。
> 晴气霜能会，秋声露有涯。高风四野起，落日一围斜。②

秋色是最易让人生悲的，可车以遵利用秋花传达的感情却不是一般意义的悲愁，而是超越了缠绵的悲伤，走向了苍劲雄浑的境界。悲凉但不悲哀，凄恻但不哀怨。车以遵笔下尽管是寒夜、落雁、独塔、高山、流水、霜月等孤清冷寂的自然意象，但是它们并不给人愁断天涯、极其凄凉之感，相反呈现出一种超脱飘逸、看破红尘之意。

空灵清寒中又显洒脱宁静。车以遵长年居住于高霞观，他的诗具有禅境之美，其佛性禅理往往通过境界幽深的诗作反映出来，如《小景》：

> 微雨生千浪，青山倒一潭。

---

① 车大任，车以遵，车方育，等.邵阳车氏一家集[M].易孟醇，校点.长沙：岳麓书社，2008：264.
② 车大任，车以遵，车方育，等.邵阳车氏一家集[M].易孟醇，校点.长沙：岳麓书社，2008：236.

何如孤塔意，只放晚霞参。①

这首诗空寂与悠远同在，清奇与淡泊共存，形成情、景、理相互交融的、独特的艺术风格，表达了诗人对自然山水的依恋。同时，在沉重凝滞的大背景下，空灵澄澈的格调无疑会起到缓冲和稀释作用。车以遵的禅诗无论清丽婉约还是豪放杰出，他都遵循着同一个美学原则，那就是以心观物、物我两忘。因此，诗人看到的客观世界不是因为诗人觉得有用才去描述它，而是客观世界使诗人的主观心灵得到超脱才去表现它，由这种禅心感发写出的诗作，显得意境深远、醇厚隽永。车以遵既有对诗艺的研究切磋，又有深厚的佛禅修养，将两者融合在对外物的描写之中，便使得其诗作成为真正意义上美学与禅性兼具的诗歌，从中也可以看出诗人心境的洒脱与宁静。

平淡自然与瑰丽神奇并存。所谓"自然"，是指诗人的情感未经修饰，是其最真实的表达。如《野步》：

闲来不过山阴，唤艇便登野渡。
寻声已到石桥，欲去亦愁歧路。②

首先，整首诗歌未经修饰，从中我们可以看到诗人的闲情逸致，同时也显示了诗人隐居生活的恬淡与随性以及诗人心境的平和，表达了诗人内心的真实想法，毫不造作。其次，车以遵的诗歌很少运用华丽的辞藻，一切都很朴实。其语言似在不经意间如实道来，然平淡中见神奇、朴素中见瑰丽。如《夏畦》，诗人用平淡无奇的语言创造了宁静、自然、安乐的艺术境界，其中表述了作者的思想情感和人生理想，即安于天命，与世无争。

明末清初是一个动荡不安的年代，明代遗民所面对的世事之艰迫，是以往任何一个朝代所不能比拟的。在这个风激雷响的时代中，明代遗民产生的道德品格及人格力量，足以成为推动中华民族前进的原动力。本节之所以选

---

① 车大任，车以遵，车方育，等 . 邵阳车氏一家集 [M]. 易孟醇，校点 . 长沙：岳麓书社，2008：295.

② 车大任，车以遵，车方育，等 . 邵阳车氏一家集 [M]. 易孟醇，校点 . 长沙：岳麓书社，2008：299.

择车以遵作为论述的对象，是因为车以遵的诗作在思想内涵和艺术特征上有独特之处，更重要的是彰显出坚贞不屈、固守清白的崇高精神，其气节之凛然，足以让后世崇敬。

车以遵是清代邵陵地区中一位文学修养与个人品节兼具的遗民诗人。他凭着独特的文学艺术功力与深谙禅理的个人特色，成为清代邵陵诗人中的佼佼者。面对复杂的政治环境，车以遵选择了回避政治、回归自然的生活方式，以自然为师，以山水田园为媒，借江河山岳、虫鱼草木，抒发了无法排遣的故国之思和亡国之恨。车以遵的诗风迥异，值得认真品读。可以从其诗作中看出诗人固穷守志、以贫傲世的思想境界以及贞洁如兰的性格特点。车以遵诗作以亡国易代的遭际结合邵陵的无限山水胜景，表达了愈久弥深的亡国之痛和守志不改的道德追求。因此，通过对车以遵诗作的研究，可以让我们领略清代遗民诗人创作的辉煌成果，这对研究清代诗歌具有积极意义。

三、隐君车鼎黄诗歌内容与艺术特色探析

作为明清朝代更替的见证者，车鼎黄的一生几乎没有离开过自己隐逸的小天地，而他的作品却也不乏气势恢宏之势以及反映社会大局之势。他深厚的文学功底以及高尚之志为后人所敬仰。后世著名的文人学者对他的诗文风气、为人精神都有着较高的评价。作为诗人的车鼎黄历经两朝变更，不愿从仕，退而隐居。在特殊复杂的时期所创作出来的，不同内容的作品饱含着的思想情感是车鼎黄诗歌中值得探讨的。

（一）遗民与隐逸：双重身份下的诗歌创作

易代之际的混乱情势，对每一位文人的心灵都是一种考验。或变服改节，以新的政治面貌迎接新主；或名节自持，不为威势、名利所诱，甘做首阳之遗老。车鼎黄无疑属于后者。遗民之中，或志存恢复，殒身不屈；或逃禅方外，隐遁山林。车鼎黄仍然属于后者。车鼎黄心怀故国，与那个时代的很多知识分子一样，采取了一种相对平和的反抗方式。遗民与隐逸，这两种身份的统一在当时并不鲜见，反映了一代受儒家文化熏陶的知识分子的品节与风骨。车鼎黄所存于世的五十余首作品，正是他内心情感的外化与写照。

1.遗民之思

车鼎黄是一位遗民诗人，在他的诗中，总是能读出作为遗民的他心中的那份思绪。这份思绪，有对故朝的思念，有对历史的反思，有对亡国的悲痛无奈，也有对造成黍离之悲的清朝统治者的愤恨。比如《冬杪，客梅邑，阳洞如、柯邓生携具就饮，有感》：

当年问字已蹉跎，扬子翻怜载酒过。
杯到不愁客况冷，途穷聊喜故人多。
猪肝一片谁堪语，布缕三征奈若何。
雪霁窗前春日近，知君自有鲁阳戈。①

这首是车鼎黄因与朋友们一起聚饮而作的诗歌，由于饮酒环境的特殊性以及作者本身经历的特殊性，这首诗在内容和情感上带有些许不同于一般的酬赠诗，少了丝竹管弦、觥筹交错，有的只是"猪肝一片""布缕三征"，全诗的意象都带有一丝荒凉作者遥想当年问字已成蹉跎，到现在的"路况冷""途穷聊"。颈联中"猪肝一片谁堪语，布缕三征奈若何"由贫困生活而带来的"谁堪语"；面对沉重赋税的"奈若何"，更是透出了诗人那份无人可以诉说也说不明白的无奈，同时也体现出其对当时社会的批判。

车鼎黄这份无奈的情感，很大程度上是由他所处时代的特殊性决定的。作为一个亲眼见证长辈效力的前朝灭亡的前朝官宦子弟，车鼎黄对前朝的情感受到了家庭教育潜移默化的影响，这种存在于过去的情感在更朝换代后的当下，往事不复。而在诗人所处的朝代，作为一个遗民，车鼎黄的生活正如这首诗里说的一样："猪肝一片""布缕三征"。

再如《同百是父子避兵小滩山》：

小滩山称险，穷猿借一枝。
溪声闻见愤，窀火梦魂宜。

---

① 车鼎黄．车隐君集 [M]// 车大任，车以遵，车方育，等．邵阳车氏一家集：第 2 册．易孟醇，校点．长沙：岳麓书社，2008：512.

> 甑破知何惜，全家但忍饥。
> 痴聋吾老矣，吠吠者奚为。①

　　这是车鼎黄在逃难避兵途中所作的诗。小滩山位于现在的湖南新化县南，当时的作者与亲人逃难至此。诗中不止一处写道小滩山的荒凉与险峻。"穷猿"，就着供奉佛像的"龛火"一起进入梦乡，以及炊具的破损给全家带来的是忍饥挨饿。在诗歌的最后一句，诗人写道"痴聋吾老矣，吠吠者奚为"。对其内容的理解对作为年迈又是痴聋者的"我"看来，无论什么嘈杂的声音都已传不进耳朵里了。这些嘈杂的声音不知道是真的少有，还是由于年龄的增长、感官的弱化而不再听得到；还是说，这些声音只是选择性的不愿听而已。诗人笔下的"吠吠者"也是值得令人深思的。"吠吠者"可以理解为追兵，朝廷官员追捕隐居多年不问朝廷之事的年迈老者一家至向来以险峻著称的小滩山却仍不罢手，也难怪车鼎黄称他们为"吠吠者"。作者很明显地表现出了对当朝官兵的厌烦之感。车鼎黄此时已是年老之人，却还是经历着险境避难、捉襟见肘的生活。在这首诗作想要表达的情感中，还有着无奈与悲愤。

　　还有《城南棋盘岭志称诸葛遗迹》：

> 残棋终古此山阿，烂尽人间多少柯。
> 可信至人经理处，仙家岁月较偏多。
> 汉魏于今局未收，瞿塘八阵共千秋。
> 虽然未见丁丁响，也胜荒图乱石浮。②

　　车鼎黄在这首诗的前四句写的是遗迹的景色。在棋盘岭，这里的景都是残的、是烂的、是荒芜的。地方志中称棋盘岭为诸葛犒师之地，故又名祭旗坡。后四句通过对这一遗迹的描写，自然而然地抒发了作者复杂的心情。看

①车鼎黄.车隐君集[M]//车大任，车以遵，车方育，等.邵阳车氏一家集：第2册.易孟醇，校点.长沙：岳麓书社，2008：507.
②车鼎黄.车隐君集[M]//车大任，车以遵，车方育，等.邵阳车氏一家集：第2册.易孟醇，校点.长沙：岳麓书社，2008：506.

着这片荒图乱石，想着汉魏时期的政治格局，到现在也还"未收"，不仅有对过去的怀念与愧惜，也有对现在的无奈与失望。作者想要表达的思想是由所咏之物的自然属性引申出来的。作者来到了这片遗迹，在所见的基础上有所感，最后完成情景交融的描写。这首诗的巧妙之处在于着实写了棋盘岭当时的残败景象，写的都是真实的景象，然而其中有虚，"汉魏于今局未收，瞿塘八阵共千秋。"汉魏之局，瞿塘八阵，都是虚写，而正是这些虚写把感情推向高潮。作者本身是一位遗民，亲身经历了朝代变更，所以他对历史有着不一样的感悟。作者在身处这片遗迹之时，他所看到的是荒图乱石，想到是过去、现在和未来。在这首诗中，通过虚实结合、虚实变换，将作者的那份反思推向深远的境界。

车鼎黄虽不愿为仕，但从他的上述作品中我们仍然可以看到一些反映国家和社会的诗句。自车鼎丰、车鼎贲因文字狱而遇害后，车氏历代著述六七十种，或被焚烧，或是被藏于某处，最后只剩下一些残篇。乾隆年间，清朝廷开馆修《四库全书》，多次徵征车大任的《萤囊阁集》和车以遵的《高霞堂集》，但都尘埋不可得。为此事，车鼎黄赋诗云："岂知三篋亡书早，尚自千金易字悬。白雪当年推古调，青云弈世在时贤。"[1]在主张尊崇先人优秀文化、推崇古典文化的车鼎黄看来，这就是一场浩劫。在清代，一直被中国历代所重视的文化，国家却置其为政治的附属品，随意糟蹋文学，毁掉文学作品；在孜孜不倦研究学术与真理的车鼎黄看来，这是何等的愤恨。

2.隐逸之志

隐逸之志是车鼎黄一类文人对抗黑暗现实，洁身自好的一种志向追求。尽管这种志向的实现有些无奈与消极，但也在一定程度上维持了许多文人心灵的纯净与灵魂的自由。

隐逸之志并不能仅仅理解为无关紧要的爱好与情趣，而是有着更深层次的含义。在诗人的诗作中体现出的"隐逸之志"真正是指他们摆脱了对尘世利益的在意，不为尘世中的功名利禄所萦绕牵绊，这是一种心灵自由，是一种由心而发的精神境界。而这种境界其实大多都是因为对现实政治的疏离与

---

①车鼎黄.车隐君集 [M]// 车大任，车以遵，车方育，等.邵阳车氏一家集：第 2 册.易孟醇，校点.长沙：岳麓书社，2008：515.

拒斥而产生。"隐逸之志"是由于文人对政治的不满、疏远而产生，这就说明"隐逸之志"在实质上仍是具有一定的世俗性和政治性的，它并不是凭空产生的。车鼎黄的闲情逸致也是如此。

如《六十自寿》：

已甘贫病苦为生，谁复营营理俗情。
数甲人谁疑绛老，添丁窃幸比徐卿。
三秋爽气山如画，七月豳风诗现成。
迟我十年如健在，卧游亦学赵州行。①

这首诗是作者在六十岁生日之时作给自己的诗歌，由于对象是自己而且作诗时间具有特殊性，所以在这首诗作中可以读出很多作者在其他诗作中所未具体展现出来的情怀。诗人车鼎黄在作此诗时已然六十岁，他的生活已经不复新鲜，但他在学问上却一直保持着无限的激情。在这首诗的尾联，作者写道："迟我十年如健在，卧游亦学赵州行。"可以看出车鼎黄是自由的。年轻时的他不问世俗利益，退而隐居，一心只为学问；六十岁时的他仍保持初心，即使再过十年，只要身体允许，他还是会追溯学问之始、衷于学问之事。

再如《寄檀课业奇峰庵》：

何事谋生好，日惟诵读馀。
晨昏违子舍，山水名庵居。
真笑东城拙，休嗤高凤疏。
君王闻有诏，不税腹中书。②

---

① 车鼎黄.车隐君集 [M]// 车大任，车以遵，车方育，等.邵阳车氏一家集：第 2 册.易孟醇，校点.长沙：岳麓书社，2008：504.
② 车鼎黄.车隐君集 [M]// 车大任，车以遵，车方育，等.邵阳车氏一家集：第 2 册.易孟醇，校点.长沙：岳麓书社，2008：511.

从诗题便可看出本首诗是车鼎黄作为一个师者在奇峰庵授课时所作。整首诗用词简单，内容上通俗易懂，诗人通过这首简单的五言律诗来向年轻一辈传达读书的益处。在这首诗中，诗人的身份不同于上一首诗，但所倡导的对待读书的态度、对待知识的理念是一致的。"何事谋生好，曰惟诵读馀"，车鼎黄倡导年轻一辈在迷惘时要多读书，并指明读书能给人带来生活所必须的物质基础和精神追求。在后两句"晨昏违子舍，山水名庵居。真笑东城拙，休嗤高凤疏。"中又指明学问是自由的但也是严谨的。车鼎黄认为学问是自由的，不要因功利而束缚这种自由，在自由的同时必须要确保严谨性。

3. 逸者之趣

车鼎黄的一生可以说是在隐居中度过的，他的诗作一般取材于生活，从而情发于生活。在他的五十余首作品中，较之上面所说到的遗民之思，更多的还是给读者们展示他的那份隐逸之志、隐逸之趣。

比如《仲冬二十四日，同朋百、十先诸叔弟侄，拜家叔祖徽君公七十八岁寿，值雪》：

> 寒云瑗瑗带朝烟，一杖泥涂最我先。
> 顷刻华堂森玉树，天然雪藕荐宾筵。
> 喜符同甲推耆会，却忆冠年慰耄年。
> 此日称觞皆种种，真形应向画图传。①

车鼎黄的这首诗写的是在赴宴路途中的情景以及情感。这里的宴是指寿宴，而作者所参加的这次寿宴的对象是家叔，是比自己年长之人。在正在下雪的仲冬二十四日，作者同亲朋好友一道去给长辈祝寿，参加寿宴；天气并不算好，冒着寒云飘雪，支着拐杖在泥泞的道路上走着，但作者"我"却是最先到的；而支撑作者冒着严峻天气并且最先到达寿宴的，不止是在泥泞中拄着的那只拐杖，还有作者的情：对途中雪景的喜爱之情，对叔弟侄等一家人前往拜寿的其乐融融的欢快之情。第二句作者一改平常的诗文风格，多了

---

① 车鼎黄. 车隐君集 [M]// 车大任，车以遵，车方育，等. 邵阳车氏一家集：第 2 册. 易孟醇，校点. 长沙：岳麓书社，2008：514.

些华丽和修饰，这些都带有喜悦的色彩，好像老天爷都在为这次家叔组徵君公的七十八岁寿辰而庆祝，将"天""神"这类神圣而又高大的形象写进诗篇之中，给整篇诗作抹上了一笔庄重的色彩。诗的后两句通过对往事的一些回忆来慰藉现在，年轻时的成就虽然在如今已经成为往事，但是这些成绩和志向的追求仍会使人感到慰藉以及成为后世所学习的榜样。

再如《乙卯寓中乡，元夕雪》：

照夕非灯月，皛然一气中。
洁能生大地，香不逐春风。
闭户投人少，煎茶待水融。
似予斋绣佛，一任酒杯空。①

诗人在整首诗中所营造的氛围是极为干净、纯洁的。诗中的色彩是单纯的，诗人所表达的情感也是闲适的。"照夕非灯月，皛然一气中。洁能生大地，香不逐春风。"一个"皛"，一个"洁"，在这两句诗中便有两个表达相同意思的字眼，能如此以字眼来突出这种皎洁的意境，说明诗人本身很喜欢这样的意境，并且享受其中。诗文接下来两句中的"闭户""煎茶"，特别是在煎茶时用的"待"字，值得推敲。在元夕之时，闭户谢客，自己一人坐在火炉前等待着雪水的融化，这种感觉就好比在吃斋念佛，听起来好像很孤寂，却也心甘情愿。全诗所营造的这种单色调，毫无疑问是建立在诗人当时的情感态度上的。诗人此时很闲适，听着屋外的雪声，煎着茶，无人打扰，怡然自得。

车鼎黄的写景诗里处处透露着闲情逸趣，无论是"过绿园"还是《游桃花洞》中的"我闻一溪春雨时，霏霏泻出桃花片。"在他的笔下，一年四季里的每一个小景象都是小惊喜，都有着趣味盎然的意蕴。在他的《马上望白云高平一带》中写道"重重云护山之顶，片片日飞山下田。田雨有时山且雾，此中晴雨别为天。"②叠词"重重""片片"的使用，说明作者对白云高平

① 车鼎黄.车隐君集 [M]// 车大任，车以遵，车方育，等.邵阳车氏一家集：第 2 册.易孟醇，校点.长沙：岳麓书社，2008：512.
② 车鼎黄.车隐君集 [M]// 车大任，车以遵，车方育，等.邵阳车氏一家集：第 2 册.易孟醇，校点.长沙：岳麓书社，2008：505.

一带观察之细致、描写之入微。而后两句"田雨有时山且霁，此中晴雨别为天。"是对晴雨交错的景象的描写，特别是后一句"此中晴雨别为天"更是表现了诗人的闲情逸致。

（二）车鼎黄诗歌艺术特色论析

不同的诗人在不同的环境的影响下，其作品的艺术风格往往有着独特之处。在车鼎黄的诗作中，也处处可以发现他具有个人特色的诗歌艺术风格。

1. 以平常景、平常事为诗歌切入点

车鼎黄的诗歌中，诗的切入点多为日常事、平常事、身边事；而在写景方面，他的切入点也多为眼中景。这些细小的切入点在车鼎黄留存的五十余首诗作中有着极高的出现率，比如：

已甘贫病苦为生，谁复营营理俗情。数甲人谁疑绛老，添丁窃幸比徐卿。

三秋爽气山如画，七月豳风诗现成。迟我十年如健在，卧游亦学赵州行。

（《六十自寿》）①

法华台倚大江流，又听钟声台上头。讲处双鱼应再现，礼时诸佛愋同游。

禅关秋晚凭谁补，花雨春深满地枫。此佛向称无量寿，念珠的的再来不。

（《东山看自惺老和尚袈裟有作》）②

禹庙空山里，轻舟并鸟飞。乘风冲巨浪，爱日恋清晖。

书到儿童喜，诗成雅颂归。澄清端有日，鳞羽莫交稀。

（《酬家叔祖见怀赋得禹庙空山里之作》）③

①车鼎黄.车隐君集 [M]//车大任，车以遵，车方育，等.邵阳车氏一家集：第 2 册.易孟醇，校点.长沙：岳麓书社，2008：504.

②车鼎黄.车隐君集 [M]//车大任，车以遵，车方育，等.邵阳车氏一家集：第 2 册.易孟醇，校点.长沙：岳麓书社，2008：505.

③车鼎黄.车隐君集 [M]//车大任，车以遵，车方育，等.邵阳车氏一家集：第 2 册.易孟醇，校点.长沙：岳麓书社，2008：509.

十行一目敏无逾，读遍离骚忆卜居。选部人犹传启事，名山何处不藏书。

仕经百折身还在，念到千秋笔亦疏。归去西窗连二妙，相将叹息夜灯馀。

（《送潘章辰归威溪，兼怀令弟梦白》）①

以上列举出的这些诗歌都是以生活中的平常事、日常事为切入点。不管是自寿，还是看望友人，还是酬赠亲友，车鼎黄都对身边的这些事有着特殊的喜爱，这种对身边事的执着跟诗人长期的隐居生活有着密不可分的联系。在明末清初之际，车鼎黄的隐居生活正式开始，直至死去都未出过他那片隐居的小天地，这就在一定程度上拘束了他的眼界。车鼎黄虽然饱读诗书，但仍旧缺乏实践。他的不出鄙陋、眼界未开是形成其诗歌风格的一个主要原因。

2.散发浓厚的书卷气息

车鼎黄热爱读书，同时也饱读诗书。在他的诗作中，诗歌往往用典丰富，具有浓厚的知识底蕴和历史意蕴，如：

一代文章国史专，名山自昔有藏篇。岂知三箧亡书早，尚自千金易字悬。

白雪当年推古调，青云弈世在时贤。独惭失学由来久，陶令儿孙昧所传。

（《部檄以修明史，广征遗书，开载先大夫集名，次列李本宁、陈玉叔、郭明龙三先生伯仲间》）②

残棋终古此山阿，烂尽人间多少柯。可信至人经理处，仙家岁月较偏多。

---

① 车鼎黄.车隐君集[M]// 车大任，车以遵，车方育，等.邵阳车氏一家集：第2册.易孟醇，校点.长沙：岳麓书社，2008：512.

② 车鼎黄.车隐君集[M]// 车大任，车以遵，车方育，等.邵阳车氏一家集：第2册.易孟醇，校点.长沙：岳麓书社，2008：515.

汉魏于今局未收，瞿塘八阵共千秋。虽然未见丁丁响，也胜荒图乱石浮。

（《城南棋盘岭志称诸葛遗迹》）①

仙灵仰止六十年，今来扶杖到山前。秦时鸡犬非凡种，晋代衣冠昔自传。

福到人间皆海岛，大从世界见三千。未曾过庙神先肃，何用惊人语问天。

五岳由来说向平，名山咫尺未经行。从知刹刹金为地，此日霏霏玉作京。

道大自能超劫火，山高时听步虚声。登临得遂瞻依愿，不必飞腾骨已轻。

（《望云山》）②

圣主当阳雨露偏，上庠养老为尊贤。自维处士甘泉石，敢辱嘉宾荐几筵。

鸠杖固知能化噎，龙钟岂可任擎拳。鹿鸣三唱非吾分，愿听南熏奏舜弦。

（《甲子春正辞请乡饮》）③

上面所列举出来的四首诗歌中，无论是文学典故还是历史知识，车鼎黄在他的创作中都有广泛涉及。《城南棋盘岭志称诸葛遗迹》中的汉魏之局、瞿塘峡八阵；《望云山》中的秦晋生活、道家学识；《甲子春正辞请乡饮》中的嘉宾荐、鹿鸣三唱的用典。这些历史与典故的大量运用于诗人的诗歌创作也是作者车鼎黄诗歌的一大艺术风格。

---

①车鼎黄.车隐君集[M]//车大任，车以遵，车方育，等.邵阳车氏一家集：第2册.易孟醇，校点.长沙：岳麓书社，2008：506.

②车鼎黄.车隐君集[M]//车大任，车以遵，车方育，等.邵阳车氏一家集：第2册.易孟醇，校点.长沙：岳麓书社，2008：506.

③车鼎黄.车隐君集[M]//车大任，车以遵，车方育，等.邵阳车氏一家集：第2册.易孟醇，校点.长沙：岳麓书社，2008：505.

3.具有浓郁的湖湘特色

车鼎黄作为一个从出生到老去都一直生活在湖南的诗人，湖湘一带的人文环境和自然环境都在其诗歌中有着丰富的呈现。这些呈现大致可以分为：诗文中所呈现的底蕴深厚的文化，敢为人先的人文精神，文物古迹，瑰丽独特的自然风光以及家族文化。如：

邵城八十里，高齐南岳，壤接三湘。邵城虽处万山中，此尤杰出，若以为一邑之镇，则百里川山，罔非附庸耳。古德耆宿卜静者多知名，仅得数人。年来诸山丛林鼎兴，高人辈出，佳事胜迹，历历可记。余一以龙山统之，盖欲使隐山一灯遥遥相续，终不敢强所不知以诬山灵也。

（《龙山赋引》）①

家声尚忆昔囊萤，清白传来是一经。

欲绍箕裘先绍德，莫将诗礼赴趋庭。

（《病中示儿子无咎》）②

车鼎黄在《龙山赋引》这篇引言中用了大量的笔墨介绍了邵城的地理环境、人文状况。开篇便写道邵城处于万山中，与南岳齐高。在这里，高人辈出，佳事胜迹，历历可记。车氏一家自明朝以来便在邵阳一带生活，直至清朝，车万育携其二子车鼎丰、车鼎贲住在江苏金陵。在这几代人的时间里，湖湘一带的自然环境与人文渲染对车氏的诗文创作具有深刻的影响，这些环境对人潜移默化的影响在车鼎黄的诗作中得到了很好的体现。在车鼎黄的诗作中随处可见湖湘景色，如邵城之景、龙山浮云寺等。在《病中示儿子无咎》中则表现了邵阳车氏先祖家训，家训中富含着的一个家族的声望、道德伦理以及族人为人处世的家族历代准则，这些都在一定程度上受到湖湘文化的熏陶。在这些家训中富有着湖湘文化的特色，一方水土养一方人，说的便

---

①车鼎黄.车隐君集[M]//车大任，车以遵，车方育，等.邵阳车氏一家集：第2册.易孟醇，校点.长沙：岳麓书社，2008：517.

②车鼎黄.车隐君集[M]//车大任，车以遵，车方育，等.邵阳车氏一家集：第2册.易孟醇，校点.长沙：岳麓书社，2008：516.

是如此。

邵阳车氏家族在明清时期乃至民国时期在文学方面的成绩是有目共睹的，在这个家族至今收录在《邵阳车氏一家集》中的车大敬、车大任兄弟及其后人共十代三十五人的诗文中，总是有着不同的发光之处。车以遵的《逸民集》和车鼎黄的《隐君集》无疑是其中比较具有代表性的作品。本节以之为例，从诗作的不同的情感载体出发，研究其诗作中的隐逸韵味、所思之感和独特的艺术风格特色，并以在这些诗作里所体现出来的精神情感来反映出作者对自己在学术上的严谨要求与隐逸精神。车以遵与车鼎黄均以遗民身份栖身山林，以诗歌陶写性情，抒发其隐逸之志、隐逸之趣和遗民之思。其诗大多是由日常生活所发生之事、所见之景出发，以小的切入点进行心灵的创作，表现出诗人的内心情感以及自身追求。有些诗歌虽然看起来平淡无常，但却往往蕴含着诗人内心的波动。时代风云的变迁，家族文化的绵延，个人心志的坚持，地方山川的滋养，无疑使得二人的作品具备了足够的典型性，成为湖湘遗民诗人的代表。考察他们的诗作，不仅是讨论诗歌技巧，实际上也是为深入挖掘其闲适外表下激烈碰撞的内心世界。一叶知秋，二车的遭遇与创作，足以说明湖湘文人看似独善其身的诗性生活中，蕴藏着兼济天下的抱负与志节。湖南一地，能成为近代中国维新思潮的鼓荡之地，自有其文化秉性之所在。

第二节　驻外使节的文学创作——以郭嵩焘为例

随着晚清局势的变动，中国在一系列中外对抗中遭遇挫折，被迫与世界接轨，"天朝上国"的理念受到挑战。除了社会的动荡，知识界也掀起一股"开眼看世界"的浪潮，一批先进的中国人逐步意识到问题所在，将目光投向国外，开始正视中外的差距。这批知识分子中，驻外使节毫无疑问是非常重要的一个群体。他们有出使海外的经历，曾目睹西方文明的繁荣，又在清廷的要求下，将其见闻以文字的方式记录下来，为后世留下了珍贵的历史记忆。这些驻外使节及其随从一般兼具开阔的眼界和较高的文学素养，故其作品除了思想观念外，其文学价值也不容忽视。作为中国近代史上第一位驻外使节，湖湘文人郭嵩焘无疑是其中的佼佼者。

一、出使海外：郭嵩焘与《使西纪程》

郭嵩焘，学名先杞，后改名为嵩焘。字伯琛，号云仙、筠轩，别号玉池老人。湖南湘阴人。历任翰林院编修、苏松粮道、广东巡抚等职，后奉清政府之命前往英国，是中国近代史上首位驻外使节。其著述颇丰，有《养知书屋文集》《史记札记》《使西纪程》等存世。学界对郭嵩焘的研究，除了整理出版其一些著作以外，对他的生平、思想等研究均有较多成果。[①]他的海外游记也已进入研究者的视野，但多数研究侧重于形象学方面。本节主要是从文学发展的角度以郭嵩焘海外游记中的继承与创新之处进行分析，以求对其海外游记有更深的理解。

《使西纪程》是郭嵩焘在任清政府驻英公使时，在从上海到伦敦的

---

① 学术著作有：范继忠著《孤独前驱：郭嵩焘别传》、王兴国著《郭嵩焘评传》、崔宝通著《郭嵩焘》、吴以文著《海客述奇》等，都是对郭嵩焘的生平和思想进行研究。专门针对郭嵩焘海外游记的研究论著相对缺乏，笔者只见到两篇具有代表性的。一篇为谢静的《中国首任驻外使节游记研究》（陕西师范大学，2007 年 5 月），另一篇为蔡雅红的《郭嵩焘笔下的英国形象》（首都师范大学，2009 年 5 月）。

五十一天途中所写，后与其驻英公使期间的海外游记一起收录进《伦敦与巴黎日记》。此书主要介绍了近代英法等国家的政治经济、科学教育、文化礼仪等方面的情况，具有重要的文史研究价值。学者郭延礼就认为："郭嵩焘、黎庶昌、薛福成等人的域外游记、日记等散文作品，对于冲破桐城桎梏、促进散文的解放是起了积极的作用"。①因此，对郭嵩焘海外游记的继承与创新之处加以研究和探讨是十分必要的。

郭嵩焘能被委任为中国首任驻外公使与其精研洋务是密不可分的。咸丰六年（1856），曾国藩委托他前往浙江、上海为湘军筹饷，让他第一次直接与洋人打交道和较为系统地接触了西方事物。咸丰七年至十年（1857—1860）于北京、天津任职期间，他广泛阅读了大量有关夷务的书籍，对西方的认识从器物跃为制度。在此期间，他曾经这样写道："自西洋通市中国，中国情形，彼所熟悉，而其国之制度虚实，中国不能知也，但眩惑其器械舟车之利，相与震惊而已。"②同治二年（1863），郭嵩焘就任广东署理巡抚，开始着手处理洋务。具体有：与荷兰使臣换约、于广州开办同文馆、追捕逃亡香港的森王候玉田、处理潮州洋人入城案等。无怪乎郭嵩焘请辞驻外公使，会被太后劝道："我原知汝平昔公忠体国，此事（出使）实无人任得，汝须为国家任此艰苦。"③作为驻英公使来到英国以后，郭嵩焘对于洋务的认识变得更加深刻。郭氏派其出使英国其实是事出有因。起因便是同治十三年（1874）发生的"马嘉理事件"。这件事是清政府派郭嵩焘出使海外的直接原因。

中国向来以"天朝上国"自居，历来只有外国称臣进贡，接纳藩国使者常驻的习惯。郭嵩焘使英虽与马嘉理事件通好谢罪有关，可对于那些恪守"严夷夏之防"古训的士大夫来说，是难以接受的。当时流传的一副对联便是骂郭嵩焘不安于"舜日尧天"，偏要离开"父母之邦"去和洋人打交道。湖南人对他的抨击更甚，还有学子商议要捣毁其住宅。郭嵩焘的友人或感叹他"以生平之学行，为江海之乘雁，又为可惜矣"④，又或同情他"费

① 郭延礼.中国近代文学发展史：卷一 [M].北京：高教出版社，2001：316.
② 郭嵩焘.郭嵩焘日记：卷一 [M].长沙：湖南人民出版社，1980：188.
③ 郭嵩焘.郭嵩焘日记：卷三 [M].长沙：湖南人民出版社，1980：49.
④ 王闿运.湘绮楼书牍 [M].上海：广益书局，1914：40.

力不讨好，亦苦命也。"①尽管这样，郭嵩焘念及出使可更近距离地"通察洋情"，还是以老病之身毅然踏上了使英之路，翻开了中国近代外交史上崭新的一页。

郭嵩焘抵达英国不久，就遵照总理衙门曾奏请皇帝饬令出使大臣把海外各种情况记录下来的指示，将自己从中国赶赴英国的这 51 天经历作为书籍发表，并命名为《使西纪程》。此书就如飓风在水面掀起了惊涛骇浪，引发了国内保守士大夫们的强烈反应。他们纷纷对郭嵩焘进行参劾，一时间讨伐之声遍于朝野。清廷也随即下令，禁止此书流通，并通过毁版的手段来阻止其再度翻印。不到一年时间，郭嵩焘就被朝廷从海外召回，再也没有被起用。郭嵩焘病卒后，李鸿章将他的政绩、著书和品德上奏给朝廷，请求为他立传赐谥。但朝廷以"郭嵩焘出使外洋，所著书籍，颇滋物议"②为由，并没有答应。即使九年之后的义和团运动兴起之时，还有京官上疏请戮其尸，以谢天下。

尽管郭嵩焘的大半生都在他人非议中度过，但他却从未屈服。光绪三年（1877）九月初三，他致信友人："谤毁遍天下，而吾心泰然。自谓考诸三王而不谬，俟诸百世圣人而不惑，于悠悠之毁誉何有哉！"③作为中国首位驻外公使，他在外国所吸取的知识使其相信后人终会给他一个公正的评价。

二、开眼看世界：游记内容的延展与开拓

十九世纪，中国遭遇了"数千年未有之变局"。④鸦片战争以后，中国逐渐从封闭走向开放，一大批知识分子怀着强国之梦奔赴海外，企图找到救国救民之法，海外游记也随之兴起。与此同时，清廷也认为"近来中国之虚实，外国无不洞悉；外国之情伪，中国一概茫然，其中隔阂之由，总因彼有使来，我无使往"⑤。于是开始着手派遣使臣出访。这一时期的海外游历者大

---

① 曾国藩 . 湘乡曾氏文献 [M]. 中国台北：学生书局，1965：5421.

② 佚名 . 清实录：清德宗实录：卷二九九 [M]. 北京：中华书局，1987：17.

③《中和月刊》社 . 中和月刊 [M]. 北京：北京图书馆出版社，2007：68.

④ 李鸿章 . 李文忠公奏稿：卷二十四 [M]. 上海：上海古籍出版社，1996：12.

⑤ 宝鋆 . 筹办夷务始末：卷五十一 [M]. 北京：中华书局，2008：235.

多官高位显、学识深厚，写下了众多能代表晚清海外游记最高成就的作品。

郭嵩焘、薛福成等人不仅精通洋务，而且外交成绩出彩，其海外游记作品的题材和内容相较以往也有不同。在他们的笔下，外面的世界是那样的令人惊奇。这类海外游记内容丰富且深广新颖，包括了政事体制、伦理世俗、自然风光在内的各类情形，思想力量十足，使桐城游记文学有了进一步的发展。《清史稿》大赞："中国遣使，始于光绪初。嵩焘首膺其选，论交涉独具远识……福成、庶昌诸人，并娴文学，各有著述，讨论修饰，皆美使才也。"[1]

郭嵩焘的创作风格带有明显的桐城派倾向，但其海外游记则不同于以往桐城游记对自然风光的哲思，而是侧重于海外见闻的介绍，视野更加开阔。新的反映对象使他的海外游记呈现出了新的面貌，在题材内容的拓展上产生了新变。

第一，在他的海外游记《伦敦与巴黎日记》中有着各种诸如火车、轮船、显微镜、电报等方面的"格致之学"。光耀数里的电灯、见微知著的显微镜、以水力运转的望远镜、力省功多的百余种农田机器等皆出乎于当时中国人的想象，极具冲击力。

第二，他的海外游记对西洋政治生活进行了描述。如对英国政教原型，即议院原型的考察："略考英国政教原始议院之设在宋初，距今八百余年。至显理第三而后有巴力门之称，即今之上议院也……买阿尔（市长）之设在一千一百八十年后，设立伦敦买阿尔衙门，令民自选……"[2] 其中"巴力门"是现在所说的"议会"，"买阿尔"是现在的"民选市长"，都是西方民主政治的议会制和选举制的典型产物。而"如力"就是后来律师这一职业的原型。出国抵达英国伦敦不久，他就亲往英国议院旁听，并在海外游记中详细记载了参会人员、礼仪、宣读赦词等。第二年，他又受邀赴下议院旁听。会议期间，发言者畅所欲言，与反驳者你来我往、精彩激昂，每讲到中肯之处，众人则高声赞许。会议辩论尽管气氛热烈，却并不混乱失序。辩手在论说时需要起立陈述，说完以后才坐下，换下一个人。郭嵩焘对自由而不失秩

① 赵尔巽.清史稿·列传·卷四四六 [M].北京：中华书局，1977：12490.
② 郭嵩焘.伦敦与巴黎日记 [M].长沙：岳麓书社，1984：404.

序的议院制十分赞赏，并详细记载了英国议院之始，意识到议院制是英国立国之本。"推原其立国本末，所以持久而国势益张者，则在巴力门（即议会）议政院有维持国是之义，设买阿尔（即市长）治民，有顺从民愿之情。"①

郭嵩焘还十分敏锐地关注到西方的两党制度，先是指出"英国执政分两党"②，分别为巡守旧章的保守党和激进改革的自由党。郭嵩焘对于两党制议论道："盖军国大事一归议院，随声附和，并为一谈，则滋弊多。故自二百年前即设为朝党、野党，使各以所见相持争胜，而因剂之以平。"③他已经认识到西方的两党制度能发挥制衡效果，使各党在争论中择优而从，制定出有利于国家发展的政策。

又如郭嵩焘还在海外游记里提及在西方政治生活中存在感极强的大众传播媒介——报纸。郭嵩焘察觉到西方政治中通过报纸这一新闻媒介来发表自由言论、参与政治的问题。他这样写道："西洋一切情事皆著之新报。议论得失，互相辩驳，皆资新报传布……所行或事有违忤，议院群起而攻之，则亦无以自立，故无敢有恣意妄为者。"④

第三，《伦敦与巴黎日记》中对西洋风俗也有很多描述，有诸如受难日、复活节等各种节日；也有音乐会、万国珍奇会、马术表演、魔术等娱乐活动；还有西方礼俗等。其中对于以电气机器为戏具的西洋魔术介绍得非常详细。有魔术师搜取在座观众戒指三四次，愈出愈奇，还有空箱出人的魔术表演；最后思及中国戏法，得出"中国亦有此种戏术，候登又多以电气机器为之，尤为奇巧也"⑤的结论。关于西方礼俗的描述，以教堂婚礼为例，描写了婚礼参与人数、服饰、神父出堂诵经、婚誓后新郎为新娘佩戴戒指等流程。又以跳舞会为例，记录人们跳舞兴致高昂，可舞蹈一天一夜，规矩秩然；诸皇子皆在跳舞之列。这在中国的礼法看来是极不符体统的，由此看出"其风教实远胜中国"⑥。

① 郭嵩焘.伦敦与巴黎日记 [M].长沙：岳麓书社，1984：407.
② 郭嵩焘.伦敦与巴黎日记 [M].长沙：岳麓书社，1984：398.
③ 郭嵩焘.伦敦与巴黎日记 [M].长沙：岳麓书社，1984：429.
④ 郭嵩焘.伦敦与巴黎日记 [M].长沙：岳麓书社，1984：401.
⑤ 郭嵩焘.伦敦与巴黎日记 [M].长沙：岳麓书社，1984：844.
⑥ 郭嵩焘.伦敦与巴黎日记 [M].长沙：岳麓书社，1984：580.

《伦敦与巴黎日记》的内容包括了政治、经济、教育、军事等社会生活的方方面面，涵盖面极其广阔，可称得上包罗万象。比起异国自然风景，西方世界的物质文明与社会现象无疑对郭嵩焘更具冲击力，其游记题材的格局也由以传统的自然审美为核心转为以"社会相"为主、"自然相"为辅的架构。他的海外游记也让更多的国人被带出了狭隘的圈子，改变了"华夏中心论""用夷变夏"等保守思想，进而逐步接受西方的先进文化并加以实践。

三、传统与求变：桐城派影响下的游记写作

桐城派是清代最大的古文流派，初创于清康熙年间，兴盛时期是乾隆年间至鸦片战争前夕。桐城派在民国初年逐渐衰亡，其称雄文坛长达两百多年，理论体系完善，创作特色鲜明，作品丰富，其中就有不少游记。郭嵩焘作为桐城派中重要的一员，毫无疑问地受到其影响。

郭嵩焘对桐城文论的继承，首先是坚持以"雅洁"衡文。姚鼐是桐城派散文的集大成者，提倡"醇雅有体""清和恬洁""音和雅调"。郭嵩焘在评论阎镇珩的《石门县志》时就说过："以雅洁胜"。郭嵩焘的日记没有严格遵循古雅，格律神气，但仍然有桐城古文的深刻烙印。《伦敦与巴黎日记》虽是记录平日海外事物与所见所感，却剪裁得体、不书常事，起卧食宿、穿衣、洗漱等生活日常琐事的流水账是没有的。在他的日记里，记下的都是让他感慨颇深、饶有裨益的事物。以他抵达香港两天的日记为例，第一天的日记首先写的是香港总督鸣炮作乐迎接；然后细写学馆的情况，对学馆的教材、课时安排、授课内容、教学环境等都作描绘，并感叹："中国师儒之失教，有愧多矣。"①顺势转而回忆起数十年前自己任广东巡抚时看见的香港屋舍只有现在的三分之一，言语之中，十分讶然。结尾则写所乘船只被英商轮船撞坏，于是第二天在日记中自然以修船耽延开笔，与香港官员讨论昨日见到学堂的体会，语及出使，他认为国与国之间的来往没有什么歧视。之后他参观了香港监狱，描绘了监狱中的基础设施、犯人人种比例、劳动、惩治措施等，得出结论："所以不可及，在罚当其罪，而法有所必行而已。"②这两天

---

① 郭嵩焘.伦敦与巴黎日记 [M].长沙：岳麓书社，1984：31.

② 郭嵩焘.伦敦与巴黎日记 [M].长沙：岳麓书社，1984：33.

的日记重点突出，言简意赅，所写全是新奇之事，完全没有什么鸡毛蒜皮的日常琐事，显然是经过有意筛选的。短短两天的日记，就把香港教育、经济、司法制度展示于读者眼前；看似简单，实属不易，需要深厚的文学思想底蕴。郭嵩焘卸任公使之后，接替他外交工作的是曾国藩的儿子曾纪泽，但是曾纪泽的《使西日记》事无巨细、冗杂繁琐，不禁令人感到"食之无肉，弃之有味"。或许是因为前任公使的日记在先，曾纪泽的游记十分简单，缺少像郭嵩焘那样挥洒自如的议论，这是一不足之处。由此可见，郭嵩焘实为桐城派文人中的佼佼者。

在《伦敦与巴黎日记》中，有不少关于西方事物的篇章都能体现郭嵩焘游记简洁、畅达的文字风格。以郭嵩焘游览利成园花会的描述片段为例：

> 波丹里克，译言种植也。张幔为甬道，纵横交互，两旁悬灯，通计不可以万数也。花盛处辄张巨幔，置音乐其中，而以玻璃花屋为上乐。灯尤盛者二处：一、环池为屋，悬灯三四层，掩映水中，一望无际。池旁烟火炬如月，相为照映。一、栽花满地，环绕五色玻璃灯钉，后为土山，高下左右，灯钉罗列。前结灯钉为彩棚，广十馀丈。亦巨观也。彩棚左张幔为回廊，列案置玻璃小瓶及各种盆景花草，亦有编花为勒及床檐者。随土山右转为花池，累土为台，或圆或方，或曲抱，五色花光，护蔽其上，以千万计。①

这段文字句式长短交错、有起有落、脉络通畅、语言简洁流畅、灵动自然。短短 223 字，却做到了言有序、言有物，将利成园花会的盛景娓娓道来。郭嵩焘的文章素养不得不使人称道。与之类似的描写片段在《伦敦与巴黎日记》中还有很多，如到达伦敦的第一印象、巴黎赛奇大会庆祝之盛况等，这里不再一一赘述。用古文描写西洋美景，如此绘声绘色，赞美之情溢于言表，从而招致国内封建士大夫们的指责。难怪王闿运会说："松声送筠仙日记至，殆已中洋毒，无可采者。"②

桐城派奠基人之一的刘大櫆"行文之道，神为主，气辅之"的观点也对

---

① 郭嵩焘.伦敦与巴黎日记 [M].长沙：岳麓书社，1984：204.
② 王闿运.湘绮楼日记：卷三 [M].长沙：岳麓书社，1997：18.

郭嵩焘行文深有影响。作为桐城派的经典文论之一，刘大櫆的这一文论主要强调神气、音节、字句的统一，重视散文的艺术表现。其中，"神"主要指作家的精神与文章的灵魂，"气"则是由"神"而生成的文章气势。郭嵩焘坚持"以神为主"，通过音节和字句来使文章表现出具有生气、流动的审美感受。在郭嵩焘留下的长篇日记体的海外游记中，总是不乏一些对于海外新鲜事物和风土人情的描述。这里取观看焰火表演的记录为例：

坐定，月初，极望数十里不见星火。俄而爆声发，直上如箭，约及数十百丈，散为五色繁点。而其下万火俱发，爆声四起，或散为五色繁点，而色相杂，又各不同。或如繁星；或如孤月直上；又如气球，随风横行至十余里，其光转绿，转红，又转白，如日光射人，月明亦为所持。已而光渐微，则一光圆中又裂为五色，圆光四出相激，又散为小圆光。其平地中万火俱发，有叠至四五层者，其光亦数变，约刻许乃息。[1]

这段文字牢牢抓住焰火绚烂多彩、变幻莫测的特点来对焰火燃放时的各种形态进行描写，使用了"爆""发""散""转""裂""激"这些单音节动词来体现焰火刹那间的变化，十分富有动感、干脆利落，读起来铿锵有力、朗朗上口，使人们能以读的方式感受到文章的神气，颇具桐城派"神气音节"之遗风。类似的描写段落还出现了很多次，例如描写游览植物园、英国的斯坦利和利文斯通等。

郭嵩焘不仅对桐城派文论加以继承，还有自己的创新之处。这些关于桐城派文论的创新使得他脱颖而出，成为桐城派一脉的中流砥柱。其创新主要体现在以下两点：

第一，郭嵩焘在衡量文章时，多倾向于"奇趣"。韩愈古文以载道开文章风气在先，但是郭嵩焘欣赏的却是其"奇趣"。奇崛新颖的文字给人以变化无穷、出人意料之意。他给好友孔宪彝作跋时就感慨"法韩公之文而得其奇趣者，盖亦无几矣，憾不及与观察一论之"，[2]对韩愈文风奇特之处的偏好

---

① 郭嵩焘.伦敦与巴黎日记 [M].长沙：岳麓书社，1984：204.

② 郭嵩焘.郭嵩焘全集：第 14 册 [M].长沙：岳麓书社，2012：373.

由此可见。笔者以《伦敦与巴黎日记》里郭嵩焘在光绪四年（1878）八月初四所写海外游记为例：

因阅挨及会厂，便过法人所设中国古磁及铜器玉器，日本铜器，及柬埔寨石刻。凡分三大院。中国磁器凡数千品……柬埔寨石刻尤奇，即古真腊国也，越南立为嘉定者。法人既据西贡海口，其地遂墟。所陈列石刻多佛教之遗，石幢、石塔（石幢大小数座，亦有一千佛幢），及所刻狮、象，高或一丈数尺，及佛象大小。其石刻桥栏一段，则亦天下之巨观也。据云置之石桥两旁，盖为九头蛇，昂其首，高约一丈七八尺，身如龙，为三石人抱之。其抱蛇首一石人，凡为十二手抱之。人皆作跪势，屈膝伸足，其高犹丈许也。三石人以后，蛇身遂断……其最奇者，日思巴尼牙海口，一百八十年前沉没一船，云其中多金，法人近有设法入水捞起者，又陈列数百事：凡木片之朽腐者，及半段壶、片瓦、瓶罂之属，皆珍列之。亦有人首骨，及当时所食腌肉，犹有大块存者。（西洋医士谓腌肉极难化，即此可见。）其破瓦缽上粘蚌壳及螺蚌之属，与朽木相为熔化，诡异奇离，亦复可观。[1]

郭嵩焘的这段文字主要写了柬埔寨石刻和打捞沉船这两件事。柬埔寨石刻的数量极多，除佛像石刻外还有狮、象石刻，形状极具当地宗教特色。最令他称奇的是石刻桥栏一尊高达丈许的三石人抱九头蛇石刻，九头蛇的"昂其首""身如龙"与石人们"作跪势，屈膝伸足"对比强烈、颇感悚然。沉船中捞出了朽腐木片、人首骨、腌肉等物，其中与朽木一同腐朽的蚌壳及螺蚌使得郭嵩焘印象深刻，称其"诡异离奇"，颇富奇趣。

第二，郭嵩焘还在散文创作上，为近代新体散文树立了新的语言范例。郭嵩焘在出使海外写下的游记中，添入了很多新的词汇。郭嵩焘对于英法等西方各国城市的昌荣，高明的科技，重大社会事件，文学艺术等新事物、新知识的表达上，运用了大量的新名词、新术语，从而"在很大程度上打破桐城古方的框框"[2]。郭嵩焘的海外游记中出现了大量的外来词，诸如巴力门

① 郭嵩焘.伦敦与巴黎日记 [M].长沙：岳麓书社，1984：715.

② 郭延礼.中国近代文学发展史 [M].北京：高等教育出版社，2001：316.

（议会）、买阿尔（民选市长）、波里司（警察）、火轮车、电话机、显微镜、等，有些词直接音译过来的，如巴力门；有些词则使用至今，如显微镜。外来词汇大大丰富了中国的语言词汇。甚至有英文"Roman Catholic"直接写在郭嵩焘的海外游记里，虽然只出现了一次，但是具有重大的革新意义。

四、平视夷夏：以旧文载新道的经世思想

十九世纪，中国社会在经历两次鸦片战争后发生了重大变化。身为桐城派"中兴"主将的曾国藩因时而变，把经济置于文章体系中，既与时俱进地发扬了"经世致用"的务实思想，又不悖离桐城派以往适应清朝统治者提倡程朱理学的"载道"思想。

众多曾门弟子之一的郭嵩焘，由于精通洋务被清廷派遣海外，并在驻外期间写下了很多海外游记，这些海外游记也体现出"经世致用"的务实思想。他的海外游记在经济上对西方的经济生活和政策作了考察。他参观了英国皇家造币厂。造币工序复杂繁琐，要求极为严格，"稍有轻重，皆废而不用"，叹其"精益求精如此"。① 他又与友人讨论了中国币制之弊，指出中国造币技术落后，亟待改进；他还参观了伦敦邮局，根据邮票四周小孔的设计，认为西洋国家行政便民，有利于百姓生产致富，"此专为便民也，而其实国家之利即具于是，此西洋之所以日致富强也。"② 郭嵩焘也注意到西洋保护商人利益的专利制，认识到西洋各国以制造为主业。而西洋制造多委之于民，国家向民众征收赋税，获得营收的税制；其海外游记也对西方议院制、两党制等政治制度和相关政治机构进行了介绍，得出"西洋所以享国长久，君民兼主国政故也"的结论。此外，郭嵩焘认为中国尚"时文小楷"，西洋却尚实学，不作虚文，力主开设学校，应全面向西方学习经世之学。在他的海外游记里，他注意到在英的留学生不过数人，全是学海军的；日本留学生却大小皆取法西洋，西洋人都佩服他们勇于求进。郭嵩焘对此大感羞愧，多次致信于国内友人，呼吁像日本那样大规模地向西方学习。如此种种皆是其受"经世致用"的务实思想的影响。

---

① 郭嵩焘．伦敦与巴黎日记 [M]．长沙：岳麓书社，1984：144.
② 郭嵩焘．伦敦与巴黎日记 [M]．长沙：岳麓书社，1984：197.

郭嵩焘的海外游记也表现出桐城一脉的"载道"思想。他在海外游记中尽心尽力地记录了自己出使西洋所感受到的经济、政治、教育、科技等方面带给自己的体会，并借助游记发表政论主张，与曾国藩强调经济、政治现实的观点以及"载道"思想实属一脉相承。郭嵩焘善宏通议论，以表达其理性反思，他对亲身体验到的中西方种种经济政治、人伦风情加以比较分析。在维护清朝统治及传统程朱理学意图的驱动下，他一方面对西方的科技文化称赞连连；一方面又极力将其与中国传统文化联系在一起。例如郭嵩焘在赴英途中经过红海时就认为，苏伊士湾中的赛乃山是《瀛寰志略》中记载的西奈山，土耳其的犹太是摩西的生长之地，唐书里叫"拂菻国"。摩西创造西方文明，犹太又是耶稣走出去的地方，而东汉的班超也到过这片土地。于是郭嵩焘便怀疑"自西汉时安息、条支已通中国。文教之兴于西土，造端在此，殆有得于中土文物之遗欤"。① 郭嵩焘在后面的日记里又讨论了基督教、佛教和儒教这三个宗教的关系，认为"而援天以立教，犹近吾儒本天之意"。②郭嵩焘这样做正是因为受"载道"思想的影响，所以试图从中国传统文化的角度来理解西洋文化，并想方设法自圆其说。

郭嵩焘在海外游记中，也对"载道"思想有所创新。作为桐城派出使文人的重要代表，郭嵩焘由于其所处的特殊时代背景以及个人经历，文章渐渐摆脱了桐城文论的一些约束，已不完全是桐城之"义理"，而是在那个内忧外患的特定时期的忧愤，将海外见闻与中国相比较后的理性思考。郭嵩焘出使海外回国以后，就对中国"道"的存在表示怀疑，其对"道"的理解已经超越了桐城派，他认为用"文以载道"的旗号来阻止西方进步文化的输入是徒劳无用的。郭嵩焘指出当时"泰西近古"说、"西学东渐"说的矛盾，承认西方文化的先进。在考察海外各国文化的过程中，他曾多次指出西方近代文化比中国传统文化更加先进。如论中国之"公天下"不如西洋，西洋"以其有道攻中国之无道"③，即使是中国三代圣人还是犹有欠者。又如对"为衮衮诸公深闭固拒，以力遂其苟偷旦夕之私"④现象的斥责，认为最紧急的任务

① 郭嵩焘.伦敦与巴黎日记 [M].长沙：岳麓书社，1984：70.
② 郭嵩焘.伦敦与巴黎日记 [M].长沙：岳麓书社，1984：912.
③ 郭嵩焘.伦敦与巴黎日记 [M].长沙：岳麓书社，1984：627.
④ 郭嵩焘.伦敦与巴黎日记 [M].长沙：岳麓书社，1984：973.

就是推行西学，用"经世致用"之学来拯救人心。在他看来，中国已落后于西洋各国。"自汉以来，中国教化日益微灭，而政教风俗，欧洲各国乃独擅其胜。其视中国，亦犹三代盛时之视夷狄也"。① 他还怒斥当时冥顽不灵的保守士大夫们是"井干之蛙，跃冶之金。"② 郭嵩焘在海外游记里对中国传统文化落后之处的批评，是其对于中西文化相对比的结果，虽然他对传统"载道"思想产生了新的理解，但他也更加深入地认识到西方思想文化已成为当时思想上的先知先觉者。

出使海外这一事件直接促生了郭嵩焘的海外游记，它是郭嵩焘游历海外的收获与总结，也是近代中国向西方学习的产物。其在题材内容、艺术特性和思想上，既对优秀传统文化有所继承，又有所创新。从郭嵩焘的海外游记，我们可以看到作为中国传统知识分子的他在西方文化冲击下产生的困惑与思考，且不断走向成熟。由于其所处时代阶级的限制，走在同时代人前面的郭嵩焘注定是一位孤独的先行者。他本人也意识到自己在当时时代下的艰难处境，却仍然发出其见解必获后世肯定的预言，并得到了应验。相信随着时间的推移，郭嵩焘的海外游记会在世人的研究中不断发掘出新的价值。

① 郭嵩焘.伦敦与巴黎日记 [M].长沙：岳麓书社，1984：491.
② 郭嵩焘.伦敦与巴黎日记 [M].长沙：岳麓书社，1984：960.

第三节　基层文人的文学创作——以罗天阊为例

　　清代湖湘诗人是一个队伍庞大、实力雄厚的创作群体，一些声名远播的诗人在群体中光彩夺目，同时这个群体也包含了大量基层诗人。这些基层诗人所发散的光辉在文学史上或许没有那么灿烂、那么长久，但在地方文学史上，许多人也曾短暂地惊艳过时光，而且基层诗人这个群体同样真实地反映出地方文人的创作生态，是地方文学史上值得重视的研究对象。湘潭诗人罗天阊正是湖湘基层诗人中的一名翘楚。罗天阊所著《西塘草余稿》，诗歌题材广泛，数量众多。纵观这些诗作，凝聚了诗人一生的情感、精神和思想，对研究了解湖湘诗人及清代湖湘基层文学具有一定的参考价值。

一、罗天阊其人其诗

　　罗天阊，字开九，一字云皋，号西塘，别号云在山人，湖南潭州人（今湘潭人）。罗天阊出生时，他的父亲罗作元梦中见天门开，天门上有"天阊"二字，于是给儿子取名叫罗天阊。罗天阊学识渊博、才高气正，平生以教书育人为业，终生未出仕，与何樵、石日琳、曾佳宗、易铭山、胡师亮、黄氏（佚名）等结社联吟，有"七子之目"之称。所著有《周易补注》《西塘草》《学古初稿》《明史指掌录》《史约偶评》等，现今大多已经亡轶。

　　罗天阊出身于湖湘望族湘潭鼓磉州罗氏。《鼓磉州罗氏九修族谱》"五代总编"载："一世应隆，字世兴，号政斋，明洪武元年生，由江西吉安府吉水县燦下迁湖广长沙府湘潭县，卜居鼓磉洲南岸鹧鸪坪。二世源佐，字效功，号奇山，生志聪，字子敏；志明，字心照；志安，字尔恭；志亮，字法显，开新屋堂、湖田堂、社山堂、蕨山堂四堂十房。是谱为蕨山堂大宪公支谱。支系绪衍，人才辈出，文功武略者有罗熙、罗仙、罗作元、罗天阊、罗典、罗修源、罗正钧、罗汝怀、罗萱、罗逢元、罗学瓒等。"[①]罗天阊出身的

---

① 邹华享. 湖南家谱简读 [M]. 长沙：湖南人民出版社，2004：318.

这一脉，人才辈出，族中弟兄多人杰。罗天阊的父亲罗作元为国学生，博学高才，著有《松岩集》；英年早逝，太守吕公把其列入县志列文学传。罗天阊的母亲黄氏，端严肃慎，有"桓少君"之风。太守吕公敬佩黄氏的高尚品行，也将黄氏列入县志。罗天阊有二子，名为罗绍诲、罗绍时，有侄子名为罗绍极、罗绍柱，有孙名为罗修兹。罗天阊的子孙后代，大都有文采。

　　罗天阊幼年丧父，母亲黄氏代替父亲传授知识，是他学问上的启蒙者，对他的一生都有深刻的影响，母子感情非常深厚。罗天阊因侍奉母亲而未曾出仕，其母死后更是在墓旁守孝三年，每逢母亲忌日哭泣不止，无法进食。因为放弃科举，罗天阊一生中的大部分时间都在讲学中度过，他性情旷达、乐善好施，把学堂的子弟视如己出，淡泊名利，从不在乎身外之物。讲学之余，与族兄罗典、罗浮以及"七子"等人结社吟诗，虽未出仕，但诗名远扬。罗天阊少年时期曾拜林坰先生为师，学习作诗之法。喜爱《周易》，醉心于濂洛关闽之学，到了中年受陶渊明影响甚多。在罗天阊所处的清代中期，士人多习八股文，考取功名只是为了荣华富贵，不知读书讲学、求圣贤道理的真正原因。他却不屑与世俗同流合污，追求本真，所作诗歌清新简明却又意境悠长，是当时湖湘基层诗人中的杰出人物。"云皋掉鞅衡麓，继响于岸花石浦间，不可谓非骚坛之一幸也。"① 罗天阊族兄鸿胪卿罗典，当时为岳麓书院山长，其学识渊博、才高气正，力赏罗天阊，也曾向乾隆推荐其才。罗典曾曰："平居束身如对宾客，与人言终日，不杂流俗语，惟于云皋见之。"② 当云皋逝去时，"七子"中的曾氏更是哭以诗曰：

　　　天欲穷吾党，云皋竟不留。
　　　惨哉前七子，孤矣此三秋。③

---

① 罗天阊.西塘草余稿 [M].株洲：南楚诗社，1997：6.
② 罗天阊.西塘草余稿 [M].株洲：南楚诗社，1997：9.
③ 罗天阊.西塘草余稿 [M].株洲：南楚诗社，1997：8.

罗天闿平生所著甚多，然至今存留者仅剩少许，经后人罗立洲收集整理后，出版了《西塘草余稿》，其中有《梅花百咏》《题桃花扇》等诗，计有二百四十余首，皆为七绝。除此之外，在邓显鹤所编的《沅湘耆旧集》中存有罗天闿的二十九首诗作，以及徐世昌的《晚晴簃诗汇》中收录了三首，皆《西塘草余稿》中所未收。罗天闿所存作品虽只剩吉光片羽，但足以见其才思洋溢、韵调高雅、不同凡响。文学史湮没了许多文人，历史也遗失了许多文作。罗天闿的作品能够流传至今，除了幸运以外，也在一定程度上说明其人其作在一定时期里有过影响力，或者说他的作品传播范围是较广的，传播时间是较长的。

湖湘大地所特有的风景和源远流长的文化构成了一个自给自足的文化空间，这是湖湘诗人创作的动力和源泉，也造就了诗人的真情至性，以文字的形式肆意挥洒着自己的真实情感。"基层写作之所以能够实现，除了大量文人生活于地方而形成一定的文化空间这一精神因素外，还有一定的地域空间的社会因素。地方基层远离权力中心，政治压力较为松弛，文人精神也较为舒展。他们在这里隐于乡土林薮，自然比隐于朝、隐于市更为自由。"[①]诗人郁积了一腔的情感在遇到不同的景观时难免会倾泻而出，或是在看到美景时单纯地抒发欣赏赞咏之情。"物"给诗人提供了创作的源泉，诗人也通过咏物表达了坚持自我，不与世俗同流合污的高尚精神操守和热爱生活和自然的怡然自得之情。

罗天闿的文学修养一方面来源于家族和父母的熏陶和培养，对《周易》、陶渊明的推崇和学习；另一方面源于他未出仕的人生经历，这也让他的诗作显示出一种清新流畅、简明如话却又意境悠远的风格。罗天闿一生以讲学授课为业，热心教育，成就出众。在当时八股风盛行的清代中期，他能够做到不与世俗同流合污，坚持自己的诗歌风格十分难得。担任岳麓书院院长的罗典对他有很高的评价，夸赞他博学多才，出口成章，与人交谈的每一句话都不落俗套，还曾邀请他去岳麓书院讲学。罗天闿的博学也折服了一众岳麓才子。

---

① 罗时进. 基层写作：明清地域性文学社团考察 [J]. 苏州大学学报（哲社版），2012（1）：116.

罗天闿诗歌内容主要以通过日常生活中的点点滴滴来表现自己的人生理想和志趣，表现出他淡泊名利，不在乎身外物的高尚品格。他在创作上倾向于咏物诗的创作，对生活的观察入微反映在作品的细致描摹中，并且善于运用多种修辞手法，流露出清新自然、简明流畅的特点。他的诗歌具有丰厚的情志内涵、独特的文化意蕴以及高超的艺术技巧。因此，通过对罗天闿诗作的研究，也可在一定程度上领略清代湖湘基层诗人创作的真实风貌，这无论是对于罗天闿本人的研究，还是对清代湖湘诗人群体的研究，都是有一定意义的。

二、《西塘草余稿》的主要内容

罗天闿的诗歌创作内容丰富、题材广泛，其中包含咏史、感怀、唱和、赠答、题物、交游等诸多方面。《文心雕龙·比兴》："夫比之为义，取类不常，或喻于声，或方于貌，或拟于心，或譬于事。"[1]罗天闿善咏物、咏史，因物因事比附，抒写其高洁之志；又善抒情，写其至性。言之有物、吟咏情性是《西塘草余稿》的主要特色。现主要就罗天闿诗作中的咏物诗、咏史诗和杂诗进行探析。

（一）咏物诗

正如前文所论，罗天闿一生未出仕，讲学和游玩山水是他生活的主要构成，现实生活中的所思所感，往往会选择寄情山水、寄情自然，通过自然之物抒发自己的各种情绪。在《西塘草余稿》二百四十余首诗中，有百余首咏物诗。咏物诗占据了百分之五十以上的比例。而在罗天闿的咏物诗中，吟咏花草树木的诗歌占了绝大部分。

罗天闿在六十九年的人生经历中，所涉及花木的咏物诗主要有以下几个主题：以具有特定意义的花木（如松、竹、菊）来表现自己的高洁之志；以伤春惜花来表达时光易逝，感叹历史兴亡；以及单纯的摹形绘状，给人以美的享受和情的感染。主要涉及梅花、荷花、海棠、柳、松林、兰花、桃花、青竹等植物。罗天闿诗中所描绘的梅、松、竹等，被赋予了与作者经历及

---

① 刘勰.文心雕龙 [M].北京：国家图书馆出版社，2010：324.

心态相关的情感因素，或者说其是人格化的植物，这些植物就是作者自己的化身。罗天阊注重的是对植物所包含的淡雅风韵的体会，以及对其所包含的崇高境界的赞赏。自古以来，文人都喜欢把松、梅、竹、菊与君子高尚的品格和坚贞的操守联系起来，并以此来自励或者共勉，或者因为喜爱其自然形态，对其进行赞咏。罗天阊也不例外，对梅花情有独钟，饱含热诚地将其心灵妙趣付诸笔端。

罗天阊曾作《梅花百咏》，诗人从方位、颜色、生长状态、品种、诗人与梅的互动等各方面完成了《梅花百咏》。在《梅花百咏》中，有单纯赞美梅的外貌的，有借梅抒情感叹历史的，也有以梅自喻表现自己的高风亮节的。罗天阊的《梅花百咏》中，喜欢把梅花与美人联系起来，借此表现梅花的好颜色。请看下例：

清香秀色助精神，点额宫妆大有因。颜色近来脂粉污，竟无人效寿阳颦。

（《妆梅》）①

绿纱窗外放琼枝，夺尽红颜镜里姿。天赐抹腮君莫妒，风吹定跨彩鸾飞。

（《胭脂梅》）②

玉华宝镜共台陈，一样清姿两地春。我即是卿卿是我，羞将颜色比傍人。

（《照镜梅》）③

诗中以梅花比美人，虽没有直接描写梅花的外貌特征，却通过与美人的对比，展现出梅花的天骄绝色。梅花清香秀气，点在额间显得格外精神；梅花的淡雅更加衬得脂粉俗气，单点梅花就足以有好颜色，堪比绝色，也无人去学寿阳公主的妆容了。《胭脂梅》中梅枝立在窗外，美人在镜前化妆，梅

---

① 罗天阊. 西塘草余稿 [M]. 株洲：南楚诗社，2001：20.

② 罗天阊. 西塘草余稿 [M]. 株洲：南楚诗社，2001：25.

③ 罗天阊. 西塘草余稿 [M]. 株洲：南楚诗社，2001：30.

枝映在镜子里，竟显得比人还娇。美人即花，花即美人。

　　除了美人以外，罗天阎还喜欢用各种物象来衬托、对比梅花的美。如《棋墅梅》中"片片飞来暖奕枰，玉尘九斛赌输赢。水晶壶内忘忧处，绝胜巴丘桔里春。"[1]诗人与友人下棋，片片梅花花瓣落到棋盘上，别样好看。此情此景，让人忘忧，比巴丘的春天还让人向往。《钓矶梅》中"素影披离水石边，隔溪遥望蔼晴烟。香风熏得渔人醉，错认鲜鳞跃钓船。"[2]水边有梅，有烟有香味，竟让渔人错把梅花在水中的倒影当成鱼儿，忽地跃下船去捕鱼。

　　在《梅花百咏》中，有相当一部分作品是把梅花自喻，赞誉梅花的高尚节操。如：

　　腊尽春回早到衙，心肠铁石淡无华。品题只合同廉吏，清白相传第一花。

（《官梅》）[3]

　　傲雪欺霜自谨严，寒光助照转娇妍。傍人不解孤贞意，讶道凄凉绝可怜。

（《寒梅》）[4]

　　荒郊独立地天宽，四顾萧条瘦影寒。拾翠寻芳春太早，野梅只合野人看。

（《野梅》）[5]

　　《官梅》把梅花同"两袖清风"的廉吏相比，赞颂梅花的高洁清白，是人人赞颂的"第一花"，这足见罗天阎对梅花的喜爱之情。诗人在《寒梅》这首诗中展现了一支竖立在风雪之中的寒梅，笑旁人不懂寒梅的孤贞坚韧，反觉这支梅无比凄凉可怜。诗人借咏梅抒发了自己的独傲，不与世俗同流合

① 罗天阎.西塘草余稿 [M].株洲：南楚诗社，2001：27.

② 罗天阎.西塘草余稿 [M].株洲：南楚诗社，2001：27.

③ 罗天阎.西塘草余稿 [M].株洲：南楚诗社，1997：15.

④ 罗天阎.西塘草余稿 [M].株洲：南楚诗社，1997：20.

⑤ 罗天阎.西塘草余稿 [M].株洲：南楚诗社，1997：17.

污的高洁品质，"世人谓我太可怜，我笑世人看不穿。"《野梅》中野梅立在荒郊处，天宽地阔，一片萧条，只有一支寒影。诗人自喻为野人，想到野外寻春拾翠，却意外发现一支在寒风中的野梅。"野梅只合野人看"，流露出诗人对野梅高洁坚韧品节的喜爱，抒发自己作为"野人"的逍遥自在。

（二）咏史诗

罗天闿现存的咏史诗主要包括为《桃花扇》写的《桃花扇题辞》以及组诗《读史》，这些咏史诗主要分为两类：一是借古人往事抒发自己的抱负，二是读史后的感慨抒情。

罗天闿为《桃花扇》一连写了116首《桃花扇题辞》，从数量上看，可谓空前。正如他在《桃花扇题辞并序》中写的一般："《桃花扇》，传奇也。传奇也呼哉？词史也！词史也呼哉？信史也！彼传奇者，守删诗正乐之家法，睹凄凉板荡之前朝辞，欲哭不可，欲笑不能，不得已借儿女私情，写兴亡大案，总替江南君臣，下几点眼泪，岂临川四梦笠翁十种所能有髣髴其万一哉。"[1] 他的百余首《桃花扇题辞》，基本都是在借古抒怀。如《次古滕王阁韵》：

别却金壶谢却弦，披衣上马去攸然。江南父老都垂泪，只有君王不自怜。

南国撑天只一人，攀龙无处坠江滨。九原若遇东林友，痛说当年逆案臣。

奸贤自昔比薰莸，得志从来想复仇。假令南朝无水火，中兴何止一年休。

元妃到国实堪哀，赐死终须候圣裁。魂若有灵先北去，黄金台下待君来。

非关将懦更兵微，君相胸中满杀机。复社论文齐入狱，凄凉相对各沾衣。

扬州告急有飞章，天子犹然在戏场。顷刻便携妃嫔走，夜深珠翠满

---

① 罗天闿. 西塘草余稿 [M]. 株洲：南楚诗社，1997：32.

街香。①

　　南明朝廷的君王只关心"天子之尊""声色之奉"，忘记了为君的职责；南明朝廷的大臣，如阮大铖、马世英之流，把国家朝廷的不幸当作自己的大幸，窃权滥用，只谋求千秋富贵，招致国家败亡、朝廷不存。南明朝廷上下不思进取、一心享乐，史可法孤掌难鸣、无力回天，王朝因此迅速覆灭。黄泉之下，史可法若遇上当年的东林友人，定要向他们痛诉这帮误国蠹虫。天子贪图享乐，从不思考国家存亡大事，已然清兵入侵，天子却还在戏场逍遥快活，接到快报才赶忙携妃嫔出逃。诗人感叹若是南明上下一心，定能重振大明王朝雄风，但现实却是满朝的无赖荒诞，哭既无味、笑亦徒劳，胸中一片激荡。

　　罗诗收录在邓显鹤所著的《沅湘耆旧集》的二十九首中，有《读史》组诗六首。这六首诗皆以晋朝为抒怀对象，都抒发了诗人对晋朝及司马氏的不耻以及对历史名人的惋惜之情。诗人在诗中直接写了"司马八痴儿，安比魏与吴""天不祚典午，骨肉自相焚""甘心学禅代，尧舜岂弑君"②这样的诗句，流露出自己对司马氏逼迫魏元帝禅让的不屑。司马氏"八达"被称作"八痴儿"，司马氏恶行累累并非正统，所以上天都不保佑晋朝国祚延绵，乃至司马氏骨肉相残。并且认为如果诸葛孔明不早死，后世岂会有晋朝存在。晋朝名臣谢安、温太真，皆是治世能人，却身处愈发式微的晋朝，即使有通天本事也无法改变晋朝的局势。诗人赞赏这二人的风流英姿，也叹息他们受到无能君王的猜忌，空有一身本事却无法改变弱国的局面，发出了"弱国无良臣，岂复能安居"③的感慨。

　　在《梅花百咏》中，也有如同《青梅》这样借物思古咏怀的诗作：

　　　　青青如豆味无涯，杯酒英雄兴自赊。
　　　　可笑江东吴后主，求饧时节口呀呀。④

① 罗天闿.西塘草余稿[M].株洲：南楚诗社，1997：38.
② 邓显鹤.沅湘耆旧集：第4册[M].欧阳楠，校点.长沙：岳麓书社，2007：375.
③ 邓显鹤.沅湘耆旧集：第4册[M].欧阳楠，校点.长沙：岳麓书社，2007：376.
④ 罗天闿.西塘草余稿[M].株洲：南楚诗社，1997：21.

《青梅》中"青梅煮酒论英雄"，诗人赞叹且欣赏三国时期的枭雄，钟爱他们的独特风姿，却又叹息枭雄的子孙后代竟没能有一丝先祖的风姿，只知贪图享乐，毁败先辈打下来的江山。同样是品青梅，先祖们是桌上论英雄，谈天下大事，后辈却只是贪青梅好滋味。

（三）杂诗

罗天闿的杂诗则是比较纯粹的抒情诗，流露出诗人的至情至性。通过考察杂诗，能够更好地揭示诗人的心灵状态。

罗天闿的组诗《杂诗》四首中，多以较大的篇幅写景，这些诗作在整体上往往流露出一种对闲居生活的惬意自适以及对避世离俗境况的满足，还有对大自然的热爱之情。诗人将自己的离俗远世之情寄托在山野景物之中。写景并非诗人的终极目的，诗作中透露出一种安闲、恬然、淡泊名利的心态。如同诗中所写"旦夕坐蓬庐，有书破寂寞"一般，① 山野之间虽然渺无人烟，但是只要手中有书便不会寂寞。这种心态体现出诗人在特定环境下的人生理想与价值追求，不求锦衣玉、荣华富贵，但求处于自然之间，倚树听鸟鸣，别有一番逍遥快活。世俗的生活令人感到疲惫不安，那么能够遂己之志，适意于山林田园自然是令人向往的。

在组诗《杂诗》四首中，有一首诗作抒发了诗人对亲朋的思念之情：

我昔本善病，闲静以养心。不惜五千钱，而买太古琴。
虽然不善鼓，对之清尘襟。有时好风日，独抱入松林。
昌黎著琴操，用意何高深。后世无人弹，古调遂已沉。
静甫借琴去，远在西崖阴。思之不得见，劳我瞻东岑。②

这首诗借太古琴表达出诗人对族兄弟罗静甫的怀念之情，同时也抒发了自己对古琴的欣赏之情。"我"虽不善于弹琴，但只抱琴坐于松树下，也能清除世俗的烦恼。罗静甫借走了古琴，每每想到此处，便回忆起从前和

---

① 邓显鹤.沅湘耆旧集：第 4 册 [M].欧阳楠，校点.长沙：岳麓书社，2007：375.
② 邓显鹤.沅湘耆旧集：第 4 册 [M].欧阳楠，校点.长沙：岳麓书社，2007：375.

他一同吟诗品酒的场景。越发地思念静甫，静甫却离"我"太远，思之不得见。

而在他的《杂诗·依平水韵目书七绝三十首》中更是体现出他的真性情，随心所欲，把所思所想通通写入诗中。看见美人美景都要赞赏一番，入睡梦醒得抒发一曲，四季变化要赋诗一首，看见绣娘刺绣也感叹一番。这三十首七绝依平水韵目书而作，有的是一二四句平声同韵，第三局仄声不同韵；有的是第二四句倒数，第三字为仄音。通篇文辞高雅、意境深远，更显罗天闿本人的才华横溢。

三、罗天闿诗歌艺术探讨

罗天闿是一位饱读诗书、思维敏捷的优秀诗人。在他的诗作中，充分吸收和运用前代文学的优秀成果，能明显看到《周易》、陶渊明等对他的影响。诗人综合运用各种修辞手法，贴切地吟咏物象，有其独到之处。而如此浑化无痕的艺术效果与罗天闿在诗中熟练运用拟人、比喻、夸张、对比、烘托、用典等各种修辞手法来传情达意有着重要的关系。

（一）善用多种修辞手法

罗天闿学识渊博、才华横溢，在诗作中善于运用多种修辞手法来表达诗歌主题。请看下例：

君子林间待玉人，清姿高洁信平生。相逢漫道春光好，岁岁寒深感旧盟。

（《竹梅》）[1]

疏枝老干任春风，心事玲珑万点空。浓艳繁华甘谢却，萧条岂与野人同。

（《疏梅》）[2]

不是黄杨厄闰寒，懒随红树出栏杆。逋仙也要低头看，未许王孙仰

---
① 罗天闿.西塘草余稿 [M].株洲：南楚诗社，1997：23.

② 罗天闿.西塘草余稿 [M].株洲：南楚诗社，1997：24.

面看。

(《矮梅》)①

玉屑轻霏玉树前，何郎傅粉转增妍。品题却笑诗人俗，逊白输香信口传。

(《雪梅》)②

这四例咏梅中，《竹梅》中把梅花比作君子，《疏梅》中则是展现梅花甘于平凡淡雅，不与世俗同流。这三例咏梅，都赞咏了梅花的冰清玉骨、圣洁高雅、不畏严寒、坚韧顽强的精神，如同孤高绝俗、贞洁自爱的君子情操。《雪梅》《矮梅》中则让读者看到了诗人的独傲、高洁，不与世俗同流合污，做最真实的自己。曾有古诗云"梅须逊雪三分白，雪却输梅一段香"，引得无数诗人纷纷把梅、雪并写，云皋却讽这太俗，不愿与俗人同流。又有诗云"满园春色遮不住，一只红杏出墙来"，于是诗人笔下又多了许多探出围墙的花。云皋却别出心裁写了一支矮梅，这矮梅懒得随红树出栏杆，逍遥自在长在园子里，就是"逋仙也要低头看"。流露出云皋在作诗、做学问方面的操守，不愿仿前人，走出自己的新路。再看《乍开梅》和《浴梅》两例：

昨夜东风暖乍匀，寒梅惊放好花新。芳情一段娇无语，似笑还颦别样情。③

香清玉减为尘埋，汲得清泉一洗开。恰似江妃新浴起，峨眉淡扫下妆台。④

上述两例都是梅花拟人化，把梅花拟美人，活灵活现地表现出梅花的美，表达作者对梅花的喜爱。例一中夸赞乍开的梅花就像美人在笑、在皱眉，总有别样风情。例二则夸赞梅花颜色好，如同江妃出浴上妆一般清新脱俗。善用对比和衬托的手法，将梅花和美人相比，分辨不出谁美得更胜

① 罗天阊.西塘草余稿[M].株洲：南楚诗社，1997：24.
② 罗天阊.西塘草余稿[M].株洲：南楚诗社，1997：23.
③ 罗天阊.西塘草余稿[M].株洲：南楚诗社，1997：30.
④ 罗天阊.西塘草余稿[M].株洲：南楚诗社，1997：19.

一筹。

罗天闿诗歌中所蕴含的丰富而深刻的思想情感正是通过各种文学艺术技巧的综合运用表现出来的，这些艺术手法恰到好处的运用，极大帮助了诗人情感的抒发，主题的表达，从而增强了作品的感染力。

（二）观察入微、描摹细致

罗天闿是一位热爱自然的诗人，他喜欢到处游山玩水，在领略天下山水之奇的同时，将一路所见所闻写进诗中，在他的诗作中往往能够体会到他对生活的观察入微以及对事物细致的描摹。

在《梅花百咏》中，罗天闿所注重的是梅花敢为众芳之先，色雅香幽的神韵，体现了他含蓄淡泊的审美理念和崇尚清瘦的审美心态。而在描写上，诗人选择以梅花栽种的不同位置，对梅花进行描写与赞咏。有《西湖梅》中"苏堤春晓映湖光，秀发孤山更不常。清景却嫌歌管杂，寻芳别过小桥梁"的不与众春景同的孤傲清高；有《书窗梅》中"窗下谁来报早春，疏棂雪映净无尘。标梅章诵芳盈颊，始信书中有玉人"的与梅同读书的快活；有《樵径梅》中"远上寒山僻径来，此中惟有盛开梅。樵夫亦有怜香意，铁石心肠掉臂回"对梅的怜惜。更有像《药畦梅》《柳营梅》《蔬圃梅》《僧舍梅》等作品，无一不展示作者对生活的热爱和对生活的观察入微。再看这首《折梅》：

> 六花霏出压群芳，忽嗅幽林淡淡香。
> 戏折小枝高插鬟，满头霜意艳春光。[①]

诗人爱梅花的冰清玉洁，爱梅花的淡淡清香。折一支梅插在美人鬟，这霜意竟比春光还艳。有诗云"淡极始知花更艳"，大概说的就是梅花霜冷的美。这首诗在咏物时并没有寄托什么深刻的思想，但我们能明确感受到那用霜意艳压群芳的梅花，艳丽四射；它们生机勃勃，散发着生命气息，从中我们也可以看出诗人开阔的心胸和乐观的情绪。

---

① 罗天闿.西塘草余稿 [M].株洲：南楚诗社，1997：18.

诗人对梅花的颜色和品种也有细致入微的观察,《梅花百咏》中提到的有黄梅、青梅、红梅、粉梅、接梅、蜡梅、杏梅、苔梅、绿萼梅、胭脂梅、千叶梅等。

请看下例:

山川不能语,幽意谁与论。牧童顾我笑,闲情相与言。岭上多荆棘,欲往殊难扪。颓垣纷瓦砾,老树留枯根。野草花亦香,生生何其繁。众鸟自呼名,声声何其喧。观听倏忽变,顷刻易数番。顾此亦可悦,散步向西园。园内竹猗猗,老矣欣生孙。菁葱更可爱,乃是忘忧萱。去冬我至此,圮塌无墙垣。略用修葺功,可比古南村。低头学稼圃,甘为小人樊。①

这首诗描绘了一幅山中野景图。岭上荆棘遍地,使得前进的道路越发难行。周围房屋倒塌后只剩残垣,树木也只留下枯根。还有路旁野花生机勃勃,一片又一片。天上盘旋的鸟儿叽叽喳喳地鸣叫着,鸟儿时不时地变调歌唱,这又是多么的热闹可爱。走到西园后,西园里的绿竹已然是清秀挺拔的样子。去年冬天到此地时还是一片萧条,今已亭亭如盖矣。诗人漫步向西园,将一路上所见之景都作了描述,不管是颓圮的墙垣,枯藤老树,还是繁茂的野花、绿竹都一一展现出来,表现出诗人对自然的热爱以及对身边事物的细致观察。因此想到从前与族兄弟们一同在书屋读书的美好时光,现今书屋重新修葺,下一代又在此读书;诗人作为族中长辈,也在此讲学授课,培育下一代。

(三)语言清新简明、平易自然

罗典曾经夸赞罗天闳"平居束身如对宾客,与人言终日不杂流俗语,惟于云皋见之。"②罗天闳的诗歌在语言风格上有着清新简明、平易自然的特点。他本人一直都是赞赏如"未能出世真无累,且免逢人即有求。"③一般豁达超脱、悠然恬适、与世无争的态度。在他闲居的惬意生活中,所作诗歌呈现出

---

① 邓显鹤:沅湘耆旧集:第4册 [M].欧阳楠,校点.长沙:岳麓书社,2007:374.

② 罗天闳.西塘草余稿 [M].株洲:南楚诗社,1997:9.

③ 邓显鹤.沅湘耆旧集:第4册 [M].欧阳楠,校点.长沙:岳麓书社,2007:379.

来的也是流畅清新的特点。如下面几例：

　　翠兰衫子碧波裙，髻样新梳一片云。昨日偶从花下过，满身如着异香熏。

（《依平水韵目书七绝三十首·十二支》）①

　　春色年年逐水流，主人日日面山幽。未能出世真无累，且免逢人即有求。

　　云影蹁跹沙鸟下，露华零落渚莲秋。迩来浪得渔翁号，明月西塘一钓舟。

（《西塘书怀》）②

　　珠光玉质总天真，此种偏宜称白人。簪向绿云香艳艳，能令翡翠也生香。

（《簪梅》）③

　　第一首诗描写了一位美人，穿着翠兰衣衫，着碧绿的波纹裙子，有着云一般的发髻。偶从花下过，沾了一身花香，美人如花。第二首诗是诗人抒发了自己的志向，住所面山，能感山之幽意，有水有莲，有嬉戏的鸟。罗天闿居于此地，且无职事的搅扰，自然恬淡寡欲、心怀旷远，乐做西塘一渔翁。第三首《簪梅》，夸赞梅的颜色好，簪在美人头上，别在云鬓之中，能令翡翠簪子也生香。以上三例浅显生动、清新流畅，既无咬文嚼字、卖弄学问，也无晦涩难懂生僻之词，这些诗作流露出的清新活泼的诗味，展现出罗天闿清新简明的诗歌语言风格。

　　天真自然、明白晓畅的风气与当时所盛行的八股文的拘于格套、僵化无生气的诗歌之风完全不同，这也正是罗天闿诗歌的独特之处。作为一个乡土诗人，又未出仕，罗天闿经历较少，阅历并不丰富，这也导致他的诗歌题材有限。唐人言诗："俯拾即是，不取诸邻。俱道适往，著手成春。如逢花开，

---

① 罗天闿.西塘草余稿[M].株洲：南楚诗社，1997：48.

② 邓显鹤.沅湘耆旧集：第4册[M].欧阳楠，校点.长沙：岳麓书社，2007：379.

③ 罗天闿.西塘草余稿[M].株洲：南楚诗社，1997：20.

如瞻岁新，真予不夺，强得易贫。幽人空山，过水采萃，薄言情晤，悠悠天钧。"罗天阖的诗虽取径略显狭窄，但其不落俗套，符合他基层文人的身份。基层文人之诗如文章中的小品，清新自然、言之有物，正是由于他们的存在，湖湘诗史才显得更加丰富多彩。

第五章
玄异事件与湖湘文学

文学源于生活，大部分源于生活的一般事件中，也有部分灵感与素材源于玄异事件。对于玄异事件的文学处理，文人们普遍采用纪实和幻虚两种方式。

人物源于现实生活，这些人物在历史中促发了一系列真实的事件。大部分事件的发展轨迹与当时的生产力水平和文明程度相匹配，符合普通民众的情感需求与生活逻辑，从而被当时的人们所理解、接受与书写、传播；而有些事件脱离了人们正常的生活逻辑与当时的认知水平，就是人们作为旁观者目睹或成为当事人的事件，却还是无法用一般的思维去理解与阐释。对于这些脱离认知之外的玄异事件和奇特人物，人们仍用纪实的方式进行记载和解读。而读者看来，这些作品只是神话传说。

想象力是文学家的重要能力，文人们利用构造幻虚的能力糅合了生活中的各种素材，在文学的世界中构建出光怪陆离的世界，生产出怪诞奇异的事件，拼凑出想象中的虚幻人物。

在众多的玄异事件中，最具代表性的便是和湖湘女仙有关的事件。许多史料都记载了围绕湖湘的女仙、女妖发生的形形色色的玄异事件，这些事件构成了一个个传说故事，着重体现了女仙们的能力才华、处事心态、观世思维，而这些恰是区分她们与普通女子的重要标准。围绕这些传说，文人们加以想象发挥，创作出历代女仙诗歌的题咏，并在这些题咏中灌注了自己的情思与理想。本章以清代邓显鹤所辑的《沅湘耆旧集》为主要女仙诗歌的文献来源，对其加以分析。

第一节　湖湘女仙故事类型

根据女仙故事的内容情节与表现特点，女仙故事可分为以下几类：

第一类，仙女下凡，经历人世情爱的历练。以杜兰香女仙为例。古有云："世道轮回。"在世人眼中，成仙之人已经摆脱七情六欲和死亡的困扰，可是不少仙女仍然思凡心切。杜兰香本已成仙，却需凡间历练，且自身也向往尘世间的情爱。如：兰香，仙女也。晋建兴四年，常降桂阳张硕家。《沅湘耆旧集》转载：《楚宝·列仙增辑》："有渔夫于湘江之岸见啼声，四顾无人，唯一二岁女子，渔夫怜而举之。十余岁，天资奇伟，灵颜姝莹，天人也。忽有青童自空下，集其家，携女去，归升天。谓渔父曰：'我仙女也，有过，谪人间，今去矣'其后降于包山张硕家，授以举形飞仙之术。硕仙去。父亦学道不食，后不知所之。"①女仙杜兰香就是因为犯了过错才被罚到人间接受凡尘的历练，不仅如此，《晋书·曹毗传》中载："时有张硕，为杜兰香所降，毗因以二诗嘲之。并续兰香嘲诗十篇，甚有文采。琼按：唐桂州曹唐有《玉女杜兰香下嫁于张硕》《张硕重寄杜兰香》二诗。"②张硕与杜兰香相遇、相恋、相离的事件构成女仙历劫受谪的必经环节。以仙女与凡间男子悲欢离合的故事吸引读者去领会其中道理，一定程度上宣扬了超越情欲、勘破红尘的宗教观念。

第二类，凡人奇遇，仙人展才与指路。以湘中蛟女为例，湘中蛟女是女仙中文艺才华十分出众的一位。"蛟女号氾人，与郑生会。……能诵楚人《九歌》、《招魂》、《九辩》之书，亦常拟其调，赋为怨句。其词丽绝，世莫属者。因撰《风光词》"。③如"醉融光兮渺渺弥弥，迷千里兮涵烟眉"④，用"醉"和"迷"巧妙地描写景色之美以及美人的沉醉。这一类是继承《离骚》楚辞传统的一个典范，同时间接展现出当时才女的风范，也体现出文人们丰富的想象力。再如南溟夫人的传说，相传衡山二子渡海迷路，欲向人求问返途。夫人未出场时，二子见夫人侍者，就已觉仙气飘飘，神异非凡，"见有五色芙蓉，高百余尺。双鬟自莲叶而来。"⑤待夫人出场，"夫人衣五彩，玉肌流艳。二子拜恳，夫人命以百花轿渡二子。玉壶一枚，高尺余，题诗其上赠之。桥之尽所，即昔日维舟处。询之，已一十二年矣。中途馁，扣壶，有鸳鸯，语之，得饮食……"⑥这是一场名副其实的仙人指路事件，仙人赠食送回，后还指引得道。这是湖湘凡夫俗子的奇遇，同时也展现了南溟夫人的

---

① 邓显鹤.沅湘耆旧集：第1册[M].欧阳楠，校点.长沙：岳麓书社，1997：260.
② 邓显鹤.沅湘耆旧集：第1册[M].欧阳楠，校点.长沙：岳麓书社，1997：260.
③ 邓显鹤.沅湘耆旧集：第1册[M].欧阳楠，校点.长沙：岳麓书社，1997：270.
④ 邓显鹤.沅湘耆旧集：第1册[M].欧阳楠，校点.长沙：岳麓书社，1997：270.
⑤ 邓显鹤.沅湘耆旧集：第1册[M].欧阳楠，校点.长沙：岳麓书社，1997：264.
⑥ 邓显鹤.沅湘耆旧集：第1册[M].欧阳楠，校点.长沙：岳麓书社，1997：264.

神异仙能。仙人的神奇、凡人的奇遇，引发世人对神仙的崇拜与对遇仙的渴望。

第三类，凡女潜心修炼，虔诚问道，终得升仙。以南岳魏夫人为例，论修仙心志，魏夫人诚志过人，首屈一指。《集仙录》："大茅君盈南治句曲之山。元寿二年，八月己酉，南岳真人从王母降于茅盈之室。又王母与金阙圣君降于台中，同诣清虚上宫，传《玉清隐书》四卷以授魏夫人。时太虚真人等歌《太极歌》。王母曰：'逍遥元精际，万流无暂停。哀此去留会，劫尽天地倾。当寻无中景，不死亦不生。体被自然道，寂观合大冥。南岳挺真干，玉映耀颖精。有任靡其事，虚心自受灵。嘉会绛河曲，相与乐未央。'①能得到王母夸赞的仙人属实不多，魏夫人就是其中一位。她在南岳修道，传播《上清经录》，为道教上清派第一代宗师，是湖南最早的道传播教者。她的神像就供奉在黄庭观内，其作为受世人香火的仙人，想必功德无量。到了唐代，南溟夫人则以修心修道闻名，修仙不仅仅体现在外在，内修也成为修仙的一个重要环节。魏夫人在《题玉壶赠元柳二子》一诗中表现出的舒缓的语气和从容的态度都能体会到其内修的精湛。魏夫人对道的虔诚、坚定，已然超出一般的伦理道德，目的是鼓励道众。

湖湘故事中的女仙时而温婉如玉，时而刚烈坚贞时而威武霸气，时而明媚动人，时而才艺兼备，各有千秋。纵观多样的女仙类型，归根结底都是文人幻想出来的人物，是文人想表达的一种现世的美好。希望自己能娶到貌美如花的女子为妻，又希望女子知书达礼、才艺兼备，还期盼女子有着崇高的品格。如此描述，早已在道德制高点上约束了女性，同时也表现出社会文化心理和世人心态：一是神仙信仰，二是男子对女色和女才的赏玩心理，三是白日梦式的自慰和自娱。②这样完美的形象，只能出现在仙人之列，其实也是表达世人对神仙的一种崇拜和信仰。随着朝代更迭、主流意识的转换以及经济的发展，仙人在世人心中的地位也逐渐下移。

---

① 邓显鹤.沅湘耆旧集：第 1 册 [M].欧阳楠，校点.长沙：岳麓书社，2007：261.

② 李剑国.《神女传》《杜兰香传》《曹著传》考论 [J].明清小说研究，1998（4）：166.

第二节　湖湘女仙诗的主题表述

玄异事件发生后的女仙传说再加上文人们奇特的想象力，间接推动了女仙诗的创作。湖湘女仙诗内容丰富多彩、题材广泛、想象丰富、词汇新颖，又融入地域空间、人文历史等多个元素，作品具有明显的湖湘特色。按主题内容，其诗歌主要分为追情逐爱、求仙渡道、游历人间三类。

一、追情逐爱

天上女性谪仙降临俗世，与世俗男子交往、恋爱，双方都有诗歌赠答，是六朝时期十分流行的传说模式。具有典型意义的是《沅湘耆旧集》前编卷第十五，杜兰香的《赠张硕》二首：

其一

阿母处灵岳，时游云霄际。众女侍羽仪，不出墉宫外。

飘轮送我来，岂复耻尘秽？从我与福俱，嫌我与祸会。

其二

逍遥云汉间，呼吸发九嶷。流汝不稽路，弱水何不之？ [①]

桂阳仙女杜兰香的传说，最早源于《搜神记》。此二诗都描绘了仙女过着超然的生活。自叙仙游生活情景：逍遥度日，无生无死，冥合自然，欢乐无尽。但细细对比，又有差异。

第一首诗首先交代自己的母亲住在灵岳，常常在天边游玩。再者写道众多的侍女宫女服侍"我"，但"我"却没有在墉宫外玩耍过。接着写到"我"乘坐着飘轮来到你这里，既然降临人间，又怎会以来到人间而感到可耻呢？最后述说到：你和我在一起，心意相通，恩恩爱爱必定有福气；若是抛弃我

---

① 邓显鹤. 沅湘耆旧集：第 1 册 [M]. 欧阳楠，校点. 长沙：岳麓书社，2007：260.

必定招致祸事。"灵岳""墉宫""青霞"和"飘轮"都显现出仙人不同于凡人的待遇。身处在有灵气的岳山，还有令人神往的墉宫住所，就连游玩的地方也是凡人望尘莫及的地方，出行还是仙人专用的飘轮。初看诗，便觉得是描绘仙家之所的诗篇。再端详，题目为《赠张硕》，那么题材显然是赠答诗，点出杜兰香正向张硕述说自己的家世，住在哪、家里还有什么亲人、平常是谁来服侍、出门是乘坐什么交通工具等。表面是与张硕简单的聊天，实则透露出杜兰香雄厚优越的家世背景。然而这位看似无忧无虑的仙子却从来没有从墉宫中走出来过！令人唏嘘嗟叹。成天困于墉宫，像金丝雀一样，失去了自由。再接着读下去，发现仙女竟然逃出墉宫，下凡来到人间！这是令人多么惊叹的一件事情，这个举动需要极大的勇气。仙子下凡是为了心上人张硕，并撂下一句话："从我与福俱，嫌我与祸会。"[①]这句话也只有果敢、敢爱敢恨、洒脱不羁的兰香仙子敢说出来，甚至带有一定的威逼利诱。语气虽有些重、态度也有些专横，但也强烈地表达出杜兰香追求情爱的坚定意志，体现出湖湘女子的泼辣执着。要知道她这一句话，是舍弃了多少富贵，付出了多少艰辛，承受了多大的痛苦，才来到人间与情郎厮守。因此，这首诗更多的是表达女仙为了追求爱情和自由的心愿，更值得称赞的是女仙为爱和自由舍弃荣华富贵的坚定态度和果敢品质。

相比之下，杜兰香的第二首诗，显得更加自由洒脱，读起来让人怡然自得、赏心悦目。诗作中描写自己在云层间逍遥快活，在神秘的九嶷山上呼吸神气；玩耍尽兴后不会长期停留在同一段路途上。两个否定副词"不"，都突显出杜兰香放浪形骸之外，不问世事，不被俗世干扰的一种超然状态。

说到仙凡相恋，衡山女仙张润玉的诗作读起来却是缠绵执着。如写给情郎沈警的《赠沈警》：

陇上云居不复居，湘川斑竹泪沾余。

谁念衡山烟雾里，空看雁足不传书。[②]

① 邓显鹤.沅湘耆旧集：第 1 册 [M].欧阳楠，校点.长沙：岳麓书社，2007：260.
② 邓显鹤.沅湘耆旧集：第 1 册 [M].欧阳楠，校点.长沙：岳麓书社，2007：263-264.

在冷清凄凉的夜里，传来一阵阵管弦的乐声，更显离情之苦。"烟雾"似愁绪绵绵，在与情郎想见而不得时，就连鸿雁传书也不能。"空看"二字表达女仙愁苦之深。在《以金合欢结赠沈警，并歌》中写道："心缠千万结，缕结几千回。结怨无穷极，结心终不开。"① 合欢原本是"恩爱好合，永结同欢"的意象，但在这首合欢的诗词中，充满了凄凉、怨愤、期盼、思恋、寂寞、喜悦、惆怅等情爱给予人的种种滋味，万缕千回，复杂而纠缠；无穷不开，热烈而长久。此诗以相思缠绵幽怨为底色，在合欢之上寄予对爱情美好的期望，合欢在诗的韵味里。诗中的"结"意味深长，与"天不老，情难绝，心似双丝网，中有千千结"有异曲同工之妙。"结"在诗中一是表示本义——金合欢结，二是表示心结。以"万缕""千回"来表达数量之多；用"无穷极"来表述自己爱之深切，思念如无底洞一般；用"终不开"强烈地表现女仙坚韧的性格，为爱坚守到底。张仙子《寄书》一诗中亦有"若存金石契，风月两相忘"② 之句，许下情比金坚的愿望。

相比之下，黄陵美人的诗歌倒是增添一分凄凉愁苦的意味。如《寄紫盖阳居士》：

> 落叶栖鸦掩庙扉，菟丝金缕旧罗衣。
> 渡头明月好携手，独自待郎郎不归。③

这首七绝诗的前句营造了一个宁静、温馨的场面，即落叶归根、乌鸦归巢；而后句则描写女子独自一人在渡头焦急等待情郎归来的场面，以乐景衬哀景，反差效果极大。"菟丝"是一种细弱蔓生的植物，"金缕"实则是纤纤柳枝，这两种植物的共通之处在于柔弱且无依靠。而女子以"菟丝""金缕"自比，道出自己的唯一依靠是与情郎共携手。在明朗的月光下与心爱之人相约一起私奔，该是一件多么浪漫的事情。然而，恰恰是为恋人照亮前进道路的明月在此时摇身一变，成为旁观者、成为一种别离的意象。冷清的月色营

---

① 邓显鹤. 沅湘耆旧集：第1册 [M]. 欧阳楠，校点. 长沙：岳麓书社，2007：264.
② 邓显鹤. 沅湘耆旧集：第1册 [M]. 欧阳楠，校点. 长沙：岳麓书社，2007：264.
③ 邓显鹤. 沅湘耆旧集：第1册 [M]. 欧阳楠，校点. 长沙：岳麓书社，2007：274.

造出孤寂冷清的氛围，使女子的愁绪更加浓厚。

以上都是追情逐爱主题的诗歌，各女仙的表现却截然不同，体现出不同时代的文人心态。受湖湘文化的熏陶，湖湘女子敢爱敢恨、果敢坚韧的性格被文人在诗歌中表现出来，如杜兰香等。显然，对于这类女子的性格，文人都是持赞赏态度，觉得这种性格的女子更具魅力；同时也表现出文人独立的自由人格。而张润玉女仙和黄陵美人的温婉多情则恰好用"湘女多情"四个字来形容，表现出文人心中渴望有一位多情、柔弱的女子追随自己；也体现出在男强女弱的男权社会中，男子社会地位的高贵。

二、求仙渡道

据有关历史记载，湖南最早的宫观是晋太史年间建于常德桃源的真源观。东晋元帝大兴元年（318年），著名道姑魏华存在南岳修道十六年，传播《上清经录》，后被封为南岳夫人（人称"魏夫人"）。她的诗作与前者大不相同。如《夜降杨羲家作》：

> 玄感妙象外，和声自相招。灵云郁紫晨，兰风扇绿轺。
> 上真宴瑶台，邈为地仙标。所期贵远迈，故能秀颖翘。
> 玩彼八素翰，道成初不辽。人事胡可预，使尔形气消。[1]

这首诗，描绘了仙人们宴饮的热闹场面。首先未见其人，但闻其声，在凡人所不能到达的仙界传来优美悦耳的歌声；紧接着是仙界的环境描写，"灵云""紫晨""兰风"及"绿轺"衬托出仙界环境清幽、意境高雅；再道出上真仙人在琼台设下酒宴，请来众仙人饮酒作乐，动静结合、绘声绘色。再如《十二月一日夜作与许长史》，写景方面与其亦有异曲同工之妙：

> 灵谷秀澜萦，藏身栖岩京。披褐均衮龙，带素齐玉鸣。
> 形盘幽辽里，掷神太霞庭。霄上有陛贤，空中有真声。

---

① 邓显鹤.沅湘耆旧集：第1册[M].欧阳楠，校点.长沙：岳麓书社，2007：261.

仰我曲晨飞，案此绿轩辚。下观八度内，仰叹风尘蒙。

解脱遗波浪，登此眇眇身。忧竟三津竭，奔驰割尔龄。①

这首诗上阕写景，且用动词"藏""披"揭开了仙界的神秘，将人带入一种活力、高亢的氛围之中。下阙就直接感叹抒情，喊出了"要解脱，要奔跑驰骋"的口号，令修道之心愈加明显、愈加直白。

纵观魏夫人的诗篇，褪去了杜兰香诗中仙人相恋的情节，进而衍生出仙人下凡普渡凡人修道成仙的故事。两首诗作中构思奇诡、玄想大胆，营造出神秘的意境。其中有大量描绘仙界美好的景象，幻想的境界笼罩在虚幻的神秘色彩之中，以此来诱发凡人的信仰之心。第一首诗作中"所期贵远迈"委婉含蓄地说出希望杨羲能潜心修道。在第二首诗作中的"仰叹风尘蒙"，以俗世困扰反衬仙界的高雅脱俗，隐喻仙界比凡间更快乐、更悠闲，希望许长史能苦修成仙；反之，诗作的另一面是影射当时社会风气不佳、现实人生的困难、文人心态的不安定，追逐不了现世的幸福，便将其寄托于诗篇之中来表达内心的美好追求与向往。

同样是劝人修仙，九嶷山得道仙女罗郁却写出了与众不同的奇特篇章，如《赠羊权》②：

其一

神岳排霄起，飞峰郁千寻。寥笼灵谷虚，琼林蔚萧森。

羊生标美秀，弱冠流清音。栖情庄惠津，超形象魏林。

扬彩朱门中，内有迈俗心。

其二

我与夫子族，源胄同渊池。

宏宗分上业，于今各异枝。

兰金因好着，三益方觉弥。

---

① 邓显鹤. 沅湘耆旧集：第1册 [M]. 欧阳楠，校点. 长沙：岳麓书社，2007：262.

② 邓显鹤. 沅湘耆旧集：第1册 [M]. 欧阳楠，校点. 长沙：岳麓书社，2007：263.

其三

静寻欣斯会，雅综弥龄祀。谁云幽鉴难？得之方寸里。

翘想樊笼外，俱为山岩士。无令腾虚翰，中随惊风起。

迁化虽由人，藩羊未易拟。所期岂朝华，岁暮于吾子。

第一首诗的前两句写景，"排霄""飞峰"显得特别大气且有气势。三四句夸赞羊权生的俊俏，是活脱脱一位俊朗书生的模样。而"扬彩朱门中"后面承接着"内有迈俗心"，本来可以享受世间的荣誉富贵，心中却又宁静致远，有着脱离尘世的念头。第二首诗中，仙女亲切地与羊权坐着聊家常，委婉述说着，自己原本与羊权是一家，有深厚的渊源，从而拉近彼此的距离；又感叹如今"各异枝"的境况，即"我"为仙家，你为凡人。暗示着你我本是一家，境遇却大相径庭。仙子此番下凡，正是念着同宗的情分，来渡羊权成仙，希望羊权不要辜负这一番美意。而在第三首诗中，"俱为山岩士"肯定地回答樊笼之外都是潜心修仙之人，预示修仙之人众多；"迁化虽由人，藩羊未易拟"说明造化虽事在人为，但肯定羊权会有所修为。结尾处带有反问的语气问羊权是否甘心沉醉于尘世间的纷纷扰扰。

诗中的劝词徐徐渐进，层层推进，以反问结尾，让人眼前一亮，唏嘘不已。诗作中正是抓住凡人想要长生不老的贪欲，激发凡人的修仙之心。而仙女罗郁则为渡化之人指点迷津，成为引领者和中间的搭桥人。这也显示出当时受文人晋代强调宗教拯救功能的思维影响，表现出对修仙的向往。

修仙修道是历史上老生常谈的话题。晋代的"新神仙思想"发展到唐代，历经一系列演变，被赋予了新的含义——修仙在于修心。如南溟夫人诗作《题玉壶赠元柳二子》：

来从一叶舟中来，去向百花桥上去。

若到人间叩玉壶，鸳鸯自解分明语。[①]

这首诗对仗工整，读起来朗朗上口。来从某某来，去到某某去，在佛经

---

① 邓显鹤.沅湘耆旧集：第 1 册 [M].欧阳楠，校点.长沙：岳麓书社，2007：264.

中经常会在自省中反思自己，带有深深的禅意和佛意。诗作中的"舟"和"桥"都是渡水的工具，而仙人赠送元柳二子折返人间的百花桥是仙家的仙物，寓意夫人施恩惠于凡人，温暖普渡者。还告诫元柳二人到了人间就叩谢玉壶，神鸟鸳鸯会告之怎么做。从诗中看来是留有悬念的，其实一切都在南溟夫人的掌控之中，可她并没有一语道破其中的玄机，也没因二人岛中迷路而强行胁迫他们就此修仙，不予遣返人间。

南溟夫人既没有像魏夫人那样极力渲染仙界的美好，以此来"诱"世间男子对于生命的永恒性、享乐的无极性有所迷恋和追求；也没有像罗郁仙子那样苦口婆心、大力赞美世间男子有成仙的资质，使其蠢蠢欲动，而是采用欲擒故纵的方式来渡凡人成仙。南溟夫人这一招很高明，不仅看出一个人有没有仙缘，还反应出修仙之道在于修心。若心不正，修仙多年也是无用之功。在唐代，这种重视心性的神仙思想也是受到大乘佛教的普遍佛性说的影响，在观念和语言上与"修心""住心""敛心""安心"的思路相通，且重视"心性"，强调个人"心性"修养，即对于"人"作为主体要有自觉，具体表现则是人对"心性"的肯定。①

三、红尘游历

在大多数神界里，成仙得道之人都住在仙界，偶尔会有一部分仙人愿意下凡游历人间。而罗袜仙子便是其中之一。《全唐诗话》中记载："贞观中，一士人于慈恩寺召仙。有仙自称罗袜仙子，下坛诗云：'名登桂籍，家住桃源。尘缘未断，还到人间'。又云：'妾有游清词，可记忆也。'"②在《游清词》中一句"何事白云封不住，夜深飞堕碧龛来"③则体现出仙人内心藏着忧思，一个动词"堕"便铿锵有力地写出忧思之多、之重。《降坛诗》这一诗作中写道：

隔帘烧烛烂如银，隐映繁星出绛滨。

---

① 孙昌武 . 诗苑仙踪·诗歌与神仙信仰 [M]. 天津：南开大学出版社，2005：260.

② 邓显鹤 . 沅湘耆旧集：第 1 册 [M]. 欧阳楠，校点 . 长沙：岳麓书社，2007：265.

③ 邓显鹤 . 沅湘耆旧集：第 1 册 [M]. 欧阳楠，校点 . 长沙：岳麓书社，2007：265.

独韵三山鹤背笛，吹残人世几红尘。①

　　此诗先写景物，再抒发情感。对于已位列仙班的仙子来说，看待人间景象却不似凡人眼中那样繁华辉煌，心中再也掀不起一丝涟漪，只剩感慨，叹尘世如过往云烟。对比两首诗，都是诗人游历人间时所作，但后来者居上。《降坛诗》显示出诗人经过历炼，心境与从前大相径庭，还悟出尘世几转轮回的道理。仙子嘴上说尘缘未断，实则断得一干二净。这就是一种修炼之道，修道在于静心，心静下来，视野也就变得开阔。

　　话说仙子游历人间，必遇风尘，就看仙子如何自处了。《异闻总录》云："贾知微寓舟洞庭，因吟怀古诗云：'极目烟波是九嶷，吟魂愁见暮鸿飞。二妃有恨君知否？何事经旬去不归？'即岳阳，因赋诗云：'湖平天遣草如云，偶泊巴陵旧水滨。可惜仙娥差用意，张硕不是有才人。'俄见莲舟有数女郎，鼓瑟而下。……生目送之，舟通西岸，即曾城夫人京兆君宅。生趋堂，见备筵馔。有三女郎：一称曾城夫人，一称湘君夫人，一称湘夫人。酒行，各请吟诗。"②

　　湘君在唱和诗上着重写景，如《酬贾生》：

南望苍梧惨玉容，九嶷山色互重重。
须知暮雨朝云处，不独阳台十二峰。③

　　诗作中用"苍梧""暮雨"等意象，让诗中景色变得灰暗，格调暗沉，突出作者内心幽怨郁愤的情感世界。而湘夫人在酒席上显得淡然，如《酬贾生》：

夜唱莲歌入洞庭，采莲人旅著青苹。
长歌一棹空归去，莫把莲花让主人。④

---

① 邓显鹤.沅湘耆旧集：第1册[M].欧阳楠，校点.长沙：岳麓书社，2007：265.
② 邓显鹤.沅湘耆旧集：第1册[M].欧阳楠，校点.长沙：岳麓书社，2007：271.
③ 邓显鹤.沅湘耆旧集：第1册[M].欧阳楠，校点.长沙：岳麓书社，2007：271.
④ 邓显鹤.沅湘耆旧集：第1册[M].欧阳楠，校点.长沙：岳麓书社，2007：271.

诗中表面写采莲人到洞庭湖采莲，实则写贾生应该好好爱护莲花，爱护佳人。而曾城夫人写的《酬贾生》则风格迥异：

> 一解征鸿下蓼汀，便随仙驭返曾城。
> 伤心远别张生去，翻得人间薄幸名。①

其实，曾城夫人与贾生饮酒之后，还有后续。曾城夫人邀请贾生留宿，第二日用秋罗帕裹着五十粒定年丹赠与贾生。可见曾城夫人对贾生的良苦用心，想以仙丹助他得道，诗作中也尽显对贾生的怜爱及期盼之情。三女仙游历凡尘遇才子贾生，也对其表达出不同的态度。总而言之，可以看出仙人对同一件事情的不同的看法以及各自不同的修炼境界。而文人对一男子能偶遇三大仙女陪酒，吟诗作乐，还被要求留宿，真是人生的一大幸事。实则假托遇到仙女来彰显文人的风流雅兴，是当时文人的一种普遍心态。

第三节　湖湘女仙诗的艺术成就

"一方山水养一方人"，湖湘文化蕴藏着一种博采众长的包容开放精神与"敢为天下先"的独立创新精神。湖湘女仙诗则体现出一部分湖湘文化的内蕴及地方特色。

一、湖湘特色女仙群像书写

湖湘文化中"吃得苦、耐得烦、霸得蛮"的精神内核，倒也成为湖湘精神的标志之一。如女仙杜兰香诗作中的一句"从我与福俱，嫌我与祸会"②体现出湖湘女子骨子里应有的霸蛮，也正是这种"蛮"成就了湖湘的特色。谭其骧说过："湖南人之祖先既大半皆系江西人，以是江西人之风习赋性，自

---

① 邓显鹤. 沅湘耆旧集：第 1 册 [M]. 欧阳楠，校点. 长沙：岳麓书社，2007：272.
② 邓显鹤. 沅湘耆旧集：第 1 册 [M]. 欧阳楠，校点. 长沙：岳麓书社，2007：260.

为构成湖南人之风习赋性之主要分子。……江西人又以刻苦勤劳著，于妇人为尤甚，此风亦承袭于衡湘间。"①而早期的楚人在与环境相争的过程中，靠着奋斗进取的精神，一代又一代硬是将一个陌生而蛮荒的地方变成了子孙赖以生存的家园。②因此，传说与诗歌中也有了尽心尽力治理南岳而闻名于世的魏夫人；有了帮助湘君勤勤恳恳治理湘江的湘夫人。

除了刚毅的性格之外，湖湘地区因三湘四水的滋润，也成就了湘女多情缠绵的一面。如湘妃诗作中"玉辇金根去不回，湘川秋晚楚弦哀。自从泣尽江蓠血，夜夜愁风怨雨来。"③表现女仙心思细腻丰富、明媚感伤。有蛟女在《风光词》中写"见雅态之韶羞兮，蒙长蔼以为帏"④的羞涩多情之态；还有黄陵美人在表达爱情时写道"渡头明月好携手，独自待郎郎不归"⑤。其实是借月咏别，明知情郎不会来，还愿痴痴等待，表现对爱情的勇敢、执着之情。洞庭龙女则在《同赋诗》中提到"泾阳平野草初春，遥望家乡泪滴频"⑥，抒发自己对家乡的深切思念之情。

二、虚实相间的湖湘景观描写

东汉刘熙《释名》解释"仙"字说："老而不死曰仙。仙，迁也，迁入山也。故其制字，人旁作山也。"⑦这个解释反映了一个重要的观念：仙人住在山里，然后发展出道教的"洞天福地"说。这说明仙人已不居住在遥不可及的西极昆仑或虚无缥缈的东海，而是住在近在九州大地的山岳中。湖湘及其文化一直隐藏在深山朦胧之中，这为后来魏晋南北朝女仙诗的创作提供了依据。首先，湖湘地域依山傍水，云雾环绕的缥缈山峰成了修仙圣地。如杜兰香《赠张硕》中的"逍遥云雾间，呼吸发九嶷"⑧，张润玉《赠沈警》中的"谁

---

① 谭其骧.长水集[M]北京：人民出版社，2011：350.
② 常建.湖南人的性格解读[M]北京：中国电影出版社，2006：87-88.
③ 邓显鹤.沅湘耆旧集：第1册[M].欧阳楠，校点.长沙：岳麓书社，2007：274.
④ 邓显鹤.沅湘耆旧集：第1册[M].欧阳楠，校点.长沙：岳麓书社，2007：270.
⑤ 邓显鹤.沅湘耆旧集：第1册[M].欧阳楠，校点.长沙：岳麓书社，2007：274.
⑥ 邓显鹤.沅湘耆旧集：第1册[M].欧阳楠，校点.长沙：岳麓书社，2007：267.
⑦ 孙昌武.诗苑仙踪·诗歌与神仙信仰[M].天津：南开大学出版社，2005：50.
⑧ 邓显鹤.沅湘耆旧集：第1册[M].欧阳楠，校点.长沙：岳麓书社，2007：260.

念衡山烟雾里，空看雁足不传书"①以及《寄书》中的"飞书报沈郎，寻已到衡阳"②。其中九嶷山和衡山是湖湘特有的山峰，也一度成为修道修仙的仙峰；诗中还有湖湘特色的景观和特殊物象的出现。如龙女所作的《感怀诗》："海门连洞庭，每去三千里。"③又比如"陇上云居不复居，湘川斑竹泪沾余"④中的洞庭、湘川也是湖湘特有的景观。其他诗中的"苍梧""白蘋""斑竹""江蓠""湘水""湘妃竹"等意象，也都是湖湘地域独有的景物。

其实女仙诗中的仙山、仙水，实际上是现实中的湖湘山水景观。那些仙气飘飘的描写实则是诗人游览湖湘山水的直接感受或间接联想，以虚写实。诗人对现实景物展开充分的想象，融合浪漫主义这一风格，创造出神奇瑰丽的艺术世界。湖湘诗人将家乡熟悉的景物融入诗歌，以此为模型搭建起神异的世界，不但表达诗人对家乡景物的情有独钟，还能展现家乡的大好河山。

三、具有浓郁楚文化气息的语言魅力

谈到湖湘文化，值得一提的便是楚文化，它是湖湘文化的早期母体。春秋战国时代楚文化中的蛮夷文化和祝融文化也构成了湖湘文化的源头。⑤"天开人文，首出庶物以润色河山，弁冕史册者，有两巨子焉：其一楚之屈原，著《离骚经》，以香草美人为比兴，以长言咏叹变四言，铿锵鼓舞，于三百篇之外，自成风格，创楚辞以开汉京枚马之辞赋。其一宋之周敦颐，作《太极图说》《通书》，契性命之微于大易，接孔颜之学于一诚，而以太极人极发明天人之蕴，倡理学以开宋学程朱之性理。"⑥因此，在语言方面，女仙诗受了屈原的影响，湖湘的楚文化立即在诗中显现出来，一览无遗。如"洞箫响兮风生流，清夜阑兮管绞道。长相思兮衡山曲，心断绝兮秦陇头。"⑦"兮"作为湖湘方言的一种语气词，无疑是代表湖湘特色的旗帜，而在其他地域中

① 邓显鹤.沅湘耆旧集：第 1 册 [M].欧阳楠，校点.长沙：岳麓书社，2007：263-264.

② 邓显鹤.沅湘耆旧集：第 1 册 [M].欧阳楠，校点.长沙：岳麓书社，2007：264.

③ 邓显鹤.沅湘耆旧集：第 1 册 [M].欧阳楠，校点.长沙：岳麓书社，2007：272.

④ 邓显鹤.沅湘耆旧集：第 1 册 [M].欧阳楠，校点.长沙：岳麓书社，2007：263.

⑤ 文选德.湖湘文化古今谈 [M].湖南：湖南人民出版社，2006：2.

⑥ 钱基博.近百年湖南学风 [M].傅道宾，校点.北京：中国人民大学出版社，2004：3.

⑦ 邓显鹤.沅湘耆旧集：第 1 册 [M].欧阳楠，校点.长沙：岳麓书社，2007：263.

鲜少看见这样的用语。如湘中蛟女所写的《氾人歌》："溯青山兮江之隅，拖湘波兮袅绿裾。荷拳拳兮情未舒，匪同归兮将焉如。"①其中，"兮"的发音给人一种悠长、响亮、高亢的感觉，适合诗人的情感表达。而叠字的运用能产生情韵，给人美感。湖湘女仙诗正利用自身独特的地理位置和传承的湖湘精神去发挥创造，从而形成一系列特殊的描写方式和表现手段。如用夸张的描绘手法，构想出特殊的情节模式，如："灵谷秀澜萦，藏身栖岩京。披褐均尧龙，带素齐玉鸣。"②并且大力制造奇特的氛围，形成独特的艺术风格，在其艺术上显现出独创性。在这些相当有特色及表现力的诗作中，众人可通过观其诗作，窥探典故、神话、古典意象和语言；这些手法也被广泛运用到各个文学领域，其影响和作用是不可估量的。

四、神话故事的变迁

湖湘历代女仙诗作中，可以看出神仙思想变迁的踪迹。据记载，"仙"与"道"的结合进而形成中国本土宗教——道教，神仙信仰也因此成为道教教义之核心，这对思想文化、文学艺术等领域产生极其深远的影响。③融合道教的神仙思想已流传有1800多年的历史。

《搜神记》曾记载了晋建兴年间，杜兰香女仙被贬谪下凡降张硕家，并传授张硕举形飞仙之术。这就是典型的帮助张硕成仙的宗教结局。在《楚宝·列仙》中有："魏夫人幼好道……夫人心期幽灵，精诚弥笃……忽感太极诸仙真下降，授以丹经……始托剑化形去。"④这种成仙方式也是道教的。随着神仙思想的发展，东晋时期的道教更加突出宗教拯救功能和"自力"救济信仰，这种思潮被日本学者小南一郎概括为"新神仙思想"。⑤比如"仙子罗郁，九嶷山得道女，即世称萼绿华也。晋升平二年，夜降于羊权家。"《楚宝·列仙增辑》："萼绿华，自言九嶷山中得道女罗郁也。赠杨权诗一篇，并

① 邓显鹤.沅湘耆旧集：第1册[M].欧阳楠，校点.长沙：岳麓书社，2007：270.

② 邓显鹤.沅湘耆旧集：第1册[M].欧阳楠，校点.长沙：岳麓书社，2007：262.

③ 姚圣良.先秦两汉神仙思想与文学[M].济南：齐鲁书社，2009：1.

④ 邓显鹤.沅湘耆旧集：第1册[M].欧阳楠，校点.长沙：岳麓书社，2007：261.

⑤ 孙昌武.诗苑仙踪·诗歌与神仙信仰[M].天津：南开大学出版社，2005：61-62.

火浣手巾一条,金玉条脱各一枚。羊权亦九嶷人。萼绿华降其家,授以长生之术。乃潜通道要,尸解仙去。"①罗郁仙子授以凡人法器、仙术,渡凡人成仙。直至唐代,佛寺、道观才成为文人游览观光、交际、居住的场所。道教与佛教的相融,使凡人也可成仙的思想产生,并着重心性修道成仙的思想,这也是受到唐朝上清派教理"仙为心学"思想的影响。与佛教禅宗相通,显示出修仙发展的新方向。上述思想在湖湘地域影响更甚。茅山道是当时最具代表的教派,其代表人物有杨羲、许谧,这两位都是湖湘地域之人。在南溟夫人《题玉壶赠元柳二子》的"若到人间叩玉壶,鸳鸯自解分明语"②中也有明显的心性修道思想。

通过上述内容,读者了解到各类题材的湖湘女仙诗,其情节不一、形象各异。女仙们有的为爱勇敢执着,有的为爱隐忍伤痛,有的潜心修道、布施恩泽于当地百姓,有的善意渡化他人成仙。众多的女仙传说中,或多或少地反映出不同朝代的玄异事件。或反衬现实人生的困惑,或表现世间生活的奢靡虚无,或表达自己追求之路的曲折,或展现自己独立的人格魅力。诗作通过塑造女仙群像展现了湖湘人独有的性格气质和独立、敢为人先的湖湘人文精神;通过湖湘景观描写展示了湖湘地域的钟灵毓秀,三湘四水的地域风情;通过独特的楚文化语言追溯苗蛮、荆楚文化;通过神话故事的变迁一定意义上展现了宗教观念的重心转移。总之,湖湘女仙诗极具包容性,可从诗作中探寻湖湘历代宗教观念、道德观念、审美观念、文学艺术等。对湖湘女仙诗的探索和解读,使研究者进一步了解了湖湘文化的历史,为后世文人创作诗歌提供了丰富的素材,也开阔了世人的眼界。

---

① 邓显鹤.沅湘耆旧集:第 1 册 [M].欧阳楠,校点.长沙:岳麓书社,2007:262.

② 邓显鹤.沅湘耆旧集:第 1 册 [M].欧阳楠,校点.长沙:岳麓书社,2007:264.

参考文献

一、基本文献

（一）史料年谱

[1] 张廷玉 . 明史 [M]. 北京：中华书局，2009.

[2] 赵尔巽 . 清史稿 [M]. 北京：中华书局，2015.

[3] 杨奕青 . 湖南地方志中的太平天国史料 [M]. 长沙：岳麓书社，1983.

[4] 江苏古籍出版社 . 中国地方志集成·湖南府县志辑 [M]. 南京：江苏古籍出版社，2002.

[5] 李瀚章，裕禄 .（光绪）湖南通志 [M]. 长沙：岳麓书社，2009.

[6] 陶澍，万年淳 . 洞庭湖志 [M]. 何培金，校点 . 长沙：岳麓书社，2009.

[7] 郭嵩焘，李瀚章 . 中国地方志集成：省志辑·湖南 [M]. 南京：凤凰出版社 .

[8] 王闿运 .（光绪）湘潭县志 [M]. 长沙：岳麓书社，2010.

[9] 刘采邦 . 同治长沙县志 [M]. 长沙：岳麓书社，2010.

[10] 吴兆熙，张先抡 .（光绪）善化县志 [M]. 长沙：岳麓书社，2010.

[11] 陈祖武，北京图书馆出版社古籍影印编辑室 . 乾嘉名儒年谱 [M]. 北京：北京图书馆出版社，2006.

[12] 江庆柏 . 清代地方人物传记丛刊 [M]. 扬州：广陵书社，2007.

[13] 佚名 . 湖南历代乡贤事略二编 [M]. 铅印本，1935（民国二十四年）.

[14] 李元度 . 国朝先正事略 [M]. 易孟醇，校点 . 长沙：岳麓书社，2008.

[15] 熊治祁 . 湖南人物年谱 [M]. 长沙：湖南人民出版社，2013.

[16] 宝鋆 . 筹办夷务始末 [M]. 北京：中华书局，2008.

[17] 王之春 . 王夫之年谱 [M]. 北京：中华书局，1989.

[18] 罗正钧 . 船山诗友记 [M]. 长沙：岳麓书社，2010.

（二）总集

[19] 周圣楷，邓显鹤 . 楚宝 [M]. 长沙：岳麓书社，2008.

[20] 董诰 . 全唐文 [M]. 北京：中华书局，1983.

[21] 徐世昌 . 晚晴簃诗汇 [M]. 北京：中华书局，2018.

[22] 邓显鹤 . 沅湘耆旧集：第 17 册 [M]. 欧阳楠，校点 . 长沙：岳麓书社，
    2007.

[23] 罗汝怀 . 湖南文征 [M]. 长沙：岳麓书社，2008.

[24] 车大任，车以遵，车方育，等 . 邵阳车氏一家集 [M]. 易孟醇，校点 . 长沙：
    岳麓书社，2008.

（三）别集

[25] 王逸 . 楚辞章句 [M]. 黄灵庚，点校 . 上海：上海古籍出版社，2017.

[26] 刘勰 . 文心雕龙注订 [M]. 张立斋，注订 . 北京：国家图书馆出版社，2010.

[27] 韩愈 . 韩愈全集 [M]. 钱仲联，马茂元，校点 . 上海：上海古籍出版社，
    1997.

[28] 苏轼 . 苏轼文集 [M]. 孔凡礼，点校 . 北京：中华书局，1986.

[29] 李东阳 . 李东阳集 [M]. 周寅宾，钱振民，校点 . 长沙：岳麓书社，2008.

[30] 刘侗，于弈正 . 帝京景物略 [M]. 孙小力，校注 . 上海：上海古籍出版社，
    2001.

[31] 钟惺 . 隐秀轩集 [M]. 李先耕，崔重庆，标校 . 上海：上海古籍出版社，
    1992.

[32] 陶士僙 . 运甓轩文集 [M]. 刻本（四库本）.1762（清乾隆二十七年）.

[33] 王夫之 . 王船山诗文集 [M]. 北京：中华书局，1962.

[34]《四库全书存目丛书》编纂委员会 . 白茅堂集 [M]. 济南：齐鲁书社，
    1997.

[35] 王岱.了庵文集 [M].北京图书馆古籍珍本丛刊第 112 册（集部·清别集类），北京：书目文献出版社，1999.

[36] 罗云皋.西塘草余稿 [M].株洲：南楚诗社，1997.

[37] 罗云皋.西塘草余稿 [M].株洲：南楚诗社，1997.

[38] 释敬安.八指头陀诗文集 [M].梅季，校点.长沙：岳麓书社，2007.

[39] 陶汝鼐.陶汝鼐集 [M].梁颂成，校点.长沙：岳麓书社，2008.

[40] 郭金台，郭都贤.石村诗文集·些庵诗钞 [M].陶新华，校点.长沙：岳麓书社，2009.

[41] 贝京校点.湖南女士诗钞 [M].长沙：湖南人民出版社，2010.

[42] 黄本骐.三十六湾草庐稿 [M].上海：上海古籍出版社，2010.

[43] 邓辅纶.白香亭诗集·抱碧斋集 [M].曾亚兰，校点.长沙：岳麓书社，2011.

[44] 吴敏树.吴敏树集 [M].张在兴，校点.长沙：岳麓书社，2012.

[45] 罗汝怀.罗汝怀集 [M].赵振兴，校点.长沙：岳麓书社，2013.

[46] 王闿运，马积高.湘绮楼日记 [M].长沙：岳麓书社，1997.

[47] 王闿运.湘绮楼诗文集 [M].长沙：岳麓书社，2008.

[48] 郭嵩焘.郭嵩焘日记 [M].长沙：湖南人民出版社，1980.

[49] 郭嵩焘.伦敦与巴黎日记 [M].钟叔河，杨坚，整理.长沙：岳麓书社，1984.

[50] 郭嵩焘.郭嵩焘全集 [M].长沙：岳麓书社，2012.

[51] 王岉.湘影楼烬馀诗 [M].铅印本 .1937（民国二十六年）.

[52] 郭绍虞.清诗话续编 [M].富寿荪，校.上海：上海古籍出版社，1983.

[53] 袁枚.随园诗话补遗 [M].南京：江苏古籍出版社，2000.

二、著作

[1] 钱仲联.清诗纪事：第 4 册 [M].南京：江苏凤凰出版社，2003.

[2] 钱基博.近百年湖南学风 [M].傅道宾，校点.北京：中国人民大学出版社，2004.

[3] 张剑光.三千年疫情 [M].南昌：江西高校出版社，1998.

[4] 郭延礼.中国近代文学发展史 [M].北京：高教出版社，2001.

[5] 张宏生.明清文学与性别研究 [M].南京：江苏古籍出版社，2002.

[6] 余新忠.瘟疫下的社会拯救 [M].北京：中国书店出版社，2004.

[7] 胡奇光.中国文祸史 [M].上海：上海人民出版社，2006.

[8] 杨鹏程.湖南灾荒史 [M].长沙：湖南人民出版社，2008.

[9] 邱云飞，孙良玉，袁祖亮.中国灾害通史·明代卷 [M].郑州：郑州大学出版社，2009.

[10] 邓云特.中国救荒史 [M].北京：商务印书馆，2017.

[11] 邹华享.湖南家谱解读 [M].长沙：湖南人民出版社，2004.

[12] 孙昌武.诗苑仙踪·诗歌与神仙信仰 [M].天津：南开大学出版社，2005.

[13] 段继红.清代闺阁文学研究 [M].天津：南开大学出版社，2007.

[14] 文选德.湖湘文化古今谈 [M].湖南：湖南人民出版社，2006.

[15] 姚圣良.先秦两汉神仙思想与文学 [M].济南：齐鲁书社，2009.

[16] 陈广宏.竟陵派研究 [M].上海：复旦大学出版社，2011.

[17] 谭其骧.长水集 [M].北京：人民出版社，2011.

[18] 李翠平，寻霖.历代湘潭著作述录·湘乡卷 [M].湘潭：湘潭大学出版社，2019.

[19] 刘阳.事件思想史 [M].上海：华东师范大学出版社，2021.

[20] 张宏生.明清文学与性别研究 [M].南京：江苏古籍出版社，2002.

三、论文

[1] 符云云.晚清域外游记研究 [D].广州：暨南大学，2007.

[2] 台文泽.信仰、仪式与象征 [D].兰州：兰州大学，2011.

[3] 余大常.清代湖南祠神信仰的地域考察 [D].南昌：江西师范大学，2014.

[4] 穆浩洲.明清文人焚稿现象初探 [D].苏州：苏州大学，2015.

[5] 刘碧波.清代湖湘女性文学研究 [D].南京：南京大学，2016.

[6] 解颖利.清代女性绝命诗研究 [D].淮北：淮北师范大学，2017.

[7] 彭国忠.试论清代列女的文学世界：以《清史稿·列女传》为论 [J].北京大学学报（哲学社会科学版），2015，52（1）：106-115.

[8] 郭建勋.略论楚辞的"兮"字句[J].中国文学研究，1998（3）：29-34.

[9] 李剑国.《神女传》《杜兰香传》《曹著传》考论[J].明清小说研究，1998（4）：153-170.

[10] 张兵.清初遗民诗创作的社会文化环境与遗民诗群的地域分布[J].西北师大学报（社会科学版），1999（4）：1-7，103.

[11] 李朝芬.试论美人迟暮、伤春悲秋的文化心理内涵[J].安徽理工大学学报，2003（4）：80-82.

[12] 熊礼汇.略论明清散文流派演变的特点及意义[J].三峡大学学报，2004（1）：29-32.

[13] 叶嘉莹.从西方文论看李商隐的几首诗[J].陕西师范大学学报，2005（4）：35-48.

[14] 方军.人神对立与人神对话：中西文化差异的神话根源[J].中南民族大学学报（人文社科版），2005（2）：168-171.

[15] 刘欢萍.试论中国古代祈雨文的主题特征及其文化内蕴[J].文化遗产，2012（3）：68-76.

[16] 王日根，曹斌.由雍正洞庭抢米案看官府河盗治理的制度困境[J].井冈山大学学报，2014（1）：114-123.

[17] 罗时进.清人焚稿现象的历史还原[J].文学遗产，2017（5）：119-133.

[18] 罗时进.清代自然灾难事件的诗体叙事[J].文学遗产，2021（1）：131-143.

四、国外参考著作

[1] 斯特劳斯.野性的思维[M].李幼蒸，译，北京：人民文学出版社，2006.

[2] 吉尔兹.地方性知识[M].王海龙.张家瑄，译.北京：中央编译出版社，2000.

[3] 克朗.文化地理学[M].杨淑华，宋慧敏，译.南京：南京大学出版社，2003.

[4] 米歇尔.图像学[M].陈永国，译，北京：北京大学出版社，2012.

后 记

　　历史长河中富有意义的典型事件，是不应该被忘却的，这些事件的后果会持久地显现。有些事件具有一定的反日常性，更容易促发文人的思考、记录与表现，而参与、感受那些事件的文人和记录、反映事件的文学作品也会持久地展现事件的影响。从相关性来看，历史是不朽的知识，文学作品是历史的注解之一，它们不但能够考察人们对过去之事的理解，也应当能够促进对未来发生之事的理解。

　　明清时期，湖湘大地上所发生的众多事件织成了地方史的网。有些事件属于政治、社会、自然等范畴，有些事件本身就是文学事件，并演变成一时的文学现象。典型的事件好比历史之网的结点，联接多面，引发大量文学作品的记录与书写。通过这些作品、史料，可发掘不同的文学现场、文学群落，考察明清湖湘文人心态与文学生态，进而探究湖湘精神的具象表现与生成焕新。现代人对其展开研究，不仅是对地方历史记忆的瞻仰与缅怀，更是对一种地方身份和湖湘精神的钩沉与召唤，一种对超越时空滞差的共时性的文化精神共享。

　　此书的写作因由，除了源于宏大的精神导向指引，也因为我早几年一直关注明清湖湘文学史的一些"亮点""异类""大力士"，对某方面具备代表性、典型性，富有意义的文学现象、文学事件、文学人物和文学作品很感兴趣。楚湘文人的家国情怀、忧患意识、自信敢为、奋勇上进等精神品质，对当代人也具有强大的感染性与促进力，可谓古今不殊，"异代可同调"。我在基本完成《清代湖湘文人社群研究》这一教育部课题之后，积累和搜集了部分相关资料，对各类事件与湖湘文学的关系形成比较粗浅的感知与体会，但当时缺乏相应的理论指引和新颖的研究视角，所以研究只是停留于单点聚焦，整体有些散乱无序。

本书最后能串点成线，多面关联，组织有序，非常感谢我的博导苏州大学罗时进教授给予的理论指引、方法推荐与研究示范，可以让此研究顺承着"文学社会学"路径，做一点点湖湘地域的拓展。

诚挚感谢苏州大学图书馆王志刚老师多次搜集古籍、整理资料，苏州科技大学袁茹副编审、河北人民教育出版社邸晓茜编辑帮助审核与订正书稿；感谢张润芝、侯淑金、曹诚悦、罗磊、左佳婷、蒋雅卓、李志芳、唐丽芳、黄楚倩、王静、陈倩、刘漪柔等同学为本书之完成所做的事务。

新冠疫情期间断断续续撰写和修改了书稿，这项事务结尾时的日子则每天在湖南60年难得一遇的酷暑干旱中度过，经历过不少无奈的事情，也感谢家人们一如既往的支持、鼓励和生活中的照顾，才能促成这件"小品"的完成。碍于我的水平和学识，本书肯定存在种种遗憾与错误，恳请学界专家和同仁能加以指正和补充，帮助我完善此书与深化相关研究。